Simone Meier • Fleisch

Simone Meier
Fleisch

Roman

KEIN & ABER

POCKET

Für die freundliche Unterstützung danken Autorin und Verlag der Fachstelle Kultur Kanton Zürich und der Pro Helvetia.

Satz: Fotosatz Amann, Memmingen
Druck und Bindung: CPI – Ebner & Spiegel, Ulm
ISBN 978-3-0369-5973-3
Auch als eBook erhältlich

www.keinundaber.ch

für dj

NOVEMBER

I

Der Mann sah aus wie eine geschälte Kellerassel, und sie fragte sich: Wieso sind Schönheitschirurgen nie schön? Er sagte: »Dann machen Sie sich untenherum mal frei.« Sie ließ ihren Slip fallen und starrte auf den falschen Marmor-Giebel über der Türe, auf die rosa Adern auf weißlichem Grund, die aussahen wie die Besenreiser auf ihren Beinen. Der Mann nahm eine Polaroidkamera, beugte sich auf ihre Gesäßhöhe hinunter und drückte ab. Von hinten. Von der Seite. Dann sagte er: »Gut«, kritzelte Nummern auf die Fotos, nahm eine Mappe aus dem Regal und mischte die Bilder unter drei Dutzend andere. Unter Bilder von Frauen-hintern mit Dellen, Rundungen am falschen Ort, Cellulite, Pigmentstörungen, Narben. Und mit Fett, viel Fett. Manche auch ohne. Manche schienen fast perfekt, jedenfalls so, dass Anna sich gerne einen davon ausgesucht hätte.

Der Arzt nahm ein Skalpell zur Hand und tippte damit auf eines der Bilder: »Das sind Sie.« Es gehörte zu den schlimmeren. Den schlimmsten. Man erkannte noch knapp, dass es sich um einen Hintern und um den einer Frau handeln musste, doch insgesamt sah das aus wie ein Kartoffelsack, den man sieben Stunden lang in kochendes Wasser getaucht und danach gegen eine Wand geschlagen hatte. »Entweder treiben Sie jetzt jeden Tag mehrere Stunden Sport, was ich mir bei Ihnen nicht vorstellen kann, oder wir operieren. Das kostet um die 10'000. Perfekt ist es am Ende natürlich nicht, dazu haben Sie viel zu lange gewartet.« Natürlich. Und mein nächster runder Geburtstag ist der fünfzigste, dachte sie, und von 10'000 kann ich sechs Monate in Thailand leben.

Vor dem Fenster dämmerte die Stadt in den anbrechenden Abend hinein, Laternen glühten auf, Menschen rannten grau und nervös über die Straße. Der Kopf des Arztes war im Vergleich zu Annas Hintern plötzlich von ausnehmender Wohlgestalt.

Sie sagte: »Nein.«

»Was wir unten absaugen, können wir oben ins Gesicht spritzen!«

»Nein.« Sie zog sich an und ging, rannte durch den Flur und die Treppe hinunter, vorbei an verspiegelten Wänden, die ihr zuschrien: »So! Nicht!«

Sie sah, wie sich ihr Gesicht in den Spiegeln verkrampfte, wie es sehnig wurde und alt, wie sie sich in eine jener Frauen verwandelte, die alle gleich aussahen, erloschene, fahle Schrumpfköpfe mit kurzen Haaren auf vernachlässigten Körpern. Die Frauen selbst nannten sich uneitel. Anna fand sie bloß hässlich. Und Anna hasste sich selbst. Aber nicht so sehr, um sich von der geschälten Assel demütigen zu lassen. Sie ging über die Straße, betrachtete nur kurz ihre unbefriedigende Silhouette im Schaufenster, betrat das überteuerte Bistro und gönnte sich zum Trost eine warme Brioche. Mit einer Scheibe Foie gras und einem Glas Crémant. Die Kellnerin, deren nächster runder Geburtstag der dreißigste sein würde, freute sich. Sie fand, dass Anna eine attraktive Frau sei. Genau so hatte ihre Lieblingsschauspielerin Jean Seberg kurz vor ihrem Tod mit 40 Jahren ausgesehen.

Neben Anna saß ein Paar. Ein nicht so junger Mann mit schulterlangen grauen Haaren, mit einem zerknitterten Schal, überhaupt war alles an ihm überaus zerknittert und enorm teuer, auch sein Gesicht, dessen verlebter Faltenwurf von kostspieligen Trekking-, Safari- und Ski-Touren und wiederholten Autofahrten quer durch Amerika erzählte. Wahrscheinlich war er aber bloß ein Werber, der wusste, wie man Mann war.

Die Frau hatte Geburtstag. Sie konnte höchstens 24 geworden sein. Alles an ihr war dunkel, dünn, gerade. Gewiss modelte sie. Anna nahm einen extragroßen Bissen Foie gras. Das Model sah sie erschreckt und mit einem sehnsüchtig offen stehenden Mund an. Der Mann reichte dem Model ein Paket, darauf stand der Name eines dänischen Designers. Im Paket lag eine Sonnenbrille. Anna sah sofort, dass die Brille und das Model zueinandergehörten. Das Model setzte die Brille auf, drückte schnell auf die Spiegel-Funktion ihres iPhones und war nicht zufrieden.

»Die ist ein bisschen gewöhnungsbedürftig.«

»Ich finde, sie steht dir großartig«, widersprach der Mann. Finde ich auch, dachte Anna und hasste das Model.

»Ehrlich?«

»Ganz ehrlich. Sieht fantastisch aus mit deinem schmalen Gesicht.«

»Nicht zu katzenhaft?«

»Überhaupt nicht. Sonst tauschst du sie einfach um.«

»Und du lügst mich nicht an?«

»Wunder-, wunderschön!«

Anna betrachtete Messer und Gabel, dachte an das Skalpell des Arztes und an die Möglichkeit einer chirurgisch nicht ganz so professionellen Gesichtsverwüstung auf Kosten des Models. Und sie fragte sich, wie es dem Werber wohl so ging in dieser Affäre. Ob er das wirklich wollte? Eine wandelnde Unsicherheit immerzu bestätigen? Ob er sich nicht jetzt gerade nach seinen Surfer-Kumpels und viel Bier sehnte oder nach einer einsamen Hütte irgendwo in einem finnischen Wald, wo er Holz hacken, Fleisch grillen, Knausgård lesen und sich selbst tagein, tagaus für Gottes geilstes Teil halten konnte? Männer konnten so was, Models offenbar nicht. Obwohl sie es, rein körperlich gesehen, doch eigentlich waren: Elementarteilchen der Vollkommenheit.

Anna stand auf und ging zur Auslage, sie liebte das Bistro mit integriertem Delikatessengeschäft, es war alt und man konnte keine Cupcakes kaufen. Cupcakes waren für sie der Anfang einer niedlichen Verblödung. Sie hasste junge Frauen, die sagten: »Ich hab da so einen süßen kleinen Cupcakes-Laden in der Altstadt. Ich mach gern Experimente, zum Beispiel Kokos mit Kochbanane, Kartoffeln und Caramel au beurre salé. Wenn so was dann schmeckt, bin ich total glücklich.«

Im Fernsehen lief eine Sitcom über exakt diese Exemplare von Cupcakes-Experiment-Mädchen, und eines davon war, was Anna in ihrer Jugend gewesen war: an den richtigen Orten mit schönen, weichen, weißen Rundungen gesegnet. Jetzt war alles anders, jetzt hatten sich die Rundungen verflacht, doch das Gewicht war das gleiche geblieben. Ihre Körpermasse war als teigiger Klumpen auf ihre Hüften und Schenkel gerutscht. Das Gesicht: hager. Der Hals: mager. Als würden die kleinen Fettmoleküle, die sich auf ihrer Hüfte wahrscheinlich kichernd versammelten, denen weiter oben zurufen: Kommt runter, hier gibt es tollen Gruppensex! Sie hasste das Vergnügen ihres eigenen Fettes und die Figur, die sich daraus ergab. Nicht grundsätzlich. Hätte die Figur einer andern Frau gehört, so wäre sie ihr gar nicht aufgefallen, denn die Frau wäre unauffällig normal gewesen. Was sie störte, war die Differenz der Jahre, das Missverhältnis zwischen ihrem jetzigen und früheren Selbst. Dass sie im Spiegel nicht mehr sich selbst erkannte, sondern andere Frauen: ihre Mutter, ihre Tante, ihre Großmutter, ja sogar die Urgroßmutter. Die plötzlich alle von ihr Besitz ergriffen. Von ihrem Gesicht, ihren Brüsten, ihrer Mitte, ihren Beinen. Sie wollte wieder sich selbst sein, die frühere Anna. Nicht innerlich, nicht beruflich, nur äußerlich. Und wenn sie schon nicht mehr die alte Anna sein konnte, dann wollte sie eine andere sein. Und dazu musste sie ihr Fett loswerden.

Deshalb war sie zum Schönheitschirurgen gegangen, zu diesem hässlichen Mann, der allen Frauen jeden Rest von guter Laune und Selbstvertrauen versaute, bevor er zur Operation schritt. Sie hatte sich vorgestellt, dass er wenigstens selbst schön war und mit den Frauen, deren Schönheit er aus ihrem maroden Fleisch meißelte, anschließend gern die eine oder andere Affäre hatte. Und dass die Frauen dies genossen, denn schön und schön, so dachte sie sich, genießt sich gern. Ein kurzer Blick auf den Arzt hatte genügt, und sie hatte gewusst, dass das einzig Anziehende an ihm sein Geld war. Wenn überhaupt.

Anna fragte sich, wie sie einem Vegetarier die Genialität von Foie gras erklären sollte. Am besten gar nicht. Der Vegetarier würde sie wahrscheinlich lynchen. Sie hatte all die schlimmen Filme über das Elend französischer Stopfgänse auch gesehen, aber es hatte sie einfach nicht berührt. Wissen und Genuss kamen einander in Anna drin nicht in die Quere. Es gab in ihr ein paar gut funktionierende Kreuzungen, von Kultur, Kritik, Gewissen und Politik, aber alles, was mit Essen zu tun hatte, bewegte sich auf einer weiten, geraden Autobahn ohne Ausfahrten und Ampeln. Da ließ sie sich gehen, da gönnte sie sich vieles, an einem frustrierenden Tag wie diesem gern auch zu viel, denn nach der kurzen Erholung im Bistro war sie mit Cédric verabredet, und diese Verabredung würde unweigerlich zu einem schönen Entrecôte Café de Paris mit Pommes Allumettes und viel Wein führen.

Sie freute sich auf das Fleisch und fragte sich kurz, ob das, was sie da mit Cédric trieb, was sie beide regelmäßig miteinander trieben, nicht ein Ersatz für Sex war. Ob es nicht ehrlicher wäre, wenn sie zu ihm sagte: »Lass uns einfach ein Hotelzimmer nehmen.« Ob das nicht auch kalorienmäßig viel vernünftiger wäre. Aber erstens war Cédric schwul, zweitens war sie am Fleisch des Tiers viel mehr interessiert als am Fleisch von Cédric, drittens lebte sie ja, trotz Teighüfte, in einer Art Beziehung. Die sie weder glücklich noch unglücklich machte. Es handelte sich dabei in keiner Weise um die Liebe ihres Lebens, aber um einen Begleitfreund, den sie nicht aushalten musste, wie all die Bohemien-Modelle ihrer Vergangenheit, und mit dem sie in der Öffentlichkeit niemals so dämliche Diskussionen führen müsste wie das Paar am Nebentisch. Das sich jetzt allerdings an den Händen hielt und über den Tisch hinweg küsste. Die Sache mit dem Begleitfreund war keine große Sache, aber sie war nice to have, eine Einrichtung, die Anna im sozialen Leben schon vor vielen peinlichen Leerstellen bewahrt hatte. Ein Freund eben, der sie kannte und sich mit ihr auskannte. Und jetzt gerade hätte sie ihn eigentlich ganz gerne bei sich gehabt. Sie war, das merkte sie durch ihre Foie-gras-Betäubung hindurch, doch einigermaßen aufgewühlt, ja geradezu aufgeschürft von der Begegnung mit dem Arzt.

Anna flüchtete sich in ihren Lieblingstraum: Sie saß darin auf dem Beifahrersitz eines verblichen türkisfarbenen Cabriolets, mit einem gepunkteten Seidentuch im Haar, aus dem Autoradio sang France Gall oder eine andere Französin, ihr Kleid bauschte sich leicht über ihren Knien, der Himmel war gelb vor Hitze. Am Steuer saß eine Frau, sie trug wie Anna eine riesige Sonnenbrille, ihre Lippen waren rot, an ihren Ohren baumelten goldene Creolen – Anna liebte das Wort Creolen –, und außer dem gelben Himmel und einer gelben Landschaft gab es nichts, gar nichts in diesem Traum. Nur diese ewig lange Autofahrt neben der Frau mit den roten Lippen. Und: Sie waren beide jung. So jung.

Sie merkte, wie ihr die Tränen in die Augen stiegen, sie blinzelte, schaute hoch und blickte in das Gesicht der Kellnerin, die strahlend ein neues Glas Crémant vor sie hinstellte: »Geht aufs Haus.« Anna wusste, dass sie in diesem Moment aussah wie die Allegorie der Verzweiflung in Gestalt einer dürren Mumie. Eine dürre Mumie mit feuchten Augen. Auch die Kellnerin sah eine Frau mit feuchten Augen, allerdings eine mit klarer, weißer, fast faltenloser Haut, und mit Augen blau wie der Himmel über Rio de Janeiro, dem Ort mit dem wissenschaftlich erwiesenen blausten Himmel der Welt. Und mit den Wangen, Haaren und Hüften von Jean Seberg. Die Kellnerin war hingerissen.

Anna versuchte, die Kellnerin anzulächeln. Die Kellnerin war eins dieser Mädchen, die aussahen wie ein Grashalm mit Gesicht und wahrscheinlich gar nie dort Kleider kauften, wo Anna Kleider kaufte, weil sie mit so was Abartigem wie Annas Kleidergröße in ihrem Leben noch nicht in Berührung gekommen waren. 38, sagte sich Anna. Ich trag doch bloß Kleidergröße 38. Das war in meiner Jugend schlank.

2

Der Begleitfreund hieß Max, und Max hatte auch keinen guten Tag. Er hatte im Fußball verloren und hatte sich entliebt. Zuerst hatte er sich ein ganzes Jahr lang gefragt, ob er denn überhaupt verliebt war, dann war ihm die Fragerei zu blöd geworden, und jetzt, zwei Jahre später, war er sich sicher, wirklich nicht mehr verliebt zu sein. Wenn er es denn jemals gewesen war.

Wahrscheinlich hatte ihn Anna bloß beeindruckt. In jener Nacht, als sie sich nach gut fünfzehn Jahren bei einem Klassentreffen wiedersahen. Fast alle waren gekommen, nur Thomas nicht, der saß im Gefängnis, und Caroline nicht, die war nach Indien ausgewandert und arbeitete in einer Krankenhausküche in Kalkutta, und Lena wartete in der Psychiatrie darauf, dass sich all die Jahre in einer Sekte endlich auszahlten und Gott sie in einen weiblichen Jesus verwandeln würde. Drei fehlten also, die andern vierzehn waren da, und Max schaute verwundert in die Runde, denn ihm schien, dass alle Frauen einigermaßen schön geblieben und alle Männer ziemlich aus der Form geraten waren. Zudem hatten die Frauen allesamt noch volles Haar, die Männer nicht. Außer ihm selbst. Und das, obwohl er weder genügend Eitelkeit noch genügend Geld besaß, um sich übermäßig um sich selbst zu kümmern. Max war Lehrer, und die Tage eines Lehrers waren nun wirklich von ganz anderen Dingen besetzt als von Fragen der Äußerlichkeit.

Trotzdem fiel ihm der Unterschied auf. Und er bemerkte, dass er auch Anna auffiel. Und dass sie weit und breit die Einzigen ohne Kinder waren, dass Anna sich langweilte, als von den Smartphones der andern ein Stroboskopgewitter aus strahlenden Babygesichtern, hübsch gekleideten Kindern und frühreifen Teenagern losging. Und natürlich waren die Mensch gewordenen DNA-Stränge der andern alle besonders gelungen, besonders geliebt und so begabt, dass ihnen eigentlich keine Schule und schon gar kein Lehrer jemals gerecht werden könnten. Er spürte, wie ihn alle anschauten und sich dachten, dass der früher so undurchschaubare Max für ihr eigenes Wunderkind auf jeden Fall eine pädagogische Zumutung darstellen würde. Er sah, wie Anna sich langweilte und ekelte angesichts der Babyfotos, und plötzlich wusste er, dass sie an die drei Ks dachte: Kacke, Kotze, Kreischen. Er packte sie am Arm, zog sie nach draußen, in den dunklen Restaurantgarten, sie atmeten gleichzeitig laut aus, schüttelten lachend die Köpfe und fühlten sich frei und weit, weit weg von den andern. Wie früher. Als sie während eines gemeinsamen Semesters an der Uni zusammen bei ihm zu Hause für ein Gender-Studies-Seminar Pornofilme geschaut und analysiert hatten. Ganz sachlich, ganz freundschaftlich. Die Mutter von Max hatte im Nebenzimmer gebügelt.

Sie waren sich damals einig, dass es Menschen gab, mit denen man Sex hatte, und andere, mit denen man Pornos schaute. Und dass beides miteinander zu tun haben konnte, aber nicht musste. Dass es beim gemeinsamen Pornoschauen durchaus bei einer körperlichen und emotionalen Nüchternheit, einem wissenschaftlichen Interesse bleiben konnte. Damals hatten sie sich wunderbar abgeklärt und intellektuell gefühlt, heute musste er sich gestehen, dass sie wahrscheinlich zwei recht bornierte Kinder gewesen waren.

Das dachte sich Max, als er mit Anna im verregneten Restaurantgarten saß und krampfhaft versuchte, das aufsteigende Sodbrennen nach dem Essen zu unterdrücken, denn er wollte genauso entspannt und souverän wirken wie Anna. Die Einzige von allen, die direkt nach dem Gymnasium in die große Stadt gezogen war und sich danach keine

Sekunde lang sentimental umgedreht hatte. Die andern waren fast alle in die Dörfer oder in die Nähe ihrer Kindheit gezogen, hatten das Geschäft der Eltern übernommen, den Bauernhof, die Bäckerei, das Bauunternehmen, und redeten noch immer über die gleichen Menschen wie früher. Er fragte sich, ob es nicht eigentlich der Zweck einer Existenz sein sollte, nach den Jahren im Nest in die Welt hinauszugehen, sich ihr auszusetzen und sie sich anzueignen. So wie Anna. Jedenfalls schien sie ihm enorm mondän, wie sie da unter einer tropfenden Platane stand, rauchte und ihre letzten Jahre für ihn zusammenfasste: »Studium in Berlin, Zürich, Wien« – daran konnte er sich noch erinnern, »ein Semester in Chicago. Immer gejobbt, in Fabriken, auf Messen, als wissenschaftliche Mitarbeiterin. Seither Dramaturgin, Journalistin, Kulturförderung, alles nicht so wichtig, Hauptsache, es hat mit Kultur zu tun. Eine kleine Karriere. Kinder, mein Gott, bin ich froh, dass ich das nie haben wollte. Und du?«

»Kinder? Hab ich in der Schule genug. Und alle Eltern dazu.«

»Poor you. Und sonst?«

»Dreh ich Pornos.«

»Never! Aber hast du noch mit dem Milieu zu tun?«

»Bitte? Ich bin Lehrer!«

»Tu nicht so heilig …«

»Also wirklich. Mit dem Milieu hatte ich bloß bis Mitte des Studiums zu tun.«

»Was hast du damals noch gleich gemacht? Computer gewartet in Puffs? Gegen Naturalien?«

»Softwarelösungen nennt sich das. Und ich wurde bezahlt.«

»Aha, wie die Prostituierten.«

»Genau. Wie die Prostituierten.«

»Waren die nett?«

»Die Prostituierten? Total.«

»Hm.«

Sie schwieg unter der schweren Platane, er schaute sie an, und sie sah unter all ihrer Weltläufigkeit noch genauso traurig aus wie früher. Aber auf eine glückliche Art traurig. Als wäre die Trauer ein Aggregatzustand, in den sie sich gerne und bewusst fallen ließ. Und er dachte sich, dass es schön sein müsste, mit Anna in ihre Traurigkeit zu fallen. Dass es wahrscheinlich sowieso schön sein müsste, sich mit Anna fallen zu lassen.

Noch in derselben Nacht nahmen sie sich ein Hotelzimmer und fielen einander in die Arme. Zunächst ganz freundschaftlich, ganz sachlich, dann dankbar. Weil es passte, weil sie sich wiedererkannten, weil sie sich wieder jung fühlten. Schließlich hatte diese Frage nach der ersten gemeinsamen Nacht schon vorher im Raum gestanden, spätestens als sie gemeinsam Pornos schauten. Die Erleichterung, einander endlich zu haben, war überraschend und groß. Und schnell wieder vorbei. Denn Erregung schwang in dieser Erleichterung nicht gerade viel mit, das bemerkte Max schon in jener ersten Nacht, in die er all die Jahre immer mal wieder eine leise Hoffnung gesetzt hatte. Nicht, dass Anna ihm irgendein Zeichen gegeben hätte aus Zürich, Wien, Berlin, Chicago oder sonst woher, im Gegenteil, sie schien ihn ganz einfach und schmerzlos vergessen zu haben. Aber er vergaß sie nicht. Nie. Je weiter sie sich von ihm entfernte, desto größer wurde sie als Versprechen.

Er versuchte, die Frau im Hotelzimmer mit dem Mädchen aus dem Gymnasium und der Studentin zusammenzubringen. Die Stimme war noch dieselbe, erstaunlich jung. Die Augen riesig. Das Lächeln traurig. Die Haare trug sie jetzt sehr blond, nicht mehr hennarot. Das Gesicht war schmaler. Die Figur ähnlich. Die Kleider ganz anders. Ihr Duft fremd.

Der Sex war irgendwie gar nichts. Max kam, Anna nicht. Er entschuldigte sich, ihr war das peinlich. Er fragte sich, ob sie sich jetzt fragte, wieso er mit all seinen einstigen Milieu-Kontakten kein besserer Liebhaber war. Wieso er von den Nutten mit den kaputten Computern so absolut nichts gelernt hatte. Und er kam sich vor wie ein einziger, ekelhafter, zusammengeschrumpfter Penis. Um fünf Uhr früh packte sie ihre Sachen zusammen, sagte: »Ich nehm dann mal den ersten Zug, Geld fürs Zimmer liegt auf dem Tisch, ich meld mich.« Das wars. Die erste Nacht von Max und Anna.

Nach drei Wochen schrieb sie ihm eine Mail, in der stand:

Max, mon cher, was für eine exorbitante Freude das doch war, dich neulich zu sehen. Und auch was dann noch geschah … Es musste ja … Oder? Sag, ich hab da so einen Gesellschaftstermin, er wird groß, mit rotem Teppich, Champagner … Möchtest du mich begleiten? Ich könnte mir nichts Schöneres vorstellen. Und danach … Ach!
Liebste Grüße von deiner Anna.

Jedenfalls wünschte er sich das. Was Anna wirklich schrieb, war:

> Max, mein Lieber, ich hab da so einen Termin, aus dem ich mich vor prophylaktischer Langeweile am liebsten wieder davonstehlen würde. Kommst du mit? Wenigstens gibt es Champagner. Und vielleicht müssten wir auch noch das eine oder andere besprechen. Geht schlecht auf elektronischem Weg.
> Gruß, Anna.

Natürlich ging er hin, und natürlich war es genau so, wie Anna versprochen hatte. Der Champagner war allerdings keiner, sondern der ungeschickte Prosecco-Versuch eines Off-Space-Off-Szene-Regisseurs, der von seinem Großvater einen kleinen Weinberg geerbt hatte. Zum Glück war die Veranstaltung, bei der sich Anna sehen lassen musste, schnell vorbei.

Dann waren sie allein.

»Und jetzt?«, fragte sie.

»Jetzt«, sagte er, nahm sie in den Arm und küsste sie.

Ihre Augen wanderten verwundert über sein Gesicht und wieder von ihm weg, hin und zurück, sie sagte nichts, dann sagte sie: »Okay.«

Und so begann eine Art von Beziehung. Oder die leidenschaftsloseste Langzeitaffäre, die Max bisher erlebt hatte. Zuerst war er begeistert, wie selbstverständlich Anna ihn in ihr Leben einließ, dass sie keinerlei Neigung zur Eifersucht zeigte, wenn er schon wieder mit einer Kollegin bis Mitternacht ein Klassenlager vorbereiten musste. Dass er mit ihr ein Wochenende verbringen konnte wie mit einer interesselosen Katze, weil sie ganz zufrieden in einem Sessel saß und las, während er sich durch einen Berg von Aufsätzen zum Thema »Was macht glücklicher? Mit oder ohne Geld geboren zu werden?« pflügte.

Sie konnten einander hervorragend in Ruhe lassen, seine Freunde beneideten ihn darum. Er fand das lange Zeit über großartig und enorm großzügig von Anna, der einzigen Frau der Welt, die keine Forderungen an ihren Partner stellte. Gut, beim Sex wäre er oft froh gewesen, sie hätte es getan. Hätte einfach mal seine Hand oder seinen Schwanz genommen und ihm den rechten Weg gezeigt. Aber irgendwann verlor er sein schlechtes Gewissen, irgendwann war es ihm egal, ob sie kam oder nicht oder ihren Orgasmus nur vortäuschte oder nicht, denn ihm selbst fiel seiner nicht schwer. Und es war mitten in einem seiner einsamen Orgasmen, als er dachte: Fuck! Fuck, fuck, fuck! Weil er sich selbst und seinen mit einfältigem Glück explodierenden Schwanz sah und unter ihm die nackte Anna, die irgendwas sagte, so eine richtige Pornosatz-Sequenz, so ein »Wow! Du! Fester! Stoß mich fester!«. Jedenfalls stellte er sich das so vor, in Wirklichkeit sagte Anna nichts und blickte verstohlen auf den Wecker und wünschte sich, es wäre vorbei, weil sie am nächsten Morgen gleich zu Beginn eine große Sitzung leiten musste.

Wie auch immer, Max sah sich als Teil einer Pornofilm-Sequenz und zwei Menschen waren daran beteiligt, teilnahmslos allerdings, mechanische Puppen in einem großen

Bett. Und als ihm dies klar wurde und auch, dass sie beide nicht viel mehr als die Darsteller eines Beziehungsfragments waren, da begann er sich zu entlieben. Einigermaßen langsam. Und mit Phantomschmerzen. Denn er merkte, dass ihm gerade die nicht körperliche Seite ihrer Beziehung fehlen würde, dass er Anna vermissen würde beim sonntäglichen Heftekorrigieren, dass er es lustig fand, als ihr Begleiter in die unbeholfenen Veranstaltungen bedürftiger Kulturschaffender oder sozial gehemmter Behörden einzutauchen. Aber er wusste, dass das Ende unvermeidlich war, dass sie beide alles gegeben hatten, das Revival einer früher guten Freundschaft in den Sand zu setzen. Und zwar vollkommen. Und deshalb war er nicht nur froh, sondern geradezu übermütig, als eines Morgens eine junge, neue Kollegin ins Lehrerzimmer trat und sagte: »Hi, ich bin Sarah«, und er sich dabei fühlte, als wäre Sarah nicht einfach die Neue, sondern eine Oase mitten in der Sahara. Das war gestern gewesen. Und heute war er sich sicher, dass er sich von Anna entliebt hatte.

3

Mit Cédric hatte sie sich dann doch nicht für ein Entrecôte Café de Paris entschieden, sondern bloß für ein kleines Rindstatar. Mit Pommes Allumettes. Für sie und Cédric war dies ein echtes Diätmenü. Und jetzt konnte sie trotzdem nicht einschlafen, weil Foie gras plus Brioche plus Tatar plus Pommes Allumettes am Ende insgesamt eben doch so was wie ein üppiges französisches Mahl ergab. Anna versuchte es mit autogenem Training. Ihre Mutter hatte ihr das mal gezeigt, sie wandte es wie viele Frauen ihrer Generation gegen Schwangerschafts- und Menstruationsbeschwerden an. Anna atmete langsam ein und aus und sagte sich: »Ich bin gaaaanz schweeeer. Und gaaaanz warm. Mein Solarplexus sendet beruhigende Strahlen in meinen ganzen Körper aus, in meine Beine, sie werden gaaaanz schweeer.« Ihr Herz begann wie eine wütende, anti-esoterische kleine Eisenfaust gegen ihren Brustkorb zu hämmern. »Mein Herz ist gaaaanz schweeeer, gaaaanz warm.« Ihr Herz hämmerte schneller, in ihren Waden kündigte sich ein Krampf an. Sie wechselte zu einer Einschlafmethode, die sie selbst erfunden hatte, sie nannte sie »White Noise«. Das ging so: Sie stellte sich viele unzusammenhängende Dinge gleichzeitig vor und vermengte sie im Kopf, bis sie sich gegenseitig in einem weißen Rauschen auslöschten, einem erzähltechnischen Kurzschluss, einer Sendepause. Meistens schlief sie dann sofort ein. Nur der Anfang war aufwendig. Anna probierte:

Erstens: Wem geb ich morgen Fördergelder? Okay, mit Madeleine, Vivienne und Peter bin ich auf Facebook schon am längsten befreundet. Aber finde ich die Arbeit, die sie heute machen, noch genauso gut wie damals, als wir uns befreundeten? Nicht wirklich, oder? Eigentlich sind sie recht faul geworden. Und der neue Bühnenbildner von Vivienne ist kacke, schaut sich niemand gerne an, fertig. Wäre es karrieretechnisch nicht viel besser, dem arrivierten alten Sack mit seinen Shakespeare-Improvisationen und diesem süßen jungen Kollektiv, das immer irgendwas mit Hitler macht, Geld zu geben? Würde ich mich da nicht ganz wundervoll bei allen beliebt machen? Mögen die mich überhaupt, die Künstler?

Zweitens: Wieso bin ich schon wieder mit Max zusammen?

Drittens: Cédric sah heute wieder fantastisch aus. Ist das, weil Schwule einfach viel weniger Sorgen haben als Heteros? Und gilt das auch für Lesben? Wieso werden dann nicht alle Frauen mit einer geschädigten Selbstwahrnehmung lesbisch? Und was ist mit mir?

Viertens: Die Grashalm-Kellnerin …

Kombiniere erstens mit drittens: Wer von Madeleine, Vivienne und Peter ist eigentlich homo? Antwort: Ich weiß es nicht! Wieso nicht? Früher wusste ich so was! Red ich zu wenig mit Menschen? Find ich das auf ihrem Facebook-Profil? Gibts da den Identitäts-Status »Happy Homo«? Fänd ich lustig.

Kombiniere zweitens mit drittens: Wann haben sich Max und Cédric zum letzten Mal gesehen? Ach ja, an meinem Geburtstag, Cédric fand Max zu langweilig, Max fand Cédric zu schwul. Hab ich ihnen das eigentlich mal gesagt? Max fragte: »Wieso müssen Schwule immer so extratuntig tun?« – »Du hast doch auch Judith Butler gelesen«, sagte ich, »das ist eben Geschlecht als Performance und so. Ganz klassisch.« Aber wenn Geschlecht eh Performance ist: Könnte dann Cédric nicht zum Beispiel auch mit mir Geschlechtsverkehr performen? Nur so theoretisch. Nicht dass ich das wollen würde. Andererseits ist Butler auch schon sehr, sehr alt. Wie wir. Max, Cédric, Anna. Alt wie Anna.

Wie lange muss ich eigentlich noch leben? Nochmals so lange?

Kombiniere Butler mit viertens: Bestimmt lebt die Grashalm-Kellnerin in einer Wohngemeinschaft und träumt davon, irgendwann süße Kinder zu kriegen. Na, hat sie sich aber geschnitten. Das wird eine Katastrophe, so ein Kind im Bauch eines so dünnen Mädchens. Und die Geburt erst, die wird sie zerreißen! Wird sie in der Mitte spalten wie diesen Skifahrer, dem es auf der Piste und vor allen Skifahren schauenden Fernsehnationen die Hüfte auseinanderriss, so, dass er einen Blutschweif hinterließ im Schnee. Wie hieß der?

Kombiniere erstes und zweites mit viertens: Wäre der Grashalm Schauspielerin: Ich würde sie sofort fördern. Meinetwegen kann sie sogar tanzen oder Pantomime machen. Muss ich jetzt nicht begründen. Wäre Max Regisseur: Nein. Max ist fürs Schülertheater super. Und fürs Lehrertheater. Exzellent sogar. Er hat ja zum Beispiel für sein Alter erst einen mittelgroßen Bauch und noch alle Haare. Kein schlechtes Gesicht. Klein ist er auch nicht, hat jedoch hässliche Beine, zu viel Fußball, zu ungeschickt dabei. Vermöbelt sehen sie aus, die Beine von Max. Stört ihn das eigentlich? Sicher nicht. Kriegsverletzungen. Und fertig. Verachte ich ihn eigentlich? Nur so das allerkleinste bisschen? Und wieso bin ich schon wieder mit ihm zusammen? Ah ja, wegen der Stabilität. Und der sozialen Funktion. Und weil wir früher so schön zusammen Pornos schauen konnten. Apropos Pornos …

An dieser Stelle musste sich Anna gestehen, dass »White Noise« heute gründlich versagte. Sie stand auf, holte sich ihren Vibrator aus der Nachttischschublade, zog in ihrem Arbeitszimmer die Vorhänge zu, setzte sich an den Computer, befolgte den guten Rat einer amerikanischen Pornodarstellerin, die gesagt hatte, es gäbe nichts Besseres als japanische Zeichentrickpornos, gab die Suchbegriffe »hentai«, »sex«, »actress« und »casting« ein, ließ erneut – und jetzt weit lieber – ihren Slip fallen und machte sich daran, die diversen Spannungen in ihrem Körper auf die effizienteste Art loszuwerden, die Mensch und Technik bisher erfunden hatten.

4

Wieder einmal stank es im Treppenhaus, als hätte eine ganze Mädchen-WG ihre Tampons in einer zehn Tage alten Kohlsuppe entsorgt. Gerne wäre Lilly ins Bistro zurückgegangen, hätte sich hinter den blanken Tresen gestellt und noch ein paar Stunden länger kleines Gebäck mit teuren Aufstrichen und französische Getränke verkauft. Aber es war schon beinah Mitternacht, und Jonas war da. Es konnte sich bei dem Gestank bloß um die ewig unaufgeräumte Tofuküche der Veganpunks im zweiten Stock handeln. Gewiss müffelten da diverse Töpfe mit Tofuwasser, mehrere selbstgeschreinerte Tofupressen aus Holz und Dutzende von feuchten Tüchern vor sich hin, und dies nicht erst seit ein paar Stunden, sondern seit mindestens fünf Tagen, und Lilly hoffte, dass sie diese Woche nicht schon wieder zum Essen eingeladen würde, weder zu einem Tofucurry noch zu einer Tofupizza.

Und das, obwohl die süßen kleinen Veganpunks ihre ganze Freizeit in dieser Küche verbrachten und einen Aufwand betrieben für das weiße Zeugs, wie Lilly ihn sonst nur von Kokainisten kannte. Sie kaufte sich ihren Tofu lieber fein geräuchert oder vorfrittiert im Asia-Markt.

Sie quälte sich also in der Stinkwolke in den dritten Stock, öffnete die Wohnungstür, ging in die Küche, machte das Licht an und fluchte: »Fickt euch doch in eure doofen Panzer!« Denn im Schein der roten China-Laterne stoben sie auseinander, schwarze, trocken raschelnde Kakerlaken, und Lilly spürte, wie sie das letzte bisschen Kraft verließ. Wie sie das alles nicht mehr raffte. Aber sie blieb ruhig, wartete, bis all die blöden Tiere sich irgendwohin verkrochen hatten, in eine Müslipackung oder einen Laib Brot, oder an irgendeinen andern Ort, wo sie anfangen konnten, sich mit Lebensmittelmotten zu paaren und dumme kleine Mutantenschädlinge zu zeugen. Sie traute Kakerlaken und Lebensmittelmotten restlos jede Hinterfotzigkeit zu, erst recht, wenn sie so vertraut Packung an Packung lebten wie in der WG-Küche.

Dann holte sie Besen und Schaufel, wischte ein paar tote Kakerlaken zusammen und ging damit Richtung Klo. Und stieß dort auf Alex, der bei offener Tür pisste und sagte: »Also, ich wollte dir das schon lange mal sagen. Aber jetzt, wo ich Küchendienst habe, ist es irgendwie virulent. Ich finds eklig, wenn du die Butter am Morgen nicht direkt aufs Brot streichst, sondern immer zuerst auf einen Teller tust. Die Teller kleben danach so fies aneinander, und Fett ist einfach nicht so leicht abzukriegen.« Lilly dachte, mein

Gott, du elende Sacknase! Und hatte sie Alex nicht schon hundertmal gesagt, dass sie es hasste, wenn er mit seinem gebrauchten Messer den schönen Butterklotz verunstaltete? Wenn er zuvor Essiggurken oder Käse geschnitten hatte und erst danach ein Stück Butter absäbelte? War ihm eigentlich klar, wie widerlich das war? Wenn dieser Hauch von Essiggurke durch ihren Zopf mit Butter und Honig drang? Störte dies Alex nicht? Nein, natürlich nicht, er pisste ja auch bei offener Tür. Aber sie sagte nichts, sie brauchte ihn, er war der Erste gewesen, der die Sache mit Jonas verstanden und eingewilligt hatte, ihm das kleine Zimmer für ein Jahr zu überlassen. Und Alex war ein Nerd, und Jonas brauchte einen Nerd. Lilly hatte keine Zeit, mit Jonas halbe Tage lang hinter zugezogenen Vorhängen abzutauchen. Für sie bestand das Internet aus Nützlichkeit, Kommunikation und Zerstreuung. Für Alex und Jonas fing es auf seltsamen Foren an, wurde immer verschlungener und dunkler, und irgendwann gelangten sie regelmäßig an den Punkt, wo man echte Waffen, Drogen, Mörder oder Kannibalen bestellen konnte. Jonas liebte das. Und Jonas liebte Alex dafür, dass sie gemeinsam diese echten Männerfreundschafts-Dinge machten.

»Das ist wie die beiden Ermittler in der Serie *True Detective*«, sagte er einmal zu Lilly.

»Aha«, antwortete sie, »Alex ist der Alte, und du bist der Schöne?« Jonas grinste selig.

Weil das alles so war mit Alex, Jonas und ihr, sagte Lilly nichts wegen der Butter, sondern beschränkte ihren Kommentar darauf, die toten Kakerlaken mit einem geschickten Schubs an Alex vorbei ins Klo zu befördern.

Jetzt stand sie vor dem kleinen Zimmer und öffnete leise die Tür. Auf ihrem alten Laptop flackerte schwarz-weiß »I want to die!«. Auf dem Bett lag Jonas, schmal, blass, es roch nach Jungmännerschweiß und nach Kleidern, die einen Tag zu lang getragen worden waren. Nicht schlimm, Lilly mochte diesen Kleidergeruch, er war seltsam weich und warm, von einer angenehm unklebrigen Körperlichkeit, und sie erinnerte sich an ein paar Begegnungen mit Männern und Frauen, die genau so gerochen hatten. Begegnungen in Bars, und zuverlässig hatte Lilly zu viel getrunken und sich fallen lassen in die Arme und Betten, die zu diesem Geruch gehörten, zu diesem Nestgeruch, der nichts Böses an sich hatte, bloß einen Hauch von zu viel Laisser-faire, und von einer liebenswerten Uneitelkeit. Hauskatzen rochen ähnlich.

Lilly griff in den schwarzen Kleiderklumpen auf dem Stuhl neben dem Bett und hielt sich ein T-Shirt vors Gesicht. Am liebsten hätte sie sich zu Jonas gelegt, hätte ihren zum Auseinanderbrechen müden Körper an ihn geschmiegt, und er hätte nach ihren Händen getastet, sie umklammert und festgehalten. Jonas und Lilly. Jonas mit seiner jungen Not, von der sie genau wusste, wie weh sie tat. Im Kopf, im Herz, im Körper.

Die Not, die Not, die macht dich tot, dachte sie und ging zurück in die Küche, um die Altware des Tages, die sie aus dem Bistro mit nach Hause genommen hatte, in den Kühlschrank zu räumen. Sie setzte sich mit einem Glas Wodka an den Tisch, über ihrem Kopf surrte die Birne in der roten Laterne ein paar Sekunden lang, dann war Schluss und dunkel. Auch das noch, dachte Lilly, nahm einen letzten

Schluck Wodka und legte erschöpft den Kopf auf ihre Arme. Und die erste und letzte Liebkosung dieses Tages, die sie im Wegdämmern noch spürte, war das trockene, aber nicht unangenehme Kratzen von ein paar winzigen Kakerlaken-Füßchen auf ihren Handgelenken.

5

Exakt um 3:35 Uhr erwachte Anna. Wie jede Nacht mit einer vollen Blase. Sie hatte keine Ahnung, wie sie das in den Griff bekommen könnte, sicher war es das Alter. Egal, ob sie um 18 oder 23 Uhr zum letzten Mal etwas trank, um 3:35 Uhr musste sie mal. Auf dem Klo starrte sie auf ihre Oberschenkel, auf deren Vorderseite es nichts zu sehen gab, weder ein Tattoo noch irgendwelche deplatzierten Äderchen, und fragte sich, wieso nicht ihre ganzen Beine von der Beschaffenheit dieser Oberschenkel-Vorderseite sein konnten. An die Hinterseite, auf der sie gerade saß, dachte sie lieber nicht, da war ja bekanntlich alles verloren, da hatte nichts geholfen, was sie in den letzten Jahrzehnten versucht hatte. Auch nicht das Anti-Cellulite-Gel von Oprah Winfrey, das sie in einem banalen Moment im Internet bestellt hatte. Das Gel kam in zwei großen roten Tuben, und sie fragte sich, ob es sich dabei nicht einfach um verdünnten Klebstoff handelte. Das Blöde am Leben war ja dies: Alles ließ sich auswechseln, der Job, die Wohnung, der Mensch im Bett, nur dieser verdammte Körper war in seiner Grundsubstanz immer der gleiche.

Sie starrte auf ihren Slip und sah, dass da noch immer die

Slipeinlage des vergangenen Tages klebte. Sie zupfte sie weg und hielt sie sich vor die Nase. Die Slipeinlage bestätigte ihr, was sie sowieso schon wusste: Dass kein guter Tag hinter ihr lag. Die Slipeinlage roch nach Stress, nach Angst. Von dem, was ihre Nase suchte, war nur noch ganz wenig vorhanden, aber genug, um ein angenehmes Kribbeln direkt in ihr Gehirn zu jagen. Sie schnüffelte seit eineinhalb Jahrzehnten an ihren Slipeinlagen. Es war das Einzige, was sie je aus einer Frauenzeitschrift gelernt hatte.

Vor eineinhalb Jahrzehnten nämlich saß sie auf einem Flug nach London, sie arbeitete gerade als Dramaturgin für das Theater, das jetzt bei ihr um Fördergelder betteln musste, eine kleine, aber fiese Wendung in ihrem Berufsleben, die ihr ausnehmend gut gefiel. Sie war auf dem Weg zu einer jungen Autorin am Royal Court Theatre, mit der sie über eine mögliche Zusammenarbeit reden wollte, und auf dem Flug las sie wieder einmal diese Zeitschrift, die später immer die Gewinnerin einer Model-Castingshow auf ihrem Cover zeigen sollte. Restlos alles, was in der Zeitschrift stand, war nicht einmal nebensächlich, aber dann stieß sie auf einen Artikel mit dem Titel »Zehn Dinge, die deinen Alltag im Nu lustvoller machen«. Komisch, dachte sie sich, »im Nu« sieht ausgeschrieben doch einigermaßen schräg aus. Annas Lieblingswort war »Fleisch«, ganz einfach. »Fleisch« lag so weich im Mund, so anschmiegsam, so innig, als würde sich ein ganz dünn geschnittenes Stück rohes Rind zärtlich auf ihre Zunge legen. Aber natürlich blieb sie hängen, und besonders ins Auge stach ihr Punkt neun »Mach es dir selbst«. Und nachdem sie verstohlen von ihrem Gangplatz aus nach rechts geblickt hatte, wo wie immer ein Mann saß, der entweder dick war, aus dem Mund stank, mit ihr reden wollte oder alles zusammen, und sich versichert hatte, dass er schlief, las sie: »Du hast gerade keinen guten Tag? Du stehst vor einer schwierigen Entscheidung oder einem harten Gespräch und fühlst dich nicht selbstbewusst genug? Du hast keinen liebevollen Partner, der dir zeigt, wie sehr er dich begehrt und wie großartig du wirklich bist? Dann nimm dein Schicksal einfach selbst in die Hand. Berühre dich und riech deine eigene Feuchtigkeit. Was du dabei wahrnimmst, sind deine Pheromone. Und Pheromone machen glücklich. Und stark. Probiers doch einfach!« Sie dachte sich: What?!?!, wurde rot, ging auf die Flugzeug-Toilette und probierte es dort aus. Und dachte sich wieder: What?!?! Denn der Trick funktionierte genau so, wie es das dumme Magazin vorausgesagt hatte. Zwar nur für ein paar Sekunden, aber einwandfrei.

Sie stieg am London City Airport aus dem Flugzeug und fühlte sich so rosig, als hätte sie fünf Stunden lang in der First Class durchgeschlafen. Mit der jungen Autorin, deren weiterum berühmtes Asperger-Syndrom sich als bloße PR-Maßnahme entpuppte, verstand sie sich hervorragend, sie liehen sich zwei Fahrräder, fuhren durch Knightsbridge zum Hyde Park, tranken vor dem Kensington Palast Weißwein, ihre künftige Zusammenarbeit besprachen sie im Museumsshop des Palastes, wo sie sich auch lustig machten über die Postkarten mit dem neusten Porträt der Royal Family: Die Queen Mum und die Queen in identischem Lavendelblau, davor drei Hunde und ein Prinz William, dessen rechtes Bein mindestens einen halben Meter länger war als sein linkes.

Heute, dachte sich Anna auf ihrem Toiletten-Thron, würde man dies als Photoshop-Fail bezeichnen, damals hatte sich der Maler ganz einfach perspektivisch verrechnet. Damals, als ich jung war. Und immer wieder meinte, eine irgendwie grandiose Zukunft vor mir zu haben. Egal, wie klein die Realität gerade war. Damals, als ich mich auch schon nicht schön fand.

Müde und mit geröteten Augen blickte sie in den viel zu hell beleuchteten Badezimmerspiegel und erinnerte sich daran, dass ihre Hausärztin gesagt hatte, sie müsse dringend zum Hautarzt wegen eines Muttermals auf ihrem Rücken, dass die Dentalhygienikerin gesagt hatte, sie müsse dringend ihre dreißig Jahre alten Füllungen auswechseln, dass der Arzt, der ihr für wenigstens einen Sommer ein paar Besenreiser weggespritzt hatte, gesagt hatte, sie müsse dringend ihre kaputten Venen entfernen lassen, dass die Frauenärztin ihr eine Ermahnung wegen der Brustkrebsvorsorge geschickt hatte. Ganz zu schweigen von der Sache mit den Wechseljahren, den lästigen hormonellen Verschiebungen, die sich manchmal tagelang so anfühlten, als wäre Anna in der tiefsten, elendesten und zugleich sexuell überschwänglichsten Pubertät. Durchzogen von Hitzewallungen, die sie in irgendeiner Sekunde überfallen konnten, so schnell und gründlich, als ginge ein Flammenwerfer einmal über ihren ganzen Körper. Wäre ich ein Auto, dachte sie, dann käme ich nicht mehr durch den TÜV. Und dabei würde, das wusste sie genau, noch viel mehr auf sie zukommen. Richtige Beschwerden, schwere Krankheiten. Sie brauchte sich nur innerhalb ihrer Familie einmal um sich selbst zu drehen, und da standen sie alle bereit: Brust-, Lungen-, Kehlkopf- und Bauchspeicheldrüsenkrebs, Asthma, Diabetes, Demenz, Depressionen, Darmverschluss.

Anna hasste ungefähr eine Million Dinge. Und von allen hasste sie das Altern am meisten. Aber wenn es eines Tages ganz schlimm würde, gab es da einen Felsen über der ligurischen Küste, gerade neben dem Städtchen, wo Hans Christian Andersen einmal Märchen geschrieben hatte, da tat man einen Blick aufs Meer, der war zum Weinen schön, ein paar Kiefern und Olivenbäume wiegten sich in der Brise, und da würde sie sich fallen lassen, so, wie Andersens kleine Meerjungfrau sich ins Meer stürzte und in Schaum auflöste, nachdem ihr Prinz eine Menschenfrau geheiratet hatte.

6

Als Lilly die Augen öffnete, lag sie in ihrem Bett. Im T-Shirt von gestern, aber ohne Hose. Neben dem Bett standen ein großes Glas Wasser und ein kleiner Red-Bull-Shot. Alex? Lilly schraubte das Fläschchen auf, trank, schüttelte sich vor Ekel, bemerkte dankbar, dass das überzuckerte Zeugs seine Wirkung tat und den Rest-Wodka in ihrem System absorbierte. Dann stolperte sie in die Küche. Auf dem Tisch standen hübsch angerichtet die Reste, die sie mitgebracht hatte, eine Kalbspastete, eine Lachs- und Entenleber-Terrine, dazwischen halbierte Birnen, ein paar Trauben und Käse. Am

Tisch saßen Jonas und ein vergnügter Veganpunk, der verkündete, er hätte gerade seinen flexitarischen Tag, und ungefähr, nein, höchstens dreimal im Jahr würde ihm der perverse Kram ja echt gut schmecken. Die kaputte Birne in der roten Papierlaterne war ausgewechselt. Alex stand am Herd und briet Rührei mit Feta. Lilly umarmte ihn von hinten, flüsterte: »Danke, danke!«, und dachte sich, dass sich dünne Männer viel zu hart anfühlten. Anschauen konnte man das gut, aber anfühlen tat es sich ungut. Einerseits. Andererseits war Alex ein Schatz. Fürsorglich wie eine Mutter. Jedenfalls fürsorglicher als Lillys Mutter je hatte sein können. Vielleicht wäre die Geschichte mit Jonas auch anders gekommen, wenn Mutter und Vater nicht so viel gearbeitet hätten. Und wenn sie nicht schon so alt gewesen wären, als Jonas zur Welt kam. Aber jetzt, in diesem Moment, in dieser Stadt und dieser WG-Küche war alles gut. Lilly liebte diese Küche, jedenfalls tagsüber, wenn die Kakerlaken schliefen oder lichtempfindliche Intimitäten trieben. Sie, Sue und Alex hatten den Boden einmal türkisblau gestrichen, die Wände waren schon von mehreren WG-Generationen immer wieder mit Kleister und Filmplakaten bearbeitet worden, der Rauch von vielen hundert Parisiennes hatte seine Patina dazu beigetragen, es war eine Traumhöhle. Bis Jonas gekommen war und eines Nachmittags sein schönstes *Transformers*-Poster direkt über Lillys heiß geliebtes *In the Mood for Love*-Plakat gekleistert hatte. Da war die Höhle nicht mehr so traumhaft. Sie überlegte kurz, ob sie zurückschlagen und die makellose Cate Blanchett aus *Carol* quer über die Roboter kleben sollte, ließ es aber sein, es war wichtig, dass sich Jonas bei ihr zu Hause fühlte, und wenn das dämliche Poster half, würde sie das aushalten. Und wenn sie sich mit Alex paaren musste, um Jonas glücklich zu machen, würde sie das auch aushalten. Nein, würde sie nicht. Oder doch? Sie betrachtete Alex, den Dokotoranden der Politologie mit Computerkenntnissen und Mutterinstinkt und wäre ihm gern mit der Hand durchs Haar gefahren. Über genau dies hätte sich Jonas gefreut.

Jonas, das späte Kind. Jonas, der genau zwölf Jahre nach ihr zur Welt gekommen war. Nicht geplant, nicht gewünscht, aber geschehen. Weil sich seine Eltern auch nach all der Zeit einfach zu sehr liebten. Die früh verbrauchten, abgearbeiteten Eltern, die einander vollkommen genug waren. Und mit vierzig deutlich zu alt für ein zweites Kind. Das Vierzig ihrer Eltern war damals schon eher ein Fünfzig gewesen. Heute war Jonas fünfzehn und störte nur auf dem kleinen Bauernhof der Eltern. Und während Lilly noch gelernt hatte, die Eltern zu verstehen und mit einer gewissen Selbstverständlichkeit an ihrem Leben teilzuhaben, lag zwischen Jonas und ihnen schon lange ein Meer an Überforderung und Schweigen.

Deshalb war die Mutter eines Tages mit Jonas und einem Koffer ins Bistro gekommen und hatte gesagt: »Übernimm du, wir können nicht mehr.« Lilly hatte ihrer Mutter ein Aprikosentörtchen und Tee serviert und gesagt: »Klar, mach dir keine Sorgen«, doch in ihr drin hatte etwas aufgeschrien und sie hatte voller Angst gedacht: Wars das? Ist mein schönes, einfaches Leben jetzt vorbei? Es war seit Wochen absehbar gewesen, sie hatte den Eltern das Versprechen gegeben, sich eine Weile um den kleinen Bruder zu kümmern, sie hatte sogar schon nach einer Schule gesucht, die bereit wäre, ihn für ein paar Monate, höchstens für ein Jahr aufzunehmen. Sie hatte damit gerechnet, aber eher so, wie man mit einem Autounfall rechnet oder damit, dass sein Haus in Flammen aufgeht. Also eigentlich lieber nicht. Doch dann hatten die abgekämpfte Mutter und Jonas eines Tages tatsächlich vor ihr gestanden. Jonas hatte sie umarmt, ganz fest, mit einem kaum hörbaren Geräusch wie ein gequältes Kätzchen, und sie hatte ihn gerochen, so wie eine Katze ihr Junges riecht, und beschlossen, es auf sich zu nehmen, die verdammte Dreifachbelastung als Studentin, Kellnerin und Ersatzmutter, schließlich war sie jung, schließlich war sie stark, schließlich war sie Lilly. Und Lilly klang ähnlich wie Liebe.

Bloß, wo war eigentlich die Liebe für Lilly, also, die Liebe außerhalb von Ficken, fragte sie sich und spürte, wie sie sich innerlich in einen unzufriedenen Schlumpf mit schlechter Haltung, griesgrämigem Gesicht und strähnigem Haar verwandelte. Was sie äußerlich schon war. Also bewegte sie sich endlich in Richtung Dusche. Wo jedoch gerade Sue stand und sich die Haare färbte, in Unterwäsche und mit schwarzen Latexhandschuhen. »Titanium blond« stand auf der Farbtube, das Waschbecken war grau verschmiert.

»Pardon«, sagte Lilly.

»Süße, du störst nie! Und in der Dusche ist ja Platz, komm, mach dich nackig.«

Aber Lilly hatte keine Lust darauf, sich die nächsten zehn Minuten lang Sues Anzüglichkeiten anzuhören. Obwohl sie, was Alex nicht wusste, schon ein paar Mal mit Sue geschlafen hatte, was schön gewesen war. Doch leider war die

Farbe von Sues emotionalen Fähigkeiten genauso titanblond wie ihr Haar. Und obwohl Jonas Sue immer wieder mit verdächtig großen Augen anstarrte, interessierte Sue sich für ihn noch weniger als für die tote Spinne über ihrem Bett. Sue war nicht nett, dachte sich Lilly, aber Sue war patent und ruchlos und besaß eine große Expertenschaft in Sachen Mixgetränke und Musik. Für eine Mitbewohnerin reichte das.

Ohne sich für Sue auszuziehen, zog Lilly sich wieder in die Küche zurück, wo Alex bereits einen Teller mit Rührei und einem aufgebackenen Croissant für sie bereitgestellt hatte. Mit einem Klumpen Butter auf dem Teller. Der Veganpunk strahlte sie an, zeigte auf die Pasteten und Terrinen, sagte: »Geile Ware, danke! Dafür bring ich dir mal von meinem Tofu«, und Jonas kritzelte seinem Transformer selbstvergessen und zufrieden einen Penis zwischen die Roboterbeine. Das Einzige, was jetzt noch fehlt, dachte sie, ist eine kleine, Milch trinkende Katze. Die man nachts als Kakerlakenjägerin einsetzen könnte. Alles war gut. Hier, jetzt, in dieser Küche, dieser Stadt, an diesem Morgen.

7

Die Differenz zwischen Annas Stadt und der kleinen Kleinstadt von Max betrug exakt 27,3 Kilometer, 19 Minuten im Zug oder 34 Minuten in der S-Bahn. Max gehörte also zur Agglomeration von Anna. Er mochte das nicht. »Agglomeration« klang wie »Ex-Mann«. Was er ja auch war. Gut, er hatte dies Anna noch nicht mitgeteilt, er hatte es ja auch erst gerade für sich so beschlossen und wollte sich schön langsam, die Tragödie einer toten Liebe auskostend, daran gewöhnen. Er gönnte sich das jetzt. Und zwischen Entschluss und dem richtigen Schlussmachen wollte er etwas tun, was er noch nie getan hatte. Er wollte Anna was antun. So richtig schäbig. Max wollte zum ersten Mal in seinem Leben als Kunde ins Bordell. Nicht so wie früher, als er den Prostituierten mit ihren Computern geholfen und kaum gewagt hatte, seinen Blick auf mehr zu richten als auf ihre gefährlich verlängerten Fingernägel. Und wenn er Anna dann ein paar Tage später mit seiner Entscheidung konfrontieren würde, klänge das so: »Weißt du eigentlich, wie weit du mich getrieben hast? Deinetwegen ging ich ins Bordell! Ich, ein Lehrer! Ich war ganz unten!« Und Anna würde sich schämen. Er freute sich, auch wenn er sich eingestehen musste, dass seine Rachefantasie enorm unterkomplex war.

Die kleine Kleinstadt besaß eine Burg, einen Fluss, ein Kino, ein Kellertheater, ein Industriegebiet, das doppelt so groß war wie der Rest der Stadt, und ein Gymnasium. Wo Max allerdings nicht arbeitete. Er war an der Schule für Kinder, die ein bisschen zu dumm waren fürs Gymnasium. Es waren interessante Kinder, kreative Kinder, aber es fehlte ihnen das Talent für die gut organisierte Strebsamkeit der Gymnasiasten. Ein paar schafften nach zwei Jahren den Übertritt doch noch, viele gingen in die Sozialarbeit oder bewarben sich für Kunsthochschulen. Kaum eines wurde Manager, Banker oder ein anderweitig böser Mensch. Er mochte seine Kinder. Minus ihre Eltern.

Die Eltern arbeiteten alle in Annas Stadt, viele in guten Positionen, aber eben nicht in Spitzenpositionen. Nicht so wie diejenigen, die in Annas Stadt lebten und dort eine Familie ernährten. Die Reichen und Erfolgreichen. Was dazu führte, dass die kleinstädtischen Eltern einen Minderwertigkeitskomplex hatten, was wiederum dazu führte, dass sie weder mit sich noch mit allen andern jemals richtig zufrieden waren. Und schon gar nicht mit den Lehrern. Denn heimlich gaben sie natürlich alle nicht sich, sondern ihren alten Lehrern die Schuld daran, dass sie es nicht in eine Spitzenposition geschafft hatten. Ihre eigenen Kinder schickten sie nach dem Motto »Nicht der Schüler ist schlecht, nur das Bildungssystem ist beschissen« zur Schule, und die Regungen, die sie Max entgegenbrachten, hießen: Argwohn, Misstrauen, Hass. Er war machtlos dagegen. Aber er hatte seine Freunde, seine Kneipe, seine Kurse und manchmal auch Anna. Doch mit der war jetzt Schluss. Und mit ihrer großkotzigen Stadt. Er würde dort sicher nie mehr übernachten, höchstens noch shoppen. Und gegen Geld ficken.

Annas Stadt besaß einen See, neun Gymnasien, eine Universität, ein Schauspielhaus, drei Klein-, fünf Keller- und ein Musicaltheater, ein Spielcasino, siebzehn Kinos, drei Krankenhäuser und eine Klinik für plastische Chirurgie. Und Bordelle. Am Rand des Industriegebiets der kleinen Kleinstadt, dort, wo die langweilig bewaldeten Spazierhügel anfingen, stand dafür eine psychiatrische Klinik, das Irrenhaus. So was hatte Annas Stadt nicht, dachte sich Max, auch wenn man »Irrenhaus« nicht gut als Touristen-Attraktion in einen Reiseführer schreiben konnte. Er war noch nie im Irrenhaus gewesen, er kannte keine Leute dort, aber er stellte sich hinter der schlossähnlichen Fassade eine Reihe von Gummizellen mit tobsüchtigen Patienten drin vor, die so sehr an ihrem gestörten Geist litten, dass sie auch noch ihren Körper zerstören wollten. Hießen eigentlich Gummizellen heute noch so? Hießen die nicht »Weichzellen«? Oder »Kriseninterventionsräume«? Doch womit ließ sich seine Kleinstadt überhaupt bewerben? Mit dem winzigen Rebberg unterhalb der Burg, der höchstens zwanzig Flaschen Wein hervorbrachte? Mit dem einen Kilometer Flusspromenade, der genau dreihundert Meter lang hübsch war und dann durch eine experimentell missratene Mehrfamilienhaus-Siedlung gestört wurde? Mit der Burg, die bloß eine feuchte Ruine war? Mit der Fußgängerzone, wo es außer Blumenläden und Schmuckboutiquen nur H&M, Zara und Nespresso gab?

Und trotzdem, dachte er, trotzdem würde er sich eine exakte Kopie seiner Kleinstadt suchen, wenn ihn das Leben woandershin verschlagen würde. Von dieser Kleinstadt also, die wiederum eine minimal größere Variante jenes Ortes war, wo er aufgewachsen und später mit Anna ins Gymnasium gegangen war. Es war ein ausnehmend hässlicher Ort gewesen, quasi eine Industriezone mit Dorfkern-Dekoration, aber es gab dort das größte China-Lokal der Gegend, einen Irish Pub und eine Kirche mit ein paar uralten Knochen in einem edelsteinverzierten Gefäß. Für eine wie Anna, die aus einem echten Dorf kam, war dieser hässliche Ort eine Weile lang der mondänste Platz im Universum gewesen. Und Max sein Meister.

Jetzt war alles anders. Und Max, das musste er sich eingestehen, war einfach nicht zur Größe geboren. Er mochte das Mittelmaß ganz gern, es hatte Vorteile. In seiner Kleinstadt lebten laut Telefonbuch 67 Lehrer, in Annas Stadt 859. Im Dorf, wo Anna herkam, 5. In dem Ort, wo Max herkam, 31. In Lehrern gemessen hatte sich Max zwischen dem Ort seiner Kindheit und seiner Kleinstadt von heute um das 2,16fache verändert. Das war eine Größe, mit der er umgehen konnte, das war keine Bedrohung. Er wusste genau, wie viel er als Lehrer im System seiner Kleinstadt wert war und wie er mit den Leuten umgehen musste, damit sein Wert nicht sank. Wäre Anna auch eine Lehrerin, so hätte sich die Lehrerdichte in ihrem Umfeld über all die Jahre um das 172fache vergrößert. Das war beeindruckend. Und bedrohlich. Doch das würde sie überhaupt nicht interessieren, denn es handelte sich bei seiner Rechnung um eine typische Lehrer-Marotte. Aber dass seine Wohnung weit größer, neuer und günstiger war als ihre, war eine Tatsache, die auch sie nicht ignorieren konnte. Er freute sich darauf, alle seine Wochenenden jetzt wieder ungestört in dieser Wohnung verbringen zu können, und nicht mehr bei Anna, in ihrer kleinen, teuren, kühlen Stadtwohnung.

Anna hatte kein Talent fürs Gemütliche, dachte sich Max, als er seine Tasche zusammenpackte und sich zur Arbeit aufmachte. Die Neue hatte es sicher, diese Sarah. Sie sah bei all ihrer Jugend so aus, als würde sie gerne Konfitüre einkochen, Kissen aus bunten afrikanischen Stoffen nähen und lustige Sprüche im Kreuzstichmuster sticken. »I am awesome« oder »Gönn dir!«. Eine von diesen hippen jungen Handwerkerinnen eben. Schon seltsam, dachte Max, dem

Anna und andere Frauen über die Jahre eine fundierte feministische Erziehung verabreicht hatten, am Ende ist dieses neue Getue mit dem auf Verkehrsinseln gezüchteten Salat, dem Stricken für frierende Brückengeländer, dem eigenen Bienenstock, der Käferburg und den selbstgezüchteten Tomaten auf dem Dach doch nichts anderes als eine Ersatzhandlung für das alte Hausfrauendasein, nach dem sich offenbar alle zurücksehnen. Ein Stück Backlash-Kultur. Er war zufrieden. Er hatte eine These, das wurde ein guter Tag. Und vielleicht musste er gar nicht unbedingt ins Bordell. Vielleicht war es ja einfach nur schön, mal wieder zu einer thailändischen Masseurin in die Stadt zu fahren. Eine ohne Sex, aber auch ohne Berührungsängste.

8

Mein Geld gehört mir, sagte sich Anna. Wie jeden Morgen öffnete sie die App ihrer Bank und schaute nach, wie es um ihre Finanzen stand. Nur samstags und sonntags wurde auf der App nicht gearbeitet. Sie hasste das, denn manchmal schaute sie an einem Samstag oder Sonntag schnell auf ihr Geld, hatte vergessen, dass der Wochenendeinkauf noch nicht verrechnet war, freute sich, und am Montagmorgen kam dann der große Absturz, denn plötzlich waren da 200 oder 300 weniger, als sie einkalkuliert hatte. Sie rechnete jeden Morgen ganz schnell ihr Budget bis zum Jahresende durch und machte auch gleich noch zwei kleine Prognosen fürs kommende Jahr. Eine für den Fall, dass sie ihren Job

behalten und alles so weitergehen würde wie im vergangenen Jahr, was ihr wiederum einen kleinen Spar- oder
Luxusbetrag erlauben würde. Eine zweite Prognose machte
sie für den Fall, dass sie einmal kurzfristig arbeitslos würde.

Doch jetzt saß sie da und fragte sich, welche hormonelle
Totalverzweiflung sie je dazu hatte bringen können, die
Sache mit dem Schönheitschirurgen überhaupt auch nur
entfernt in Betracht zu ziehen. Cédric hatte sie über dem
gemeinsamen Tatar schon so heftig ausgeschimpft, dass sie
beschlossen hatte, niemandem sonst je etwas davon zu erzählen. Und dann hatte Cédric auch noch gesagt, was wohl
jeder Schwule sagte: »Du spinnst. Dann mach halt mehr
Sport.« Es war ja nicht so, dass Anna gar keinen Sport
machte. Bloß fast keinen. Cédric wusste das.

Der Blick auf die App sagte ihr, dass es um ihre Finanzen
wie immer minimal bis mittel überdurchschnittlich beschei-
den stand. Also viel besser als nichts, kaum besser als wenig
und weit entfernt von viel. So, wie es eben steht, wenn sich
eine erst in ihrem vierzigsten Jahr um einen anständig bezahlten Job gekümmert hat, dachte sich Anna. Dabei hatte
sie doch immer gearbeitet. Und viel. Am Theater. Für ein
paar Zeitungen. Hatte die Nächte durchgearbeitet und die
Wochenenden sowieso. Hatte sich bloß ab und zu mit einem
Schauspieler belohnt nach einer besonders gelungenen Pre-
mierenfeier oder mit der Kokain-Regisseurin gekokst. Hatte
nie Nein gesagt, wenn eine Programmzeitschrift oder ein
Branchenmagazin sie um einen kaum bezahlten Beitrag gebeten hatte. Hatte sich immer eingeredet, glücklich zu sein
und privilegiert. Aber Geld gab es für all die eingebildeten

Glücksgefühle nicht wirklich. Geld gab es sowieso für das wenigste, was ihr etwas bedeutete, das sah sie jetzt, da sie selbst Geld verteilen durfte. Sie hatte das an ihrem vierzigsten Geburtstag so beschlossen. Dass es Zeit sei für einen ordentlichen Verdienst und ein ordentliches Büro. Doch selbst wenn sie den Job auf der Behörde, den Job als Kulturbeamtin, noch bis zu ihrer Pensionierung innehaben würde, wäre danach nicht viel übrig. Aber Anna gab sich und ihrem Job noch höchstens drei gemeinsame Jahre. Oder fünf. Und dann? War für eine wie sie, die nicht viel mehr war als ein lebenslanger Parasit im Paradies des Kulturschaffens, nicht demnächst Schluss? Mit spätestens fünfzig? Sie beschloss, die Prognose »kurzfristige Arbeitslosigkeit« durch »radikales Ende meines Erwerbslebens« zu ersetzen. Dann sah alles anders aus. Irgendwie besser. Vor allem aber dramatischer.

Wenigstens gehört mein bisschen Geld mir, sagte sich Anna, und das Geld wird in jedem Fall reichen für exakt ein wunderschönes Jahr, sie hatte das schon mindestens siebenunddreißig Mal ausgerechnet. Sie würde lange alleine nach Thailand fahren und auf jeden Fall mit Cédric nach San Francisco. Und sie könnte ihre Cousine besuchen, die weit weg in Norwegen Solaranlagen baute, weil sie im Gegensatz zu Anna etwas Sinnvolles studiert hatte und gebraucht wurde. Je mehr die Welt in die Krise schlitterte, desto mehr wurde die Cousine gebraucht. Und desto reicher wurde sie logischerweise. Es war doch pervers: Obwohl die Cousine eine ganz und gar gutmenschliche Arbeit verrichtete, profitierte sie von der Katastrophe. Je mehr die Welt in die Krise

schlitterte, desto weniger wurde eine wie Anna gebraucht.
Aber Anna war im Grunde noch nie von jemandem gebraucht worden. Das war ihr klar, das war so, das war in Ordnung, das beschäftigte sie eigentlich auch nur, wenn sie ihre
prämenopausal verstärkten monatlichen Einbrüche hatte.

Deshalb würde es ihr auch nicht schwerfallen, bereits
mit einundfünfzig, nach diesem einen, wunderschönen Jahr
also, in dem sie sich alles gönnen wollte, von dem Felsen
über der ligurischen Küste zu springen. Nicht erst mit siebzig, wenn sie todkrank vor Gebrechen wäre. Es war dies ein
Gedanke, der ihr Ruhe und Zufriedenheit einflößte und das
gute Gewissen, dass sie sich nicht zurückhalten müsse bei
den kleinen, dekadenten Dingen, die sie so sehr liebte, bei der
Foie gras und den ofenfrischen Brioches, dem Crémant, dem
Entrecôte Café de Paris, dessen Genialität darin bestand,
dass die Butter mit geschmolzenen Sardellen verfeinert war,
den frischen Austern in der Fischhandlung.

Anna dachte oft und gern über den Tod nach. Wie das
sein würde, wenn nichts mehr von ihr da wäre. Weiß, dachte
sie, was dann ist, ist weiß. Wie in einem White Cube. Einem
weißen Würfel mit rund geschliffenen Kanten und Ecken,
sehr hell, so, dass es unmöglich war, eine Wand von einer
Decke zu unterscheiden. Anna hatte sich einmal in so einem
White Cube aufgehalten, sie hatte sich sofort verliebt, es war
der vollkommene Kontrollverlust, okay, hatte sie gedacht, so
also fühlt sich eine Sardelle, wenn sie sich in weißer Butter
auflöst. Köstlich. Danach hatte sie versucht, ihre Wohnung
auf Weiß umzustellen, es war ihr nicht ganz gelungen, der
Parkettboden ließ sich nicht entmaterialisieren, aber wenn

die Sonne schien, löste sich der Rest ihrer drei kleinen Zimmer auf in schnörkelloses Licht.

Max mochte das nicht, er fühlte sich wie von Scheinwerfern angestrahlt. Seine eigene Wohnung bestand aus großzügigen Vierecken in Brauntönen. Dazwischen etwas Anthrazit und Tannengrün. Wie ein Versteck im Wald. Den Möbeln war anzusehen, dass sie nicht billig waren. Dem Mann war anzusehen, dass er nicht billig war. So ein Lehrer, dachte sich Anna, ist am Ende seines Erwerbslebens richtig reich. Im Gegensatz zu mir. Selbst wenn ich jetzt noch ein paar Kultur fördernde Millionen verteile, ein paar Dutzend Reden halte und fünf Mitarbeiter befehlige, werde ich am Ende meines Erwerbslebens nichts sein. Aber nichts ist nicht einfach nichts. Nichts ist doch die sauberste Lösung von allen.

9

Max stand mitten im Milieu und hatte Angst. Er wusste nicht so richtig, wovor, es war ein diffuses Gefühl von tausend Augen. Was, wenn jetzt ein paar Schüler vorbeikommen, mich fotografieren und das Bild auf Facebook stellen, fragte er sich. Oder die Väter der Schüler? Gut, die wären weniger schlimm, weil sie selbst nicht hier sein sollten, theoretisch, aber er war Pädagoge und es gab ein paar Dinge, die waren für einen Pädagogen tabu, Dinge wie Pädophilie und Prostituierte.

Aber Max stand trotzdem im Rotlichtviertel, es hatte ihn hingezogen, obwohl es mitten am Tag war, obwohl er noch vor einer Stunde im Lehrerzimmer mit Sarah zusammen Kaffeetassen abgewaschen hatte. Die Tassen, die seine letzte Klasse allen Lehrern geschenkt hatte, doofe Tassen mit Bildern aus dem Film *Fack ju Göhte* drauf. Die Klasse fand das lustig, die Lehrer hatten so getan, als fänden sie es auch lustig, die Klasse war gegangen, die Tassen nicht, die Lehrer hatten sich alle zusammen den Film angeschaut und heimlich viel gelacht, sich aber darauf geeinigt, dass dies doch alles unrealistischer Schwachsinn sei, dass keiner, der gerade aus dem Knast kam, aus Versehen einen Job als Lehrer angeboten bekäme, niemals, und dass sie alle sowieso noch nie eine männliche Lehrkraft mit einem derart gut ausgebildeten Oberkörper gesehen hätten, nicht einmal unter den Turnlehrern.

Max hatte also mit Sarah Tassen gewaschen, hatte zugeschaut, wie sich Spülmittelschaum-Flocken auf ihre nackten Unterarme setzten, hatte plötzlich so ein Bild vor Augen, von einer Frau in Unterwäsche, die sich auf einer Kühlerhaube rekelt und einen schaumigen Schwamm über ihren Brüsten ausdrückt. Er gab Anna die Schuld und spürte, wie etwas in ihm hochstieg, die Lust, einen Eispickel in Annas Haut zu schlagen, zu schauen, ob überhaupt etwas darunter war unter dieser so verdammt weißen, glatten Haut, die ihr so wichtig war. Wie Annas kühle Augen dann wohl blicken würden? Ob sie bersten müssten vor Schmerz und Tränen?

»Alles gut?«, fragte ihn Sarah an dieser Stelle, und Max sah, dass seine Hände angefangen hatten, den nackten Oberkörper des Film-Lehrers auf einer hellblauen Tasse mit Scheuerstahl zu bearbeiten. Und dass sich hellblaue Striemen durch die Brust des Film-Lehrers fraßen. Wahrscheinlich war Annas Blut auch hellblau. Und kalt.

»Oh!«, sagte Max. »Nein, ich glaub … frische Luft …«
Sarah öffnete ein Fenster, Max atmete panisch die Luft ein, in der schon eine erste Ahnung von Schnee lag, und unterdrückte einen Brechreiz.

»Bist du fertig für heute?«, fragte Sarah besorgt.

»So gut wie«, keuchte Max benommen, »nur noch die Sitzung …«

»Sitzungen sind überschätzt, geh heim, trink eine Tasse Salbeitee. Oder heiße Bouillon.«

Max dachte nur, ich will heut nichts mehr aus einer Tasse trinken, und machte sich davon. Jetzt stand er mit leerem Magen und fahlem Gesicht auf der Kreuzung und fragte sich, ob er die Mail an Anna eigentlich abgeschickt oder unter »Entwürfe« gespeichert hatte. Die Mail von letzter Nacht, in der stand:

Anna, Liebe,
ich habe nachgedacht. Ich glaube, Abstand ist das Beste. Vorübergehend jedenfalls. Komm, wir gönnen uns einen Monat Ruhe voneinander. Wieso? Weil ich verwirrt bin. Weil ich denke, dass ich und du nur gerade ein »Genügend« erhalten würden in einem Liebestest. Weil ich nicht sicher bin, ob das überhaupt Liebe ist oder nur eine einigermaßen liebe Gewohnheit. So, wie ein ausgedehntes Frühstück an einem Sonntag. Leider sind Frühstücke das Langweiligste, was man an einem freien Tag tun kann, und zum Glück besteht eine Bezie-

hung nicht nur aus Frühstücken. Doch wir beide kommen übers Frühstücken einfach nicht hinaus. Anna, ich will mehr. Und ich fürchte, wir wollen einander nicht mehr. Anna, ich glaube, es ist aus.

Lass uns Freunde bleiben. Wie früher. Das war schön.

Dein Dich geliebt habender Max.

Was für ein Mist! Er hatte das nicht abgeschickt, oder? Er stellte sich vor, wie sie seine Mail im Büro las und weinen musste – vor Lachen – und wie sie sich ihrem Praktikanten zeigte und Frau Blume, der Sekretärin, die in wenigen Wochen pensioniert würde. Frau Blume würde ihre Hornbrille anheben, die Augen leicht zusammenkneifen, seine Mail lesen, und dann in einer Wolke aus leicht hysterischer Heiterkeit kollabieren. Leider wüssten der Praktikant und Frau Blume auch ganz genau, um welchen Max es sich handelte, er hatte die beiden schon oft gesehen, bei Premieren, bei Preisverleihungen, aber er konnte sich nicht mehr erinnern, ob ihre Zuwendung damals nicht schon von Argwohn vergiftet gewesen war. Jetzt würden sie ihn verachten, zu Recht.

Er suchte nach seinem Smartphone und fühlte sich jetzt nicht nur schlecht, sondern zunehmend fiebrig. Da war es, »Anna, Liebe …«, und er hatte es … nicht abgeschickt. Erleichtert löschte er das Ding aus seinen Entwürfen und beschloss, dass morgen auch noch ein Tag für unangenehme Wahrheiten sei. Jetzt wollte er etwas zu essen. Und Sex. Nicht gegen Anna, nur für sich. Sex für Max.

Auf der andern Straßenseite lag das Notre Dame. Und im Notre Dame hatte er als scheuer Student einst den Damen den Umgang mit Excel beigebracht. Sie würden alle nicht mehr dort arbeiten, aber das Haus existierte noch, und unterdessen war er nicht mehr scheu und hatte Geld. Ein Bordell war immer noch besser als einsam zu Hause am Computer Pornos zu schauen und dazwischen unsägliche Mails an Anna zu entwerfen. Am Wurststand holte er sich eine Bratwurst mit Brot und viel Senf und fragte sich erst beim Essen, ob es im Notre Dame wohl auch diese Einwegzahnbürsten gab, die in der Praxis seines Zahnarztes immer bereitlagen. Er wollte die Prostituierten, von denen er sich die unglaublichsten Fachkenntnisse versprach, nicht mit Mundgeruch belästigen, sondern ein angenehmer Kunde sein.

Schließlich stand er da, vor der Tür mit der Silhouette der Pariser Kirche, deren Türme in diesem Fall nichts Klerikales meinten. Er drehte sich noch einmal um und sah ein Mädchen über die Straße gehen, eine junge, kleine, runde Person, so unvernünftig hübsch, dass Max den Atem anhalten musste: Ihr Gesicht war ein perfektes Herz, ihr hochtoupiertes Haar leuchtete silberweiß, ihre Kleider schienen aus schwarzer Spitze zu sein. Die Lippen waren voll und violett geschminkt. Und auf die Schläfen waren kleine Sterne tätowiert. Ein Mädchen aus einem Märchen. Die würde mir gefallen, dachte Max, genau die. Aber Herrgott, er konnte doch nicht jeder jüngeren Frau nachschauen! Erst Sarah, jetzt die runde kleine Fee. Obwohl, mit Sarah war er schon wieder fertig, diese zupackende Anteilnahme, sie war doch nicht seine Mutter! Dieses »Trink Salbeitee!«, unerträglich!

Über alledem war die Tür vor ihm bereits aufgegangen, und eine Frau mit roten Haaren, die wenige Jahre älter sein musste als Max, strahlte ihn an und sagte: »Du? Gibts ja nicht! Kommst du endlich deine Gutschrift einlösen? Für so einen Computerheini ist aus dir ja ein echt stattlicher Mann geworden! Wow! Ohne dich wär unser Laden nichts, ganz ehrlich. Na, dann machen wir's dir doch mal gemütlich, so richtig.« Das jedenfalls hätte Max gern gehört. Was die ihm völlig unbekannte Frau wirklich sagte, war: »Hast Glück, Happy Hour. Halbe Stunde für 90. Stunde für 150. Vorher duschen. Nicht küssen.« Von Einwegzahnbürsten sagte sie nichts.

10

Das Leben, dachte sich Anna, kennt einfach keine großen Linien. Es besteht aus One-Night-Stands und Facebook-Posts, aus fünf Sekunden langen bewegten Bildern und Dreiminuten-Ausschnitten aus amerikanischen Talkshows. Aus einzelnen Folgen einzelner Fernsehserien und einzelnen Mahlzeiten. Es gab Menschen, die sagten, genau deshalb solle man Kinder machen, ein Kind sei eine große Linie. Anna glaubte ihnen. Aber sie glaubte nicht, dass so ein Kind auch eine glückliche Linie sein musste, nichts verpflichtete ein Kind dazu, zurückzulieben, es trug keine Schuld daran, auf der Welt zu sein. Und irgendwann war es groß und musste für sich selbst sorgen. Wie bei den Tieren. Und dafür, was dann kam, war das Kind ganz allein verantwortlich. Weshalb Anna das Thema Erben gar nicht erst in ihre Zukunftprognosen miteinbezogen hatte. Sie fand es richtig, dass ihre Eltern das Geld, das sie verdient hatten, jetzt für sich ausgaben.

Leider gaben die Eltern ihr Geld nicht miteinander aus, sondern mit ihren neuen Partnern, was Anna störte. Es hätte ihr gefallen, wenn die Liebe zwischen ihren Eltern im Theaterstück *Familienbande* die alles dominierende Hauptrolle gespielt hätte, während die Eltern-Anna-Liebe bloß eine unbedeutende, schlampig skizzierte Nebenrolle gewesen wäre, eine, die gelegentlich abtreten konnte. Doch die Trennung ihrer Eltern hatte ihr gezeigt, dass dies nicht so war, dass auch die Hauptrolle nicht so gut geschrieben war, wie sie sich das eingebildet hatte. Und wenn sie nicht einschlafen konnte, fragte sie sich manchmal, ob die Ehe ihrer Eltern nicht auch darüber zerbrochen war, dass ihr einziges Kind nie bereit gewesen war, eine Extraportion Liebe und eine Linie in ihr Leben einzubringen.

In der Schule hatte Anna folgende Geschichte lesen müssen: Ein Paar hat eine Tochter, die Tochter zieht in die Stadt, sie besucht die Eltern kaum, zu Weihnachten schickt sie ihnen eine blaue Vase, weil blaue Vasen in der Stadt jetzt angesagt sind. Alle Kinder mussten über die Geschichte einen Aufsatz schreiben. Annas Aufsatz ging so:

Ich finde es sehr nett, dass die Tochter ihren Eltern eine blaue Vase schenkt. Erstens sind blaue Vasen etwas Besonderes, meine Patentante besitzt auch eine, und ich finde die Vase und die Patentante sehr schön. Zweitens haben die Eltern jetzt endlich etwas richtig Schönes in ihrer Wohnung, die sonst sicher sehr hässlich ist. Die Eltern haben nämlich keinen guten Geschmack, sonst hätten sie sich selbst eine blaue Vase gekauft. Ich finde, die Tochter gibt sich große Mühe mit ihren Eltern. Hoffentlich erhält sie auch ein schönes Geschenk von ihnen.

Und fertig. Mehr fiel ihr damals beim besten Willen nicht ein. Der Rest ihrer Klasse klagte seitenlang darüber, wie schlimm es sei, dass die Tochter mit so einem unpersönlichen Geschenk ankomme und das erst noch per Post, und überhaupt sei doch das beste Geschenk ein kleiner Kalender aus Gutscheinen für Dinge, die man das ganze Jahr über für seine Eltern tun könne: Das Zimmer aufräumen, Schuhe putzen, sich endlich um das Meerschweinchen kümmern, für die Eltern Spaghetti kochen, Geschirr trocknen, dem Vater einen Schal, der Mutter ein Stirnband stricken, eine Vase selbst töpfern. Anna wunderte sich. Denn sie betrachtete alles außer Stricken und Töpfern als halbwegs schmerzfreie und daher akzeptable Selbstverständlichkeiten, die nicht auf Gutscheine gehörten. Auf Gutscheine gehörten hübsche blaue Vasen. Der Rest ihrer Klasse erhielt gute Noten, Anna nicht. Der Lehrer bestellte ihre Eltern zu einem Gespräch. Alle machten sich Sorgen, Anna nicht. Die Eltern stritten sich. Anna kauerte sich vor den Käfig ihres weißen Angora-Häschens, steckte statt einer Mohrrübe eine Nadel durch die Gitterstäbe und schaute, was der Hase damit machte. Zu seinem Glück rührte sich der Hase nicht, drei Wochen später war er tot. Die Ursache sei Stress, sagte der Tierarzt. Was keiner verstand. Nur Anna.

Aber um all das zu ändern, war es jetzt zu spät. Und sie würde wegen des von den Eltern frühzeitig verprassten Geldes wahrscheinlich mit 51 vom Felsen springen müssen. Zum Glück wussten ihre Eltern das nicht. »Sorry, Leute«, sagte sie, »shit happens.«

»I beg you pardon?«, fragte eine Stimme, die klang, als versuchte sich ein Stummfilmstar in einer Sprechrolle. Sie hatte Frau Blume vergessen, Frau Blume, deren modisches und auch sonstiges Vorbild immer schon die Queen gewesen war. Frau Blume im lila Deux pièces, mit ihrem Parfum, das nach Mottenkugeln aus der Wirtschaftswunder-Zeit roch. Frau Blume mit ihrer Haut wie schon einmal gebrauchtes Papier, mit ihrer perfekten Maniküre und den besten Manieren der Stadt. Es ging das Gerücht, dass noch nie ein Mann Frau Blume unglücklich gemacht und noch kein Zahnarzt ein Loch in ihren perlweißen Zähnen gefunden habe. Frau Blume war intakt. Nicht einmal ihre Ohren hatte sie sich durchstechen lassen. Sie liebte Veilchen und Flieder und das Wort »bieder« konnte ihr nichts anhaben, denn Frau Blume hatte ihr Leben von Herzen gern. Als sie Sekretärin geworden war vor einem halben Jahrhundert, waren ihre Finger noch adrett über die Tasten von Schreibmaschinen gehuscht, und schon damals waren ihre Kleider zartrosa oder mauve gewesen. Wahrscheinlich war sie schon mit einem Stich ins Sepiafarbene zur Welt gekommen. Und weil Frau Blume so war, wie sie war, wurde sie zum Star. Jedenfalls, als der neue Praktikant sie für Facebook entdeckte. Und Bilder postete, wie Frau Blume mit einem Kupferkännchen die Büropflanzen goss, wie sie Kaffee servierte, wie sie ihre Hornbrille polierte oder einen Stapel Briefe in ihren gepflegten Händen hielt. Und weil das ein Erfolg war, hatte Frau Blume jetzt ihren eigenen Facebook-Account mit 17 384 Abonnenten. Und dort sah Anna auch die Bilder aus Frau Blumes Wohnung, in die noch kein Mensch von der Kulturförderbehörde je einen Fuß gesetzt hatte. Es waren Bilder aus einem Kokon. Bilder von Porzellanpuppen, Jubiläums-Tassen der Royal Family, Sammeltellern mit dem Motiv »Unsere kleine Vogelwelt«, Kristallglastieren, von selbstgebastelten Blümchen aus alten Strümpfen, ausgestopften Kanarienvögeln und zwei Katzen mit den Namen Chéri und Chanel. Auf Facebook verfolgte Anna, wie Frau Blumes Kokon sich verdichtete. Noch sah es nicht aus wie bei einem Messie, aber die winzigen Leerstellen auf den Regalen, den Simsen und Beistelltischchen verschwanden. Auf kleinen Dingen schwebten neuerdings winzige Unterlagen, und darauf standen noch kleinere Dinge. Einer der Kanarienvögel war seit gestern von alten Hutnadeln durchbohrt. Der Katzenbaum gehörte nicht mehr den Katzen, sondern synchron tickenden alten Reiseweckern. Die Fenster waren bereits jetzt mit Weihnachtssternen aus Goldfolie beklebt, Strumpfblumen wucherten von allen Seiten, und aus der glitzrigen Dämmerung leuchtete hundertfach die Untote mit der Krone, die Queen.

Anna hatte plötzlich Angst, dass Frau Blume, die nie etwas anderes hatte sein wollen als eine Sekretärin, plante, unberührt in ihrem Kokon zu verschwinden. So, wie Anna einmal verschwinden wollte, nicht weiterdenken wollte als bis zum Versiegen ihres Bankkontos. In drei Wochen ging Frau Blume in den Ruhestand, das war eine Katastrophe.

II

»Es geht um das Kind, seine Probleme und Bedürfnisse. Es geht um das Kind, seine Probleme und Bedürfnisse«, sagte sich Lilly. Sie hatte diesen Satz im Internet unter dem Suchbegriff »Besuch beim Schulpsychologen« gefunden und versuchte, sich damit vorzubereiten, denn sie hatte eine Einladung erhalten, mit Jonas den Schulpsychologen aufzusuchen. Und sie ahnte, dass der Grund dafür kaum »Hochbegabung« war, eher so was wie »Leistungsabfall« und »auffälliges Verhalten«.

Sie stieg aufs Fahrrad, geriet knapp nicht in eine Straßenbahnschiene, wurde knapp nicht von einer sich öffnenden Autotür umgehauen, und nur zwei Männer in SUVs schrien ihr »Dumme Schlampe!« hinterher. Dann war sie beim einzigen Schulhaus der Stadt, das sich bereit erklärt hatte, Jonas für ein Jahr aufzunehmen. Aber erst, nachdem Lilly ihren alten, überforderten Eltern auch noch Diabetes, eine Lungenembolie und eine Krebstherapie angedichtet hatte. Das Schulhaus war eher eine Blechbaracke als ein Haus, aber Jonas ging gerne hin und war ganz vernünftig beschäftigt. Hatte sich Lilly jedenfalls bis heute gedacht. Der kleine Bruder wartete auf sie, die Haare hingen ihm übers halbe Gesicht, ein dunkles Auge und ein übertrieben geschwungenes Stück Mund schauten hervor, ein Gesicht wie gezeichnet. Ein Gesicht, wie es in ihrer Familie kein zweites gab. Jonas zeigte nicht die kleinste Regung, was hieß, dass er angespannt war. Lilly auch.

»Hey«, sagte sie, »komm, lassen wir uns überraschen.

Lang kanns ja nicht dauern, danach kriegst du ein Bier.«
Hoffentlich hatte das jetzt keiner gehört. Sie warteten. Vor
einer Tür mit der Aufschrift »Sprechzimmer«. Keiner kam.

»Wenn wir jetzt gehen, krieg ich trotzdem ein Bier?«,
fragte Jonas.

»Nur ein Gespritztes«, sagte sie.

»Sauer oder süß?«

»Mmmmhhh, süß-sauer?«

Jonas grinste. »Und dann gehn wir noch zum Chinesen?«

»Wenn du bezahlst?«

»Alle krank, sorry!«, rief ihnen eine Frau entgegen, sie
kam durch den Flur gerannt, Zöpfe flogen ihr ums Gesicht,
sie trug eine lange blaue Wolljacke, die selbstgestrickt wirkte,
darunter ein weißes T-Shirt, auf dem stand: »This day is a
piece of cake!« Neben »cake« prangten zwei kleine Kaffee-
oder Schokoladenflecken, die entweder echt oder ironisch
gemeint waren oder zufälligerweise beides. Unter ihrem
Arm trug sie eine große Zeichenmappe.

»Hi, ich bin Sarah«, sagte sie, »ich spring heute ein, alle
krank, die Klassenlehrerin von Jonas, der Schulpsycho-
loge … sorry für die Verspätung, ich komm grad vom Zug,
ich hab mal hier gearbeitet, ich kenne hier noch alle und bin
diplomierte Schulpsychologin, Sie können mir vertrauen,
ich …«

»Hallo, ich bin Lilly, das ist mein kleiner Bruder Jonas.
Fangen wir an?« Lilly fühlte sich plötzlich ausnehmend souverän.

Das Sprechzimmer wirkte wie die Verhörzelle eines Poli-
zeipostens. Lilly suchte nach einer dieser halbtransparenten

Wände, wo die *Tatort*-Kommissare immer von außen hinein-blicken konnten.

»Also, es geht hier um Jonas, seine Probleme und Be-dürfnisse«, begann sie, »glauben Sie, dieser Raum ist dazu geeignet? Hat Jonas danach nicht noch mehr Probleme? Können Sie das verantworten?« Sie sah, wie Sarah rot wurde.

»Nun ja. Dieses Schulhaus ist etwas schwierig. Es gibt bloß noch einen andern Raum, aber der ist nicht wirklich ein Zimmer, doch thematisch passt er zu unserem Treffen. Ihr müsst dafür Stühle mitnehmen.«

Sarah, Lilly und Jonas gingen also, einen Stuhl vor sich hertragend, durch den Flur. Lilly wusste nicht, ob das für die schulische Streetcredibility von Jonas gut war, besonders als Sarah eine Tür öffnete, auf der stand: »Personal«. Darüber: »Toilette«.

»Wollt ihr mich demütigen?«, fragte Jonas. Die Personal-toilette war pissegrün gekachelt.

Sarah klemmte die Rückenlehne ihres Stuhls unter die Türklinke. »Da wären wir. Jonas, wie fühlst du dich gerade?«

»Beschissen«, antwortete er.

»Sie sind mit dem Problem Ihres Bruders vertraut?«

»Ja.«

»Und war das der Grund für die Überforderung Ihrer Eltern?«

»Auch.«

»Und noch?«

Lilly sah, wie Jonas sie innerlich anflehte: Sags nicht! Sags nicht!

»Das ist mir jetzt zu intim«, sagte Lilly, »und ich glaube, es hat nichts mit dem zu tun, was Sie da in Ihrer Zeichenmappe mit sich herumschleppen.«

»Noch intimer? Hmm …«, meinte Sarah, »aber gut, reden wir zuerst über die Kunst.«

Lilly sah, wie Jonas sich heimlich freute. Noch nie hatte jemand seine Bilder Kunst genannt.

»Okay, wie steht es denn eigentlich so mit den schulischen Leistungen? Gibt es damit etwa auch Probleme?«, fragte sie.

»Schule ist so weit in Ordnung. Viel kann man natürlich nicht sagen, Jonas ist hier ja bloß Gast für ein Jahr, dafür scheint er sich ganz gut zu integrieren«, antwortete Sarah, und Lilly fiel eine Tonne vom Herzen.

»Aber die Kunst«, sagte Sarah, »die Kunst stinkt.«

»Ich weiß«, sagte Lilly.

Sarah öffnete ihre Mappe, darin befanden sich, in Plastik eingeschweißt, drei Blätter. Auf einem sah man Kühe auf der Weide, auf einem andern Kinder auf dem Schulhof, auf dem dritten ein Handy, das eindeutig eine Pornosequenz zeigte. Es waren fantastische Bilder, einige Passagen wirkten wie aquarelliert, andere waren mit präzisen Strichen gezeichnet, die Proportionen und Perspektiven perfekt, Lilly fragte sich, ob sie nicht doch auf »hochbegabt« plädieren sollte. Doch sie wusste genau, dass sie nicht wegen der Inhalte der Bilder hier saßen, sondern wegen ihrer Farbe. Die Farbe war braun.

»Jonas, nun erzähl uns doch mal, wie du das machst«, sagte Sarah streng.

»Muss ich?«

»Musst du.«

»Halt in den Freistunden …«

»Und?«

»Ja, schließ ich mich auf der Toilette ein und mal Kackebilder. Mit Kacke und einem Pinsel. Auf Papier. Nicht auf Wände oder so. Zufrieden?«

Oh Gott, dachte Lilly plötzlich, ich hab den armen Veganpunks unrecht getan, das ist gar nicht ihre Tofuküche, die unser Treppenhaus verpestet, das ist mein Bruder, das ist …

»Und wieso?«

»Wieso wieso? Warhol hat auch auf Leinwände gepisst!«

»Aber nicht, als er noch zur Schule ging.«

»Wissen Sie das so genau?«

»Hast du das schon früher gemacht? Zu Hause?«

»Ja«, sagte Lilly, »mit Kuhkacke im Stall, und zuerst dachten unsere Eltern, Jonas würde mit den Kühen etwas ganz anderes machen. Und dann hat er noch ein paar Liebesbriefe geschrieben. Deshalb ist Jonas hier, so, und jetzt wissen Sie alles, können wir gehen, bitte?«

»Noch einmal«, sagte Sarah ungerührt, »Jonas, wieso tust du das?«

»Weil ich scheiße bin?«

»Und wieso bist du scheiße?«

»Weil … weil, ich doch … überhaupt nicht …« Tränen stiegen ihm in die Augen.

»Entschuldigung«, sagte Sarah, »das wollte ich nicht.«

»Schieben Sie Ihren blöden Stuhl von der Tür weg und lassen Sie uns gehen«, verlangte Lilly, »Sie Stellvertreterin.«

»Krieg ich jetzt mein Bier?«, fragte Jonas, als sie ihre Fahrräder losketteten.

»Kriegst du«, sagte Lilly, »zu Hause. Ist besser für deinen beschissenen Ruf.«

Jonas würde heute so viel Bier trinken dürfen, wie er wollte. Und dann würde sie im ganzen Haus nach Kackebildern suchen und sie entsorgen. Und sich nie mehr ekeln, wenn ihr die Veganpunks selbstgemachten Tofu anboten.

12

Die Bettwäsche war interessant, wahrscheinlich pink mit orangefarbenen Ornamenten, aber so genau konnte er das nicht sehen, denn natürlich war die Beleuchtung im Zimmer der Prostituierten so, wie er sich das vorgestellt hatte, nämlich rot. Die Bettwäsche knisterte synthetisch, als er sich hinlegte. Er drehte seinen Kopf nach rechts, sah den Namen des Designers auf einem winzigen Etikett und dachte: Ich krieg hier keinen hoch.

Max wusste, dass sich die Wirtin seiner Lieblingskneipe in der kleinen Kleinstadt um diese Bettwäsche geprügelt hätte. Denn der Designer hieß Harald Glööckler. Und Max wusste aus irgendeiner von Annas Prominenten-Sendungen genau, wer Harald Glööckler war: Ein Mann, dessen Bettwäsche wahrscheinlich in sehr vielen Bordellen zu Hause war. Einer, dessen Geist über Tausenden bezahlter Sexakte schwebte und der sich gewiss gemeinsam mit den Nutten über all die würstchenhaft unglücklichen Freier lustig machte. Denn

Harald Glööckler hatte ein Bordell wie dieses nicht nötig, erstens: Weil er reich war, zweitens: Weil er schwul war. Und so schwul wie Max es nicht mochte: zu schrill, zu kitschig, zu operiert. Anders schwul als Annas Freund Cédric, aber Cédric mochte er auch nicht: zu stilsicher, zu selbstsicher. Gibt es eigentlich eine Art von schwul, die ich mag, fragte sich Max, oder bin ich homophob? Und wenn ja, sollte ich dann nicht am besten sofort in eine Therapie?

Er wandte sich von Harald Glööckler ab und dem Geschehen auf dem Bett zu. Also: Da war eine Frau. Aber die Frau war zwischen den Beinen von Max verschwunden, und er sah sie nur im Spiegel über dem Bett. Er sah ihren Rücken, sah dunkles, zum Pferdeschwanz gebundenes Haar, sah die Rückseite eines schwarz-roten, nur nachlässig in der Mitte zugehakten Korsetts, sah einen Hintern, an dem er nichts auszusetzen fand. Der Rest der Frau war unsichtbar. Das Erste, was er von ihr spürte, waren ihre Fingernägel. Das Zweite auch. Die Zimmerwände waren bis auf Brusthöhe gekachelt. In einer Ecke surrte ein kleiner Elektroofen, doch die warme Luft erreichte nur gerade das Fußende des Bettes, und die Haut der Frau war kühl.

Fröstelnd fragte er sich, ob seine schwarzen Socken wohl Fusseln unter seinen Zehennägeln hinterlassen hatten. Nein, das wäre ihm beim Duschen aufgefallen. Und nach dem Duschen hatte er sich gut gefühlt, tollkühn, abenteuerlustig. Bis er auf Harald Glööckler gestoßen war. Ob das jetzt eigentlich ein semischwuler Akt war, dass er ausgerechnet in diesem Bett einen geblasen bekam? Schließlich könnte die Frau zwischen seinen Beinen bei dieser Praktik gut auch ein

Mann sein. Ob jemals ein Schwuler wie Cédric ihn, Max, begehren könnte? Immerhin hatte er noch schönes volles Haar. Leider wurde er um die Hüften immer voller, jedenfalls wollte ihm Annas Badezimmerwaage dies weismachen. Wahrscheinlich manipulierte Anna die Waage, wenn er bei ihr übernachtete. Übernachtet hatte. Jetzt ganz ehrlich, dachte sich Max und schaute sich im Spiegel genauer an, hätte ich bei Schwulen Erfolg? Ganz ehrlich? Nein. Es sei denn, er geriete an einen Mann, der die pure Durchschnittlichkeit suchte. Nur war die Durchschnittlichkeit, die er verkörperte, wohl ganz einfach heteronormativ, aus der gab es keinen Ausweg.

»Das klappt nicht. Was machen wir jetzt? Worauf hast du Lust, härter?«, fragte die Frau und klang vor Langeweile schon ganz schläfrig. Er hatte nicht wirklich eine Auswahl gehabt, sie war die Einzige, die heute Nachmittag arbeitete. Ihr Gesicht war weder alt noch jung, sie sah aus, als hätte sich ein müder Mond zwei dicke Lidstriche aufgemalt. Ihr Lippenstift klebte am Kondom. Max spürte, wie sein Penis nichts spürte.

»Sag bloß nicht, ich soll mit dir kuscheln oder reden oder so 'n Quatsch, das muss ich zu Hause schon genug«, sagte die Frau, »wir können gern zusammen einen schönen Porno schauen, wenn dich das stimuliert. Manchmal braucht man ja einfach das richtige Bild im Kopf.«

Die Frau war nett, dachte mit. Er mochte ihre Haut, sie fühlte sich weich an. Wie oft sie sich wohl duschen und einölen musste am Tag?

»Wie lang ist eigentlich dein Arbeitstag?«, fragte er.

»Neun Stunden«, sagte die Frau, »wieso?«

»Nur so«, sagte er und rechnete: Angenommen, es war Stoßzeit, haha, und die Frau hatte neun Stunden lang jede halbe Stunde einen neuen, dann duschte und cremte sie pro Arbeitstag achtzehn Mal. Was wohl sehr selten der Fall sein dürfte, neun bis zehn Duschen waren wohl realistischer. Er könnte daraus eine tolle Rechenaufgabe für seine Schüler formulieren. Unter Berücksichtigung der Wassermenge pro Dusche und der Verpflegungspause einer Prostituierten. Wie lang war die? Und was durfte sie überhaupt essen? Was war jobverträglich? Doch sicher keine Spaghetti aglio e olio! Und auf keinen Fall irgendein Kohlgemüse oder Schweinefleisch. Fisch, wahrscheinlich war Fisch gut. Und Hähnchen. Auf jeden Fall Reis, dazu etwas Fenchel, der sollte ja magenberuhigend wirken.

»Was essen Sie eigentlich, wenn Sie Dienst haben?«, fragte er weiter und merkte, wie er versuchte, die vorbezahlte ganze Stunde wegzureden.

»Bist du einer von diesen Vollperversen, die auf Scheiße stehen? Einer von denen, die wollen, dass man vor dem Verkehr nur Mousse au chocolat isst?«, sagte die Frau. »Machen wir hier nicht.«

»Nein, nein, sorry, das war ein Missverständnis, es interessiert mich einfach«, sagte Max, »Sie dürfen ja sicher nicht alles, also, Sie können ja sicher keine Blähungen …«

»Du nervst! Bist du Lehrer oder was?«, fragte sie.

»Gut geraten!«, sagte er und freute sich.

»Alles klar. Dann willst du jetzt wirklich reden«, antwortete sie resigniert.

»Gerne, ich möchte mir nur schnell was anziehen, ich finds ein wenig kalt«, sagte er und griff nach seinen Kleidern.

»Okay, ich ess am liebsten Burger. Nee, vergiss es, ich hab heut echt nur Laune zum Ficken.« Die Frau war sauer.

»Eine Idee hab ich noch!«, versuchte es Max. »Können Sie massieren?«

»Und ob! Willst du mal so richtig gut gequirlte Eier?«, fragte sie und rieb sich die Hände warm.

»Nein«, sagte er, »ich mein das nicht sexuell, eher klassisch, damit ich mich doch noch ein wenig entspannen kann. Das wäre schön. Ich zahl Ihnen dafür gerne mehr.«

»Geht klar«, sagte die Frau, steckte sich die Haare hoch, holte eine Flasche Öl, und Max durfte sich endlich auf seinen Bauch legen und musste nicht mehr sich selbst im Spiegel aushalten. Und er musste zugeben, dass die winzigen elektrischen Stöße, die Harald Glööcklers Bettwäsche aus purer Kunstfaser seinem nackten Schwanz verabreichte, auf angenehme Art das Aufregendste waren, was er von diesem Tag mit nach Hause nehmen würde.

13

Anna saß beim Frühstück und war zufrieden. Obwohl sie einen langen Abend in der Provinz verbracht hatte. Wo das neue Kulturhaus, das sich mehrere Gemeinden zusammen leisteten und das ihre Behörde unterstützt hatte, eröffnet worden war. Natürlich mit einem Laientheater. Sie hatte mehrfach versucht, Max an seine Funktion als Begleitfreund zu erinnern, doch der hatte ihre Mails und SMS nicht beantwortet, und irgendwann war es ihr zu blöd geworden und sie hatte Frau Blume gefragt. Frau Blume sagte, sie wäre total »delighted«, und ob Anna sie wohl vor der Reise in die Provinz zwei Stunden früher aus dem Büro entlassen könne, sie müsse sich noch schön machen. Kurz vor sechs hielt Annas Taxi vor Frau Blumes Block, Frau Blume wartete schon, sie trug einen schwarzen Pelz, der beinah so alt sein musste wie sie selbst, ein perlenbesticktes Täschchen und eine Strass-Rose im Haar. Ihr Make-up war exorbitant. Und sie duftete nicht nach Mottenkugeln, sondern nach Maiglöckchen. Mitten im November.

Okay, das wird jetzt richtig, richtig peinlich, dachte sich Anna, ich sollte eine Magenkolik vortäuschen und das Ganze abbrechen, doch als das Taxi vor dem provinziellen Kulturhaus anhielt, war es plötzlich wie auf einer Gala im Fernsehen: Graziös entstieg Frau Blume dem Taxi, und ein Dutzend Menschen stürzte sich auf sie. »Frau Blume, wir haben unser neues Kälbchen nach Ihnen getauft, es heißt Blümchen!« – »Frau Blume, adoptieren Sie mich!« – »Mein Mann hat einen Zwölfender geschossen, wir dachten, das Geweih würde großartig in Ihr Wohnzimmer passen!« – »Bitte, bitte, kommen Sie in unseren Landgasthof essen! Und würden Sie danach was auf Facebook schreiben?«

Facebook, daran war also Facebook schuld. Das war gar nicht für urbane Hipster erfunden worden, die sich sowieso andauernd in Bars, Shops, Clubs, Galerien und irgendwelchen Open Spaces trafen, es war vielmehr das ideale

Medium für alle, deren primärer Lebensinhalt im Austausch der Fotoalbum-Motive »Mein Haus, mein Garten, mein Kind und andere selbstgebastelte Kostbarkeiten« bestand. Frau Blume schrieb Autogramme auf Taschen, Jackenärmel und tätowierbare Körperstellen, lobte enthusiastisch und mit kapriziösen englischen Brocken die Häppchen, die diverse Dorffrauen gebacken hatten, und nippte an dem angeblich preisgekrönten Wein aus der Region. Einer der Gemeinde-präsidenten bedankte sich in seiner Rede spontan für ihr Erscheinen, die Laientheatertruppe tat ganz erleuchtet, was sie nicht besser, aber immerhin recht rührend machte, und alle Leute sahen aus, als hätten sie sich groß grinsende Smi-ley-Masken aufgesetzt.

Es war unwirklich, ein Schauspiel, sagte sich Anna, als sie gegen ein Uhr früh vor ihrem Haus aus dem Taxi stieg, und überhaupt, wie vollkommen bekloppt musste man eigentlich sein, um sich als bald 65-Jährige wie ein Transvestit anzu-ziehen und wie eine britische Hofdame zu reden. Doch die Beklopptheit der einen war schon immer die liebste Unter-haltung der anderen gewesen, und am Ende waren alle glück-lich. Als sie die Stufen in ihren vierten Stock hochstieg, fragte sie sich, ob sie selbst in ihrem Leben wohl noch ein einziges Mal so verrückt sein würde wie Frau Blume oder ob sie all dies an der Tür zu ihrem vierzigsten Geburtstag ab-gelegt hatte, so wie ihren alten violetten Mantel, in dem sie sich früher so schön gefühlt hatte und der ihr plötzlich zu lang und zu theatralisch schien und viel zu abgegriffen um die Taschen und an den Manschetten. Frau Blumes Pelz jedenfalls war viel abgegriffener gewesen als Annas Mantel, so sehr, dass sie die schadhaften Stellen im Taxi noch schnell mit einem schwarzen Filzstift ausgebessert hatte. Was all den Landfrauen mit ihren exakt gestichelten Patchwork-Decken auf den Landhaus-Sofas und ihren perfekt geführten Landliebe-Haushalten kein bisschen aufgefallen war. Darauf kam es im Leben wohl wirklich nicht an, weder auf die zu fetten Hüften noch auf die abgewetzten Mäntel, sondern darauf, wie man sich in ihnen fühlt. Und das, sagte sich Anna, ist nun eine Erkenntnis, die derart fadenscheinig und bescheuert ist, dass selbst Frau Blume mit ihrem Drang, Dinge zu horten, sie sofort entsorgen würde.

Sie freute sich über ihr freies Wochenende, sie hatte Max schon seit Tagen daraus ausgeklammert, sie hatte keine Lust auf ihn. Max war die Made, die sich durch den Speck ihrer Zufriedenheit fraß. In Gedanken zerquetschte sie die Made und fühlte sich besser.

Sie schrieb einen Einkaufszettel, putzte sich die Zähne und machte sich auf den Weg zum Supermarkt. Jemand hatte im Flur vor die Haustür gekotzt. Sie schaute sich die Bescherung mit gerichtsmedizinischem Interesse an. Jetzt war es zehn Uhr, die Tatzeit musste entsprechend zwischen ihrer Heimkehr gegen ein Uhr und höchstens sieben Uhr früh liegen, denn die Kotzespuren waren angetrocknet. Die Tatperson dürfte schwer betrunken oder schwer krank gewesen sein, Anna hoffte der Keime wegen inständig auf betrunken. Männlich oder weiblich, aus dem Erdgeschoss oder dem dritten Stock, zwischen 22 und 34 Jahren alt, in Ausbildung oder berufstätig und hetero- bis eventuell bisexuell. Anna suchte in ihrer Tasche nach Stift und Zettel, schrieb: »Wer letzte

Nacht die Tür vollgekotzt hat, soll das ganz schnell wieder rückgängig machen, sonst wird zurückgekotzt«, und steckte die Drohung in die Briefkästen der verdächtigen Personen. Als sie drei Stunden und eine Sushi-Bar später wieder nach Hause kam, war die Tür sauber. Max hatte sich noch immer nicht gemeldet. Egal, Frau Blume war besser. Später wollte Anna im Bistro vorbeischauen und einkaufen, danach würde sie Roastbeef und Pasteten essen, Crémant trinken und fernsehen. Alleine. Ihre Laune hätte wirklich nicht besser sein können.

14

Lilly hatte sich bewaffnet. Mit Plastikhandschuhen und einem Mundschutz, die sie normalerweise brauchte, um Flohmarktmöbel aufzuhübschen. Das hatte sie von ihrem Vater gelernt, sie machte es gerne und hatte sich schon öfter mit einer frisch lackierten Tischplatte für Wochen vom Küchendienst freigekauft. Doch zuerst ging sie ohne Maske los, brauchte ihre Nase, ging die Treppe hoch auf den Dachboden und schnüffelte sich den Gestank in ihrem Haus entlang. Auf dem Dachboden fand sie leere Bierflaschen von der letzten Dachparty, verrostete Drähte, an denen schon lang niemand mehr seine Wäsche aufhängte, kaputte Koffer, ein altes Sofa, einen Wollteppich, aus dem ein paar goldene Motten hochflogen, als Lilly darauf trat. Sie fand auch die Papiertüte mit ihren eigenen Lackdosen und Pinseln, roch an jedem einzelnen, nichts. Falsch rum, dachte sie, ich hab genau falsch rum angefangen. Warme Luft steigt hoch, kühle hingegen sinkt ab. Jonas hätte seine Bilder auch im Keller lagern können, der Geruch wäre trotzdem in den oberen Stockwerken am intensivsten gewesen. Oder nicht? Als sie die Treppe wieder hinunterging, stand einer der Veganpunks in der Tür. Sie versuchte, an ihm vorbei in seine WG reinzuschnüffeln. Nichts. Der Veganpunk fragte: »Gehst du wieder Möbel streichen? Wir, na ja, hätten da auch noch was, aber es wär halt wichtig, dass du dafür den natürlich abbaubaren Biolack verwenden würdest.«

»Tut mir leid«, sagte sie, »für Möbel hab ich grad keine Zeit. Ich bin auf der Suche nach dem Gestank im Treppenhaus.«

»Also«, der Veganpunk klang verunsichert, »ich hab da so einen Verdacht.«

»Aha?«

»Na ja, Peet, du weißt schon …«

»Eure Ratte?«

»Genau. Peet ist verschwunden. Und der ist so zahm und doof, der macht das nicht lange.«

»So. Macht er nicht. Hm«, Lilly spürte, wie der gute Wille und das schlechte Gewissen, die sie den Veganpunks seit dem Besuch bei der Schulpsychologin gegenüber hegte, zusammenschmolzen, »und wieso sucht ihr dann nicht nach Peet, wenn ihr schon alle denkt, dass er tot im Keller liegen und vor sich hin stinken könnte?«

»Weil wir Veganer sind?«

»Verstehe, Veganer sind sich zu fein, sich um totes Fleisch zu kümmern.«

»Irgendwie schon, aber zu fein würde ich das nicht nennen, es geht halt einfach um was Grundsätzliches, um eine Entscheidung fürs Leben ...«

»Fürs Leben? Ach«, Lilly wurde lauter, »dann beantworte mir doch mal eine einfach Frage: Was ist ein Veganer nach seinem Tod?«

»Weiß ich nicht«, sagte der Veganpunk kleinlaut.

»Totes Fleisch! Ganz einfach totes Fleisch!«

Wütend stampfte sie die Treppe hinunter in den Keller. Und fand: Natürlich nicht, was sie gesucht hatte. Und sie suchte gründlich. Hinter alten Matratzen und Regalbrettern, unter Getränke- und Bücherkisten, hinter der Waschmaschine und auf der Heizung. Es fand sich außer ein paar zerfledderten, vergilbten Zeitungen kein einziges loses Blatt Papier. Aber das andere, das fand sie, Peet, die Ratte, krepiert, weil sie mit ihrem Kopf in eine Rolle Maschendraht geraten war, mit dem die Veganer zusammen mit Alex im Sommer einen Kompost im Garten gebaut hatten. Da hing er, mit geschlossenen Augen, als hätte er sich irgendwann ins Sterben geschickt. »Du armes, armes Schwein«, sagte sie, zog sich den Mundschutz übers Gesicht, kauerte sich neben das Tier, streichelte ihm über den stumpf gewordenen braunen Pelz, löste vorsichtig das Köpfchen und die kleinen Krallen aus dem Draht. Sie brauchte dazu keine Handschuhe, sie kannte Peet, er hatte mal ein paar Stunden unter ihrem Pullover verbracht und ruhig und warm auf ihrem Bauch gesessen. Und er war der konsequenteste Veganer, den Lilly je gekannt hatte. Seine Liebe zu Apfelstücken und geschälten Möhren war grotesk. Und ja, für eine Ratte war er überraschend doof. Gewesen. Jetzt war er ganz weich, ein kleiner Fellsack, aus seinem Maul tröpfelte etwas, der Gestank war grässlich. Lilly hob ihn sorgfältig auf eine der alten Zeitungen, trug ihn die Treppe hoch und klingelte bei seinen einstigen Besitzern. »Hier«, sagte sie, »schenkt ihm eine anständige Bestattung. Er war eine gute Ratte.«

Und Jonas? Was war nun mit Jonas?

»Sag mal«, sagte sie, als sie ihren Bruder mit seinem Laptop auf dem Bett sitzen sah, »den Kram, den du in der Schule machst, gibts so was auch hier im Haus?«

»Spinnst du?«, sagte Jonas. »Wir wohnen hier!«

Lilly lachte und war ganz kurz bereit, ihm zu glauben. Auch, weil das am einfachsten gewesen wäre.

»Und wieso bin ich mir sicher, dass das nicht stimmt?«, fragte sie.

»Weiß ich doch nicht, kannst ja die Schulpsychologin fragen, die hat ein Diplom. Kann ich jetzt weiterspielen?«

»Kannst du, aber verschwind mal kurz in die Küche.«

»Wieso, ist das etwa nicht mein Zimmer?«

»Genau deshalb.«

»Willst du mich zerstören?«

»Mal schauen. Geh jetzt.«

»Hier hab ich ja noch weniger Privatsphäre als bei den Eltern.«

»Mit Absicht. Raus jetzt.«

Viel war nicht in dem kleinen Zimmer. Bett, Schreibtischplatte auf Holzböcken, Stuhl, Kleiderstange. Lilly ging auf die Knie, schaute unters Bett, unter den Tisch, hinter die Kleider, hob die Matratze hoch, schüttelte jedes der Schulhefte aus. Nichts. Gar nichts. Dann hatte sie eine letzte Idee. Kroch unter den Tisch, schaute hoch, und da war es: Ein Blatt, ganz glatt an die Platte geklebt. Lilly löste die Klebestreifen. Ohnmacht, dachte sie, jetzt hätte ich gern eine Ohnmacht. Denn auf der Seite, die auf der Platte geklebt hatte, war ein Brustbild von Jonas zu sehen. In den gewohnten Brauntönen. Er hatte sich noch dünner gezeichnet, als er eh schon war. Mit riesigen Schatten unter den Augen und Wangen. Die nackten Oberarme zierten seltsame Striche. Lilly hielt sich das Bild unter die Nase. Das war nicht, was sie befürchtet hatte, das war etwas anderes, das war … Sie rannte in die Küche. »Zieh deinen Pulli aus, sofort!«, schrie sie Jonas an, der ganz zufrieden mit Alex vor seinem Computer saß.

»Bitte? Kannst du mal …«, begann Alex, aber da hatte Lilly Jonas schon gepackt, ihm den Pulli über den Kopf gezogen und die T-Shirt-Ärmel bis zu den Schultern hochgezerrt. Und da waren sie, drei auf jedem Oberarm. Und weil Jonas ein Ästhet war und kein Metzger, sahen sie aus wie zwei kleine Fächer. Wie eine Flügelskizze, dachte Lilly, ein Fluchtplan.

»Ich hasse dich«, sagte Jonas leise, packte seinen Computer und ging.

Ich dich nicht, sagte sich Lilly, ich dich nicht. Sie spürte, wie Alex seine Arme um sie legte, und ließ sich fallen. Und weinte so lange, wie Alex sie in seinen Armen weinen ließ.

15

Der junge Verkäufer im Ladenteil des Bistros trainierte zu viel. Das wusste Anna von Cédric, die beiden trainierten im gleichen Club. Weshalb Anna ebenfalls wusste, dass der Verkäufer nicht schwul war, obwohl Cédric mehrfach versucht hatte, ihm das nahezulegen. Der Hals des Mannes war genauso breit wie sein Kopf, von Weitem sah es aus, als wachse ihm ein fetter, behaarter Penis aus den Schultern. Von Nahem war er nett. Und abgesehen von seinen Muskeln auch nicht hässlich. Anna fragte sich, wie es sein konnte, dass einer aus sich selbst einen verzerrten Fleischberg machte und ob da wohl die gleiche Schieflage zwischen Selbst- und Fremdwahrnehmung bestand wie bei einem magersüchtigen Mädchen. Und was überhaupt noch als normal galt. Hatte es jemals eine Normalität gegeben, in der sich der Großteil der Menschheit ganz einfach wohlgefühlt hatte? Wahrscheinlich in einer Zeit vor der Erfindung des Spiegels. Also nie. Wahrscheinlich hatten sich schon die Steinzeitzottel grunzend in Pfützen betrachtet.

»Kann ich Ihnen helfen?« Anna tat, als habe sie ihn nicht gehört, ihr war gerade nicht zu helfen, noch nicht, denn das Ding, nach dem sie eigentlich suchte, war nicht da. Sie ging die Regale entlang, tat so, als würde sie sich für Wildfang-Lachs aus Schottland mit irgendeinem Zertifikat für nachhaltigen Fischfang und umweltschonende Lieferwege interessieren, sie roch an fünf verschiedenen Mango-Sorten und probierte kleine, sandige Küchlein, die zum Glück nicht für sie, sondern für depressive Gluten-Allergiker entwickelt worden waren. Sie tunkte ein Stück Brot in enorm grünes umbrisches Olivenöl, das bloß nach Olivenöl schmeckte, aß ein Stück vom 48 Monate alten Pata-Negra-Schinken und eine Scheibe vorzüglicher Trüffelsalami, die selbst einer Trüffelknolle nachgebildet war. Doch so lange sie sich auch zu beschäftigen versuchte, der Grashalm war nicht da. Wuchs nicht hinter der Theke hervor, kam durch keine Tür, verbarg sich hinter keiner der Frauen, die sich mit einem Tablett voller Geschirr von einem der Café-Tische aufrichteten.

Sie hätte gerne was getrunken, denn mit jedem Schluck wäre die Wahrscheinlichkeit gestiegen, dass der Grashalm doch noch erscheinen würde, aber an ihrem Lieblingstisch saßen zwei blonde Frauen, die von Kopf bis Fuß in Kamelfarben gekleidet waren, für Anna die Verkörperung eines einfallslos konservativen Geschmacks. Sie ging auf die Toilette, las dort auf ihrem Handy einen ganzen Artikel über die Repräsentation von Transsexuellen in neuen Hollywoodfilmen, was sie mäßig bis gar nicht interessierte, sie las es einzig in der Hoffnung, dass die beiden Kamele von ihrem Tisch verschwänden und der Grashalm endlich zum Vorschein käme. Doch als sie nach auffallenden zwölf Minuten zurückkam, war alles wie vorher.

»Jetzt könnten Sie mir doch helfen«, wandte sie sich an den Verkäufer und fühlte sich unangenehm aufdringlich, »Ihre Kollegin, arbeitet die nicht mehr hier? Die mit den langen braunen Haaren und dem Pony?«

»Lilly? Die kommt heute nicht. Da ist irgendwas Dummes mit ihrer Familie.«

»Oh«, sagte Anna, »oh. Dann geben Sie mir doch bitte eine kleine Portion von der Lachsmousse und eine Tranche von der Wildterrine.«

»Soll ich ihr etwas ausrichten?«, fragte der Mann. »Hätten Sie sonst noch gerne was?«

»Nein«, sagte Anna, »und nein. Danke«, und sie verließ das Bistro mit ihrem kleinen, leichten Paket so schnell sie konnte.

Etwas Dummes mit der Familie also. Geschah mit einer Familie eigentlich auch mal etwas nicht Dummes? Oder waren Familien wie der eigene Körper, unausweichlich nah und gebrechlich? Aber »mit der Familie« bedeutete auch, dass dem Grashalm selbst nichts zugestoßen war. Lilly, der Grashalm heißt Lilly, das sind drei L ein I und ein Y, das ist buchstabentechnisch ungefähr so ökonomisch wie die zwei A und zwei N von Anna. Lilly, das waren so viele Buchstaben wie Finger an einer Hand. Anna, das war eine Hand nach einem Betriebsunfall in einer Schreinerei. Angenommen, sie müsste Lillys Namen in Großbuchstaben mit kleinen Stöckchen legen, dann bräuchte sie genau neun Stöckchen dazu. Zwei für jedes L, zwei fürs Y, eins fürs I. Anna wären zwölf Stöckchen, Max ebenfalls neun. In Stöckchen gerechnet lägen Lilly und Max also gleichauf. Seltsam. Und sonst? War Lilly überhaupt interessant? Und intelligent? Und was hieß wohl genau »mit der Familie«? Waren damit ihre Eltern und Geschwister gemeint oder ihr Mann und ihre Kinder? War Lilly etwa eins von diesen Nabelschnurmädchen, die sagten »Meine Mutter ist meine beste Freundin, wir teilen uns alles, Klamotten, Parfums, manchmal auch Männer«? Anna hasste diese Mädchen. Sie hielt den Generationenkonflikt für ein notwendiges Übel der Identitätsbildung. Max übrigens auch, da waren sie sich einig.

»Irgendwas Dummes mit der Familie« konnte natürlich etwas wirklich Dummes sein: ein Autounfall, eine Krebsdiagnose, eine Scheidung, ein Todesfall. Wahrscheinlich handelte es sich um einen Todesfall. Der bedeutete, dass Lilly sich jetzt kümmern musste. Ab einem gewissen Alter bestand eine Familie ja vornehmlich aus potenziellen Todesfällen. Und um irgendwen musste man sich immer kümmern, nur in Annas Familie nicht. Da gab es einzig eine gut beherrschte Kühle untereinander. Anna wusste nicht so recht, ob ihr die Abwesenheit dieses Sich-umeinander-Kümmerns eigentlich Kummer machen sollte. Dann dachte sie an die letzten beiden Weihnachten, die sie mit Max bei seinen Eltern verbracht hatte, und schüttelte den Kopf.

Draußen war es jetzt dunkel. Die ersten Babyschneeflocken lösten sich zaudernd aus dem Himmel über der Stadt und waren zergangen, bevor sie den Asphalt erreicht hatten. Anna legte den Kopf in den Nacken, schaute hoch und dachte, wie schön es jetzt wäre, sich unter eine der golden schimmernden Laternen zu stellen und jemanden zu küssen. Einfach zu küssen. Sie schlug ihren Mantelkragen hoch, steckte die Hände tief in die Taschen und ging zu Fuß nach Hause. Über altes Kopfsteinpflaster, über den Fluss, vorbei an den teuren Geschäften und weiter zu den billigen, bis sie in der Straße war, deren Schaufenster nur noch aus vielen flackernden Lichtern und Fotos von Frauen in Dessous bestanden. »Girls, Girls, Girls – 365 Tage und Nächte«, blinkte eines. Vor dem Kellerfenster des Bordells flimmerte die Luft, der warme, saubere Duft einer laufenden Waschmaschine schlug Anna entgegen. Es war ihr Lieblingsduft und als sie jung gewesen war, hatte sie ein Parfum besessen, das genau so gerochen hatte, es hatte alles zuverlässig übertönt, ihre vielen Zigaretten, all die WG-Küchen und Theaterkantinen, die Andenken an Sex, die fehlende Zeit, ihre Wäsche rechtzeitig zu waschen, sie selbst.

Sie stellte sich in den Duft, lehnte sich gegen die kalte Hausmauer und steckte sich eine Zigarette an. Was Frau Blume jetzt wohl gerade machte, ob sie zu Hause saß, eine schöne Kochsendung schaute und gemütlich ein paar Facebook-Einträge schrieb oder ob sie schon wieder irgendwo in der Gesellschaft draußen unterwegs war? Was Frau Blume wohl über die Prostitution im Besonderen und Sex im Allgemeinen dachte? War sie wirklich noch Jungfrau? Anna hatte das Gerücht noch nie geglaubt, aber für die Legendenbildung der Frau Blume war es großartig. Bestimmt wünschten sich all die kleinen Asexuellen, die sich seit ein paar Jahren plötzlich herumtrieben, Frau Blume zur Großmutter.

Plötzlich sah sie die Silhouette eines Mannes, die ihr bekannt vorkam. Die Größe stimmte, die Schulterbreite ebenfalls, der Mantel glich jenem Mantel, den sie im letzten Winter gemeinsam gekauft hatten. Allerdings trug er einen Hut, und Anna hatte Max noch nie mit Hut gesehen. Weshalb sie beschloss, dass es sich bei dem Mann gar nicht um Max handeln konnte. Auch, weil sie jetzt keine Lust auf ihn hatte. Schließlich begegnete sie in ihrem Alltag unzähligen Männern, die Max auf diese Entfernung glichen, die etwas von seiner Dutzendwarenhaftigkeit hatten. Dann war der Mann, der Max sein mochte oder auch nicht, verschwunden, war mit einer Frau in eine Seitenstraße eingebogen, einer ziemlich kleinen, ziemlich runden Frau, von der Anna nur die Haare wahrnahm: Amy Winehouse in Silber. Sie nahm ihr Handy hervor und tippte: Warst du das eben im verruchten Viertel? Sie sah, wie sich die grauen Häkchen unter ihrer Frage blau verfärbten, sah eine leere Sprechblase mit hüpfenden Punkten, sah ein einziges Wort. Ja. Und zum zweiten Mal an diesem Abend formte ihr Mund ein ratloses »Oh«.

16

Dass Anna ihn gesehen hatte, machte Max mächtig. Dabei hatte er sich schon den ganzen Tag über ausgezeichnet gefühlt, viel besser als nach dem missratenen Versuch eines Bordellbesuchs. Geradezu größenwahnsinnig großartig. Denn Max hatte beschlossen, noch einmal in die Stadt zu fahren und zu warten. Auf den einzigen Zufall, dem er zutraute, sein Leben verändern zu können. Auf die kleine runde Fee. Er hatte sich schön gemacht, hatte seinen besten Mantel angezogen und einen neuen Hut, er fühlte sich darin wie in einem alten Film, sein Rücken wurde gerader, sein Gesicht kantiger, seine Beine länger. Er wusste, dass seine Angst, entdeckt zu werden, an diesem Samstagabend größer sein müsste. Alle seine Schüler waren jetzt in der Stadt unterwegs, die Bars im Rotlichtmilieu waren ihre Bars, sie standen da stundenlang und tranken, sie hatten alle noch kein Geld fürs Bordell, aber Augen im Kopf und viel Fantasie und drehten in endlosen Gesprächen imaginäre Pornofilme mit den Frauen von der Straße.

Max wusste das, und es war ihm egal. Seit er die kleine runde Fee gesehen hatte, wollte er die Kleinstadt mit ihren Kleinbürgern vergessen und das Lehrerzimmer mit seinem Spannteppich, dem Kopiergerät und der Kaffeemaschine, die für seinen Geschmack viel zu starken Espresso machte. Und Anna. Das einzig Dumme an der Stadt war, dass sie seit vielen Jahren von Anna besetzt war, dass sie ihr gehörte. Dass sie die Stadt mitgestaltete. Das würde Max jetzt ändern, er wollte Annas Max auslöschen, wollte so werden, wie er mit ihr nie gewesen war. Mit ihr war er sich immer vorgekommen wie seine Schüler in der Bar, zu zweit hatten sie hinausgeschaut auf das Leben und dumme Sprüche darüber gemacht, aber das zwischen ihnen war gewesen, als säße man tagelang in eine beige Decke gehüllt auf einem beigen Sofa. Nicht falsch, bloß enorm lau. Falsch war womöglich gewesen, dass sie ihre Beziehung mit diesem allzu großen Vertrauen, mit dieser geschwisterlichen Kenntnis voneinander begonnen hatten. Denn das wars ja, was andere Paare erst nach vielen Jahren miteinander erreichen konnten. Das war nicht mehr steigerbar, sondern konnte nur noch abflauen und umschlagen. Was eigentlich schon nach der ersten Nacht klar gewesen war. Und jetzt war beides vorbei: Der Versuch einer Liebe und die alte Freundschaft davor. Jetzt hatten sie einander verloren, unwiederbringlich, dachte Max, und es tat ihm leid.

Er beschloss, dass auch sein Zorn auf Anna ein Ende haben müsse. Ein guter Vorsatz, nur wurde nichts draus. Denn erstens kam die kleine runde Fee, und zweitens sah ihn Anna, und in Max machte sich ein stillgelegtes Rache-rädchen selbstständig, er spürte, wie ein kleiner Triumph in ihm hochstieg und all die vernünftigen, melancholischen Gedanken über Anna und die Liebe immer lauter übertönte. Und wie er das genoss, wie diese kleine Anti-Anna-Aggres-sion seinen Adrenalinausstoß ankickte.

Die Begegnung, für die er in die Stadt gefahren war, und Annas SMS lagen nur etwa drei Minuten auseinander. Und in diesen drei Minuten hatte es Max geschafft, mit der Frau, die er seit ungefähr 26 Stunden von allen am meisten wollte, eine Vereinbarung zu treffen. Sie kam nicht aus einem Bordell und stand auch nicht am Straßenrand, nein, Max hatte gesehen, wie sie sich aus der winzigen Küche eines Kebab-Stands quetschte. Sie sah genau so aus wie am Tag zuvor, das Herzgesicht, der dunkel bemalte Mund, das silberne Haar. Sie trug falsche Wimpern mit winzigen blauen Federn in den Augenwinkeln. Er verschob seinen Warte-platz so, dass sie direkt in ihn hineinlaufen musste. Und weil er geschickt darin war, Distanzen, Geschwindigkeiten und allerlei physikalische Wahrscheinlichkeiten zu berechnen, tat sie dies tatsächlich. Und schüttete einen Becher heißen Kaffee über seinen Mantel.

»Ah, fuck!«, rief der violette Mund.

»Pardon«, sagte Max und tippte sich mit dem linken Zeigefinger an den Hut.

»Tut mir leid, echt beschissen, sorry«, sagte die Fee und

schaute vom milchigen Kaffeefleck auf dem Mantel hoch in das Gesicht von Max. Der strahlte sie an. Die Fee musste lächeln.

»Ich kenn Sie doch!«, sagte er. »Von Instagram?«

»Ich kenn Sie kein bisschen«, antwortete die Fee, »das kann aber gut an meiner digitalen Frühdemenz liegen.«

»Darf ich Ihnen einen neuen Kaffee kaufen?«, fragte er und dachte: Darf ich Sie kaufen?

»Ach, der war eh gratis, und ich sollte Ihnen Geld für die Reinigung Ihres Mantels geben, tut mir echt leid.«

Er versuchte, sie möglichst einnehmend anzulächeln. »Sind Sie sehr böse, wenn ich sage, dass das Absicht war?«

Das Herzgesicht wurde düster. »Ist das eine Anmache?«

»Ganz ehrlich? Ja. Ich habe Sie gestern schon gesehen. Sie gefallen mir, Sie gefallen mir sogar sehr.« Max wusste, dass die letzten beiden Sätze nicht seine waren, die hatte Romy Schneider vor langer Zeit im Fernsehen zu einem Bankräuber gesagt, doch so was würde die Fee nicht wissen, dafür war sie viel zu jung.

»Haha, Romy Schneider 1974, glauben Sie, darauf fall ich rein?«, gab sie patzig zurück, »und nur für den Fall: Ich bin keine Nutte, auch wenn ich im Nuttenquartier arbeite.«

Max überlegte, ob er gleich die Wahrheit sagen oder noch ein paar höfliche Manöver versuchen sollte. Die Gefahr, dass sie ihn in beiden Fällen einfach stehen ließ, ihm eine Ohrfeige versetzte oder nach der Polizei rief, war ungefähr gleich groß.

»Ich würde trotzdem bezahlen.«

Er sah, wie sich die Stirn unter der silbernen Haarwolke böse ver- und nach ein paar Augenblicken wieder entknotete. Wie sich in ihren Augenwinkeln misstrauische kleine Falten bildeten und sich die tätowierten Sterne auf ihrer Schläfe ganz leicht verzerrten. Wie sie erst ihre Oberlippe einsog und dann auf die Unterlippe biss. Wie sie überlegte.

»Wie viel?«, fragte sie.

»Ich dachte, 250 die Stunde.«

»Was wollen Sie dafür?«

»Ficken. Und küssen.«

»Hmm, das mit dem Küssen ist doch unprofessionell.«

»Sie sind ja auch keine Professionelle.«

»300, dann geht Küssen klar. Und keine Fragen, nie.«

»Wie Sie wollen.«

»Folgen Sie mir.«

»Wohin?«

»Keine Fragen!«

Sie bog nach rechts in eine kleine Gasse zwischen zwei Häusern. Er spürte, wie sein Handy vibrierte. Anna. Und Anna hatte eine Frage. Sehr schön, dachte er, damit hätte sich jetzt auch das Schlussmachen weitgehend erledigt. Vielleicht sogar ganz.

»Ich bin übrigens Max«, sagte er.

»Okay, Max«, erwiderte die Fee, »du kannst mich Charlene nennen. Oder Crystal. Oder Jennifer. Irgendwas, ist mir egal.«

»Ich nenn dich Charlie.«

»Passt.« Die Frau, die Max jetzt Charlie nennen durfte, machte vor einem Haus halt, dem anzusehen war, dass es nach der nächsten Gentrifizierungsrunde nur noch von jungen Investmentbankern mit einer Restsehnsucht nach Bohème bewohnt werden würde. Sie schloss die Tür auf, er ging hinter ihr die Treppe hoch, ein seltsamer Geruch lag im Treppenhaus, er wusste nicht, was er denken sollte, über die Situation, die Frau, sich selbst. Charlie betrat eine der Wohnungen, sagte: »Hier« und: »Willst du was trinken?« Max nickte, sie gingen in die Küche, aber da stand ein Paar, sie schluchzte in seinen Armen, und er machte ein hilfloses Gesicht. Charlie grinste und hob den Daumen, der Mann schüttelte den Kopf, und Charlie holte zwei Biere aus dem Kühlschrank.

Dann standen sie in ihrem Zimmer. »Ich hätte doch eine Frage«, sagte Max, »darf ich vorher duschen?«

»Klar«, sagte Charlie, »meinst du, ich soll auch? Ich riech etwas streng von der Arbeit.«

Max hatte das Frittieröl in ihren Haaren auch schon wahrgenommen, es rührte ihn. »Du riechst wundervoll«, sagte er.

Charlie schaute zu Boden und reichte ihm ein Handtuch. »Das Bad ist am Ende des Flurs.« Im Bad traf er auf einen Teenager, der angestrengt versuchte, seinen linken Oberarm zu verbinden. »Kann ich helfen?«, fragte er.

»Wenn du nicht fragst«, erwiderte der Teenager.

»Mach ich nicht. Hallo, ich bin übrigens Max.«

»Okay. Danke, Max«, sagte der Teenager und gab ihm eine Schere und eine Rolle Verbandstoff, »rechts bitte auch noch.«

Max schaute sich an, was denn da eigentlich verbunden werden sollte, okay, dachte er, mal wieder einer von denen, ein Cutter, er hatte schon so einige gesehen an seiner Schule, es war eine Seuche, genau wie Magersucht, aber dafür waren zum Glück die ganzen einfühlsamen Schulpsychologen zuständig, Leute wie Sarah. Auffallend war, dass sich heute auch so viele Jungs aushungerten und ritzten. Früher war das die Sache der Mädchen gewesen. War wohl eine Konsequenz der sich durchsetzenden Geschlechtergleichheit. Die Jungs wollten nichts anderes, als den Mädchen zu gefallen, die ihrerseits den Jungs gefallen wollten. »Hast du das desinfiziert?«, fragte er.

»Muss ich?«

»Musst du.«

Der Teenager sprühte sich Desinfektionsmittel auf beide Arme, Max verband sie, fragte nichts weiter, es war hier das Haus der tausend ungefragten Fragen.

»Sorry, ich muss jetzt duschen«, sagte er.

»Mach mal, Max«, sagte der Teenager und ging.

Und wieder stand Max vor Charlie, vor ihrem Fenster hing eine Lichterkette aus silbernen kleinen Blumen, die Vorhänge waren lila, die Bettwäsche schwarz, auf einer alten Kommode mit einer zersprungenen Marmorplatte stand ein silberner Kerzenleuchter, an den Wänden hingen Poster und Postkarten von Frauen, nur von Frauen, er erkannte Garbo, Dietrich und Bacall.

»Na dann«, sagte Charlie und löschte alle Lichter bis auf die Blumen und die Kerze im Leuchter.

Er hing seine Kleider über einen Stuhl und nahm das um seine Hüfte geschlungene Handtuch ab. Was er sonst tun sollte, wusste er nicht, es schien ihm am einfachsten, sich bei einer Frau, die er für Sex bezahlte, an die Imitation eines Bordellbesuchs zu halten. Charlie zog sich auch aus. Und Max wusste, dass allein dies schon genug gewesen wäre für ihn. Dieses Wesen, das überall aus Rundungen zu bestehen schien, aus Überfluss, Kurven, Wellen und Schwellungen, alles in die feinste, makelloseste Haut verpackt und nicht zu fassen süß. Sie beugte sich über ihn, Max dachte, gleich verlier ich den Verstand, jetzt sofort, unter dem Frittieröl roch sie nach frischem Brot, ihre Brüste streiften seine Brust, seine Brustwarzen versteiften sich, sein Schwanz auch, Charlie küsste ganz leicht seine Spitze und dann … dann dachte Max, er sei in eine Ratgeberkolumne aus einem jener Mädchen-Magazine geraten, die manchmal auf dem Schulhof herumlagen. In eine Kolumne zum Thema »Hilfe! Mein Freund ist beim Sex viel zu grob!« oder »Wie bringe ich meinem Lover bei, was ich wirklich will?«. Denn Charlie war nicht routiniert und pragmatisch wie die Prostituierte, sie war auch nicht teilnahmslos wie Anna, sie war ganz einfach schlecht.

»Aua!«, schrie Max, als sie mit kräftigen Handgriffen versuchte, seinen Schwanz zu melken.

Sie richtete sich auf, ihr Gesicht war feuerrot. »Nicht gut? Etwa so?«

»Nein!«, schrie er. »So auch nicht!«

»Wie denn?«

»Machst du das immer so?«

»Klar«, sagte Charlie, »hat sich noch keiner beschwert.«

»So was mag kein Mann, das ist Folter«, stöhnte Max.

»Wie denn?«, fragte Charlie noch einmal und klang wie eine ungehaltene Domina.

»Stell dir vor, mein Schwanz sei …«, Max suchte verzweifelt nach einem halbwegs angemessenen Vergleich, er wollte sagen »ein Schmetterling« oder »eine scharf gemachte Granate«, aber was dabei herauskam, war das dümmste Bild, das je in einem Sexratgeber gestanden haben könnte, »ein, ein neugeborener Hamster!«

Charlie prustete in die Bettdecke hinein. Dann wandte sie sich wieder seinem Schwanz zu. Und gerade, als die rot glühende Peitsche der Peinlichkeit auf Max niederfahren und ihm in Erinnerung rufen wollte, dass ein großer Hollywoodstar sich regelmäßig mit rektal eingeführten Hamstern befriedigte und deshalb sein Hamsterbild monströs unangebracht war, da spritzte er ab. Auf das schwarze Bett, auf Charlie, auf sich selbst.

»Du Sau, du«, flüsterte Charlie und machte weiter. Und als nach einer Stunde ihr Handywecker klingelte, gab es im ganzen Universum keinen erschöpfteren und glücklicheren Mann als Max.

»Nächster Samstag, gleiche Zeit, 300, passt«, sagte Charlie ganz sachlich, wickelte sich in das gebrauchte Handtuch und ging duschen. Max zog sich an, verließ die Wohnung mit der heulenden Frau, dem Jungen, der sich schnitt, und Charlie, die sein mittelmäßiges Unglück in ein unverhältnismäßiges Glück verwandelt hatte. Gegen Geld. Natürlich gegen Geld, aber was war schon Geld. Es gab im Leben genug Dinge, die nur in der Form von Tauschgeschäften zu haben waren.

Im Treppenhaus begegnete ihm ein sehr verwirrter junger Mann, der mit einem angeekelten Gesicht etwas auf einem

Stück Karton vor sich hertrug. Es sah aus wie ein toter Hamster, bloß größer.

»Gehen Sie zufälligerweise runter?«, fragte der junge Mann. »Würde es Ihnen etwas ausmachen, dies in die Abfalltonne vor dem Haus zu schmeißen? Das ist echt zu viel für mich. Das war mein Haustier.«

»Mach ich doch«, sagte Max mit der ganzen Großzügigkeit seiner guten Laune, nahm den Karton, der unter dem Tier schon etwas durchgeweicht aussah, versuchte, den Gestank zu ignorieren, fragte sich kurz, ob tote Menschen ähnlich rochen, ging auf die Straße hinaus und versenkte den elenden Rest eines vermutlich unbeschwerten Tierlebens mit einem eleganten Schwung in der blauen Plastiktonne am Straßenrand.

FEBRUAR

17

Anna hatte jetzt viel Zeit. Erstens traf sie sich seit drei Monaten nicht mehr mit Max und zweitens hatte sie aufgehört, über ihn nachzudenken. Es lohnte sich nicht. Es wäre ihr lieber gewesen, wenn sie ihn hintergangen hätte und nicht umgekehrt, aber das war bloß eine kleine Anfangsirritation gewesen im Gefüge der großen Logik von Dingen, die besser vorzeitig zu einem Ende kommen sollten. Dinge wie: schlechte Theaterstücke, schlechter Sex, Gespräche mit dummen Menschen, die zweite Staffel von *True Detective*, die dritte Staffel von *Orange Is the New Black*, der Winter. Sie war zufrieden, dass sich die Geschichte mit Max noch vor dem Jahreswechsel erledigt hatte. Miteinander gesprochen hatten sie nicht mehr. Das war albern. Jedenfalls für zwei Menschen, die demnächst 44 und damit in absehbarer Zeit 50 Jahre alt werden würden. Aber es war nun mal so.

An einem eisigen Nachmittag im Dezember entschied Anna, dass anhaltende Funkstille, erschlaffte Gefühle, sexuelles Desinteresse und eine andere Frau genügend Gründe waren, die Übung »Begleitfreund« definitiv abzubrechen. Sie holte ihr Shampoo, ihre Hautcreme und Unterwäsche aus seiner Wohnung und brachte ihm dafür Socken und Rasierwasser zurück. Sie machte sich noch einmal mit seiner neuen Kaffeemaschine einen Kapsel-Kaffee, schaltete seinen schönen großen Fernseher ein und schaute sich eine Folge *Big Bang Theory* an. Und eine Folge *How I Met Your Mother*. Und eine Folge von dieser blöden Sitcom mit den beiden Mädchen, die Cupcakes und rassistische Witze machen. Sie betrachtete sich im Bad noch einmal im Spiegel und stellte sich vor, sie sei eine Fremde in einer fremden Wohnung. So fremd gefiel sie sich plötzlich, sie entdeckte Wangenknochen in ihrem Gesicht, die wirkten, als hätten sie nur darauf gewartet, dass das Gewebe schlaffer würde, um endlich hervorstechen zu können. Sie erinnerte sich, wie sie diese Definiertheit früher an älteren Frauen bewundert hatte. Älter, dachte sie, ich bin jetzt also älter. Egal.

Sie trat an den Lehrer-Schreibtisch mit den vielen Häufchen aus Heften, Büchern, Mäppchen und Zeitungsartikeln und versuchte, eine gemeine kleine Lust zu zügeln. Vergebens. Sie kramte in den Häufchen, klappte den silbernen Laptop auf, gab die Worte »lieb«, »Kuss«, »vermisse« und »Nacht« in die Suchmaske ein, aber alles, was ihr der Computer entgegenspuckte, waren ein Leitfaden für korrektes Verhalten von Schülern, das langes Küssen auf dem Pausenplatz untersagte, und eine Broschüre zum Thema »Aufklärung im Unterricht – zwischen Schulzimmer und Social

Media«. Und ein paar Mails, die Max an sie geschickt hatte, beziehungsweise eben nicht, sie fanden sich alle in den Mail-Entwürfen. Die letzte war drei Tage alt.

> Anna!

> Du fehlst mir! Ich muss über so viel mit dir reden! Du hast es ja gesehen, du weißt ja eigentlich schon viel zu viel, aber noch lang nicht alles. Und ich kann sonst mit niemandem darüber reden, es geht einfach nicht. Aber du würdest mich verstehen. Anna, ich wollte dir nicht wehtun, ich vermisse dich, verdammt, ich … scheißescheißefuckshit …

Tja, schick deinen Fuckshit halt ab, dachte sie und löschte alle Mails, die er an sie zu schreiben versucht hatte. Und auch gleich noch alle, die sie an ihn geschrieben hatte. Vielleicht würde sie ihm wieder begegnen, in zwei Monaten, in vierzehn Jahren, vielleicht würden sie dann wieder Freunde sein. Auf jeden Fall würde er ihr bei einem Wiedersehen sofort erzählen, mit wem er sie da an einem Novemberabend betrogen hatte, denn »betrogen« war ja wohl das Wort, das Menschen, die sich als Beziehungsmenschen betrachteten, in dieser Situation verwenden würden. Beziehungsmenschen verbanden das Wort mit Empörung, Schmerz und moralischer Überlegenheit. Anna nicht, sie verband es im Fall von Max bloß mit einer leicht verwunderten Neugier. Was ihn wohl zum Betrug bewogen hatte? Sicher Sex. Eine differenziertere Antwort hätte bedeutet, dass sie mit Max reden müsste, und bisher hatten sie beide paarspezifische Problemdiskurse erfolgreich vermieden. Damit zu beginnen wäre erst recht ein Trennungsgrund.

Noch ein letztes Mal schaute sie sich in der Wohnung um, die immer noch wirkte wie die Werbung eines Möbelhauses für alleinstehende Männer mit einer Vorliebe für Tabak, Blockhäuser und britische Jagdmode. Sie verabschiedete sich von der Kaffeemaschine und dem Fernseher, beide hatte sie sehr gemocht, zudem konnte der Fernseher sieben Tage wiederholen, ihr eigener nur 24 Stunden. Den teuren Whisky, den sie ihm zum Geburtstag geschenkt hatte, nahm sie mit, zog die Wohnungstür hinter sich zu und warf den Schlüssel in den Briefkasten. Er besaß keinen Schlüssel zu ihrer Wohnung. Es war vorbei.

Zu Hause trank sie mit Cédric den Whisky. Und Cédric sagte: »Pack die Badehose ein, komm!« Und enorm betrunken stürzten sie sich um exakt 21:09 Uhr in das türkisblaue Becken des neu renovierten innerstädtischen Hallenbads. Cédric fixierte einen der Jungs in der Schwulen-Ecke der Wärmebank, und Anna legte sich auf den Rücken, schaute hoch zur Glasdecke und durch sie hindurch in die Nacht, ließ sich treiben, löste sich auf in dem warmen, blauen Wasser und fühlte sich selbst ganz zart, leicht und glücklich.

Am nächsten Morgen ging sie zum Arzt, um sich gegen Grippe zu impfen. Danach wieder ins Hallenbad. Und wieder. Sie rang mit dem sanften Widerstand des Wassers, so lange, bis in ihrem Kopf eine mit Wärme und Vergessen gefüllte Blase platzte und sie sich nur noch euphorisch auf die Berührung des Wassers mit ihrem Körper konzentrierte.

Es war wie ein Orgasmus, man musste bloß härter dafür arbeiten. Zweimal, dreimal die Woche ging sie ins innerstädtische Hallenbad, dann nicht mehr. Jeder Exhibitionist aus den Manager-Etagen war da und alle, die bei einem Escort-Service, beim Fernsehen, in der Szene-Gastronomie oder bei American Apparel arbeiteten. Und mitten unter ihnen: der Schönheitschirurg. Wie ein Piranha auf der Suche nach Futter bewegte er sich durch die Schwimmer, und Anna stellte sich vor, wie er am Beckenrand, in der Sauna, unter der Dusche, in der Garderobe seine Opfer ansprach und sie mit dem glasklaren Gift seines Urteils wehrlos machte. Wenig später würden sie bei ihm angekrochen kommen, ihre vermeintliche Integrität gebrochen, und er würde mit einer im Hallenbad tausendfach durchgespielten Präzision seine Skalpelle ansetzen und aus ihnen schönere Menschen schnitzen.

Anna wechselte in ein anderes, kleineres, älteres Hallenbad, eine kuriose, barock wirkende Anlage direkt am Fluss mit Stuckdecke und bunten Fenstern wie in einer Kirche. Doch die Becken waren zu kurz, und in den Duschen fleckte der Schimmel. Und: Die kleine Badeanstalt war voll mit Kulturschaffenden. Schon bei ihrem dritten Besuch fand sie im Wasser einen Theaterregisseur an ihrer Seite, der um Geld für sein neues Projekt bettelte, es hatte irgendwas mit einem Schlachthof und einem Krematorium zu tun und kam ihr unangenehm bekannt vor. Sie fragte sich, wie weit der verzweifelte, höchstens auf intellektuelle Art attraktive Mann wohl zu gehen bereit war für sein Geld. All the way, dachte sie nach einer Viertelstunde gemeinsam im Wasser, all the way, baby.

Die Kulturschaffenden waren der eine Grund, Frau Blume der andere. Denn Frau Blume war auch da, seit Jahren, und sie hatte erstens ältere Rechte und war zweitens im Ruhestand. Anna wollte sich ihr nicht aufdrängen, sie war lange genug Frau Blumes Vorgesetzte gewesen und hatte selbst nie etwas von Vorgesetzten gehalten, die sich ihr allzu privat zeigen wollten, sei es bei einem Team-Event irgendwo in der Agglomeration in einer Kartbahn- oder Paintball-Halle oder im Sommer am See und schon gar nicht im Bett. Anna war keine, die sich jemals auch nur einen Zentimeter auf ihrer bescheidenen Karriereleiter hochgeschlafen hatte, sie war stolz darauf. Sie kannte zu viele Frauen, die ganz versessen ihre Chefs vögelten und dann enttäuscht zurückblieben, weil die Chefs selbst viel zu schlau waren, um sexuell motiviertes Aufsteigertum überhaupt noch zuzulassen, schließlich hatten sie alle ihre Kurse in Gender-Sensibilität im Arbeitsleben absolviert. Und das Schöne für die Chefs war ja, dass die sich stark fühlende Frau von heute nicht mehr aufgerissen zu werden brauchte, sondern selbst zu den Chefs kam und diese aufriss. Dumme, dumme Frauen. Am Ende blieb ihnen nichts als Prozesse zu führen, die sie verloren, oder weinerliche Bücher zu schreiben, die niemand kaufte. Sich hochzuschlafen war heute reine Zeitverschwendung.

Zweimal also sah sie Frau Blume in der Badehalle, sie grüßten einander schüchtern, und Anna hatte das unangenehme Gefühl, sich ihrer früheren Untergebenen aufzudrängen und sie zu beschämen mit ihrer eigenen Körperlichkeit, ja geradezu zu belästigen. Dabei wollte sie Frau Blume lieber einmal schön zum Essen ausführen, in der ganzen Frau-Blume-Pracht, an einem Ort, wo sie gesehen und hofiert würde, nicht hier, wo Frau Blume wirkte wie ein zwar zierlicher, aber insgesamt recht ausgebleichter Höhlenfisch.

Seither schwamm sie am Stadtrand. Hier war die Decke ebenfalls aus Glas, jedoch von blauen und gelben Röhren unterzogen, die Wände waren mit blau gespritzten Metallplatten verkleidet, auf die rote Fische in hellblauen Wellen gemalt waren. Es war ein Zweckbau ohne Charme, aber sie mochte ihn, hier schwammen Menschen, die großzügig zu sich selbst waren und sich sofort nach dem Sport mit einem Bier auf die Restaurant-Terrasse über dem Becken setzten. Manchmal setzte sie sich mit einem Glas Wein daneben.

Doch jetzt stand sie in der Garderobe und starrte auf einen Klumpen von grauem Schleim, wenige Zentimeter vor ihrem rechten großen Zeh. Sie fragte sich, woraus er wohl bestehen könnte. Ihre Lieblingsantwort wäre gewesen: graues Duschgel, das aus einer ungünstig liegenden Flasche von der Bank getropft ist. Nur hatte sie noch nie graues Duschgel gesehen, es musste sich also um etwas Menschliches handeln. Aber aus welcher Körperöffnung war es gekommen? Und war es überhaupt Schleim oder ganz einfach die Verdichtung aller Vorurteile, die man gegenüber Hallenbädern haben konnte? Sie holte ein Taschentuch aus ihrer Sporttasche, wischte den Klumpen auf und merkte, dass es sich bloß um einen Wassertropfen mit ein paar grauen Staubfasern handelte.

Sie cremte sich ein und schaute in den Spiegel. Wenn sie die Arme bewegte, traten jetzt kleine, ihr bisher unbekannte

Muskelstränge hervor. Die Taille wirkte schmaler, die Schultern breiter, die Haut verlor zusehends ihre teigige Struktur. Ihre Oberschenkel waren jetzt Oberschenkel, nicht mehr mit Brei gefüllte Kartoffelsäcke. Die Wadenkrämpfe, die ihr nachts regelmäßig Angst vor dicken, blaugrünen Krampfadern eingejagt hatten, waren weg. Es waren minimale Veränderungen, mehr spür- als sichtbar. Eine Sache von Gefühl, nicht von Gewicht, als würde sich ihr Körper inwendig selbstständig machen. Plötzlich koordinierten sich Muskelgruppen zu einer in sich funktionierenden Maschine, plötzlich gab es da ganz automatische, zunehmend geschmeidige Abläufe, wo vorher schon der bloße Gedanke an körperliche Betätigung anstrengend gewesen war. Dass sie noch vor wenigen Monaten zum Schönheitschirurgen gegangen war, schien ihr jetzt absurd. Etwas in ihr hatte übernommen und es machte seine Sache gut.

Ihre blonden Haare waren vom Chlorwasser so hell geworden wie in einem heißen Sommer. Wie in jenem Sommer aus ihrem Traum, jenem Sommer mit dem hitzegelben Himmel und dem eisvogelblauen Cabrio. Jenem Sommer, in dem Anna nur Beifahrerin war. Und neben einer Frau saß, deren langes braunes Haar im Fahrtwind flatterte und die sich lachend ihr Haarband zurechtrückte, bevor ihre Hand Annas Arm mit dem erregend sachten Flügelschlag eines Schmetterlings streifte. Die hartnäckig erschwommenen Glückshormone in Annas Kopf wirkten noch immer. Und weil es überhaupt keinen Zweifel an ihrem Wohlbefinden gab, beschloss ihre Hand ganz und gar selbstständig, dieses noch zu steigern. Staunend sah sie der Frau im Spiegel dabei zu, wie sie sich befriedigte. Und wie ihre Pupillen kurz vor dem Höhepunkt so schwarz und groß wurden wie der Nachthimmel über der Stadt und all ihren Rändern.

18

Nachdem Lilly das Blutbild und die Schnitte auf den armen Armen ihres Bruders entdeckt hatte, wollte sie einfach nur heulen. Was sie auch tat. Ungefähr acht Stunden lang. Dann wollte sie sich betrinken. Was sie ebenfalls tat, worauf sie für weitere acht Stunden außer Gefecht war. Dann wusste sie nicht mehr weiter, aber Alex schon, und weil sie keine Ahnung hatte, was sie mit Jonas tun sollte, beschloss sie, auf ihn zu hören.

»Lass ihn einfach«, sagte er, »sei die große, gelassene Schwester, die schon alles gesehen hat. Ich versuch mal, den großen, gelassenen Bruder zu spielen. Okay?«

»Okay«, sagte sie und überlegte sich, was Alex dafür wohl von ihr erwartete. Sex, Küchendienst, besseres Essen, Geld, nichts? Sie konnte sich alles vorstellen, außer Sex und Geld. Obwohl: wieso eigentlich nicht Sex mit Alex? Schließlich hatte sie auch schon mit Sue geschlafen. Allerdings war das nach einer Woche Zusammenwohnen geschehen, nicht nach dreieinhalb Jahren. Nach einer Woche, in der Sue wie eine silberne Libelle durch die Wohnung gesurrt war, wie eins dieser Trickfilmmädchen mit eng geschnürter Taille und ausladenden Brüsten und Hüften, denen Flügel aus den Schultern wuchsen. So war Sue, schillernd und schrill, ein Wirbelsturm aus Glitter und falschen Haarteilen, und sie hatte alle mit ihren groß gemalten Augen verrückt und mit ihrer Wodka-sammlung betrunken gemacht, und alle waren zwischen ihre lila Laken geglitten, auch Lilly.

Sie hatte Sue geholfen, ihr Zimmer einzuräumen, und plötzlich waren da die Magazine gewesen, Vintage-Erotik-magazine aus den Fünfzigern, und Sue hatte gesagt: »Das musst du sehen, da sind echte Pin-ups drin!« Sie hatten sich zusammen auf ihr Bett gelegt und sich durch die Magazine geblättert, Sue hatte ihr gezeigt, wie das funktionierte mit dem durchscheinenden Papier, auf das Kleider gezeichnet waren, und wenn man es wegzog, waren die vorher beklei-deten Models plötzlich nackt. Lilly hatte gespürt, wie sie bei allem kulturwissenschaftlichen Interesse ein bisschen rot wurde, und das an einem Sommertag, der sowieso schon zum Rotwerden heiß war. Und dann war plötzlich Sues Hand zwischen ihren Beinen gewesen, war von hinten in ihren Slip und in sie hineingeraten, nicht einfach ein Finger, sondern eine ganze Hand, und dies so zielstrebig und sach-kundig, dass Lilly noch genau einmal Atem holen konnte, bevor sie unterging. Das Nächste, was sie vom Sex mit Sue noch wusste, war, dass sie sich irgendwann in der Küche wiedergefunden und Sue gefragt hatte: »Wer muss schon wieder die verfickten Flaschen entsorgen? Ich oder du?« Und mit den leeren Flaschen war dann auch die kurze Ver-wirrung nüchtern und effizient entsorgt gewesen.

Mit Alex wäre das anders, er würde sich eine Beziehung wünschen, da war sie sich sicher. Und die würde unweiger-lich sehr bald sehr schwierig. Alex war weise und würde sie viel zu schnell viel besser kennen als sie sich selbst, und genau das war der Grund, weshalb sie auch niemals im Leben eine Analyse machen wollte. Es genügte ihr, über andere viel zu wissen, sie musste nicht auch noch sich selbst durch und durch kennen. Bis jetzt fand sie sich keine schlechte Person, aber wenn er anfangen würde, sie zu hinterfragen, würde sich das sicher ändern. Zudem war sie die Schwester von Jonas und Jonas war verrückt.

Lilly hielt sich an den Rat von Alex. Auch wenn sie fast platzte, vor allem vor Wut. Weil Jonas sich die Freiheit genommen hatte, ihr Leben durcheinanderzubringen. Doch sie blieb die große, gelassene Schwester, obwohl ihr Herz jedes Mal wild um sich zu schlagen begann, wenn Jonas zu ihr kam und reden wollte. Weil sie dachte, jetzt sagt er's, jetzt! Natürlich hatte Jonas nichts dazu gesagt, dafür viel anderes. Er war ruhiger geworden, zutraulich, nicht mehr so entsetzlich intensiv. Und es zeigte sich, dass das Dorf neben der Privatkrise, über die er stur schwieg, keinen Schaden in ihm angerichtet hatte. Stundenlang hatte er sie zum Thema artgerechte Haltung von Nutzvieh vollgeschwafelt, hatte ihr einen Vortrag über Obstbäume auf Magerwiesen vorgelesen, den er in der Schule halten musste. Natürlich war Lilly damit vertraut, aber im Gegensatz zu den Veganpunks, die ihren Bruder gewiss zu einem ihrer Vordenker erklärt hätten, langweilte sie sich bloß. Genau dies waren die Gespräche, die sie in der Stadt nicht mehr führen musste. Höchstens, wenn mal wieder eine kritische Kundin im Bistro fragte, ob so ein Stück französischer Stopfgans im Glas tatsächlich das Label »Agriculture Biologique« tragen dürfe. Kaufen Sie doch einfach keine Foie gras, Sie Gans, hätte Lilly am liebsten gesagt. Jonas gegenüber gab sie sich aufmerksam, weil sie froh war, dass seiner Beziehung zur Landwirtschaft an sich so gar nichts Neurotisches anhaftete, dass die Landwirtschaft so was wie seine Lieblingswissenschaft zu sein schien. Neben dem Zeichnen natürlich, das ganz augenfällig seine Berufung war, womöglich sogar mal sein Ticket zu einer Zukunft in der Kunst. Lilly träumte gerne groß. Nichts zwingt uns, unsere Träume zu klein anzusetzen, dachte sie, nichts. Sie sind die Riesen im Zwergenland unserer Existenz.

Jonas hatte sich in ihr Zimmer geschlichen und tat so, als würde er total interessiert ihre Bücher zur amerikanischen Literaturtheorie vor 9/11 studieren. Jetzt, dachte sie, wäre mal wieder eine Gelegenheit.

»Sis?«, fragte er nach ein paar Minuten.

»Ja?«

»Du bist doch bisexuell?«

»Mmmhh«, sagte sie und dachte sich, wow, geile Eröffnung eines Krisengesprächs zwischen Bruder und Schwester, aber wenn das jetzt nirgendwohin führt, weiß ich auch nicht weiter. Bestimmt will er mir sagen, dass er ab heute ein Mädchen ist.

»Und Alex?«, fragte Jonas.

»Alex steht nur auf Frauen.«

»Hm. Und Sue?«

»Steht auch nur auf Frauen.«

»Hm.«

»Hast du ein Problem damit? Hast du dich etwa in Sue verknallt?«, fragte sie und war ein bisschen enttäuscht. Jonas war also weder trans- noch homo- und wahrscheinlich auch nicht bisexuell. Langweilig.

»Ich steh doch nicht auf Sue. Die ist …«

»Die ist was? Na?«

»Na ja, fett halt.«

»Echt jetzt? Wieso siehst du sie dann immer so an?«, fragte sie.

»Tu ich doch gar nicht! Wieso siehst du sie immer so an?«

»Tu ich doch gar nicht!«, äffte sie ihn nach. »Vielleicht haben wir ja einen ähnlichen Frauengeschmack?«

»Nie im Leben!«

»Also: Was willst du wissen?«

»Wenn Sue lesbisch ist, was macht dann jeden Samstag der Max in ihrem Zimmer?«

»Max? Ich kenn keinen Max.«

»Weil du am Samstag arbeitest.«

»Wann kommt er denn?«

»Zwischen 16:51 und 18:07 Uhr.«

»Interessant. Und dann sind sie in Sues Zimmer?«

»Ja.«

»Und wie lange geht das schon so?«

»Seit du meine Bilder gefunden hast.«

Ob sie wohl zusammen lernen?, überlegte Lilly, obwohl sie keine Ahnung hatte, was Sue lernen könnte. Betriebswirtschaft? Plante sie etwa, den Kebab-Stand zu übernehmen?

»Ich hab das ganz genau beobachtet, sie sind immer sechzig Minuten im Zimmer, vorher duscht Max, nachher duscht Sue.«

»Kleiner Bruder, das ist wirklich sehr, sehr interessant«,

sagte sie und meinte es genau so, »du weißt schon, was das heißt?«

»Dass Sue jetzt heterosexuell ist?«

»Na ja, nicht direkt …«

»Dass sie ficken.«

»Mindestens.« Lilly stellte sich vor, wie ein Mann namens Max über die süße kleine Sue herfiel, die sonst nur Mädchen vernaschte. Das war, als würde ein Elefant über eine Antilope … Sie musste am nächsten Samstag unbedingt freikriegen. Obwohl dann immer die blonde Frau ins Bistro kam. Sie kam jetzt oft und wurde immer schöner. Wenn sie sich an ihren gewohnten Platz setzte und Lilly sich exakt zwischen die beiden Spiegel hinter der Theke stellte, dann sah die Frau von Weitem ein wenig aus wie Cate Blanchett. Lilly konnte sich keine schönere Frau vorstellen als diese Schauspielerin, deren Lächeln einmal rund um die Welt und hinauf bis zum Mond reichte. Natürlich wusste sie schon seit Monaten, dass ihre Lieblingskundin Anna hieß. Annas Kreditkarte hatte es ihr verraten. Anna, das klang ein bisschen wie dieser erste Mensch in der Bibel. Anna und Eva …

Jonas unterbrach sie: »Ich mag Max.«

»Wie ist er denn, so wie Alex?«

»Eher so wie Vater.«

»Ein Bauer?«

»Nee, so alt wie Vater. Ungefähr, nicht ganz so alt, aber schon …«

»… altalt.«

»Genau.«

»Und wieso magst du ihn?«

»Ich kann mit ihm reden, der fragt nicht blöd.«

»Und sonst?« Sie versuchte, das Gespräch jetzt doch noch in Richtung schwesterlicher Krisenintervention zu lenken, »wie gehts dir sonst, wieder neue Bilder gemalt?«

»Verarsch mich nicht«, sagte Jonas, »meinst du, ich will, dass du wieder einen voll peinlichen Nervenzusammenbruch kriegst? Hier!« Er zerrte den Ausschnitt seines Pullovers über seine Schulter, und Lilly sah, dass die Schnitte zu hellen Strichen geworden waren.

»Wow, schön verheilt.«

»Max hat mir geholfen«, sagte Jonas und verschwand aus ihrem Zimmer. Und gerade, als sie sich fragte, wer zur Hölle denn dieser Max war, krabbelte eine Kakerlake diagonal durch ihr Zimmer. Durch ihr Zimmer, nicht durch die Küche! »Du dummes, hässliches Arschtier!«, fluchte sie und trat mit ihrem Stiefel so heftig, lange und vollkommen vergeblich nach dem geschwinden Insekt, bis von unten ein sensibler Veganer beinah liebevoll gegen die Decke klopfte.

19

Max hatte jetzt also eine reguläre Bezahlgeliebte. Dreizehn Samstage waren vergangen, an zehn davon hatte er mit Charlie geschlafen, nur an zehn! Ein Samstag war für Weihnachten draufgegangen, ein weiterer für Neujahr, an einem dritten war er krank gewesen. Zehn Samstage also. Zehn mal dreihundert machte dreitausend. Plus ein paar kleine Geschenke. Eine Normalgeliebte wäre weitaus teurer, schon nur ein Wochenende wäre doch so: Sie würden essen gehen, andauernd. Mindestens zweimal davon so richtig schön, also teuer. Mindestens zweihundert. Und logischerweise würde er diese teuren Mahlzeiten bezahlen. Da wäre er schon bei vierhundert. Er würde ihr höchstens erlauben, die günstigeren Zwischenverpflegungen zu bezahlen. Einmal würden sie ins Kino gehen, er würde sich ein Bier und ihr eine dieser kleinen Proseccoflaschen kaufen. Und Eispralinen. Das wären sicher fünfzig. Er müsste ihr Blumen kaufen. Vierzig. Dafür dürfte sie den Museumseintritt bezahlen. Ganz sicher würden sie shoppen gehen und einander mit winzigen Aufmerksamkeiten überraschen. Mit einem Parfum zum Beispiel. Siebzig. Und so würde ihn ein ganz normales Wochenende bald einmal sechshundert kosten. Jedenfalls eines mit einer perfekten Geliebten. Einer, die zwar viel nahm, aber noch mehr gab. Mit einer, die so schön war, dass er den Straßenbelag beneiden müsste, über den sie schritt. Mit einer, deren Körper in seinen hineinschmolz, und die nur ihm gehören wollte.

Mit Anna war das natürlich alles anders gewesen, dafür auch wirklich nicht teuer. Meist hatte sie kleine Dinge in ihrem Lieblingsgeschäft eingekauft, und Max brauchte nur zwei Flaschen Wein mitzubringen oder bei sich zu Hause kalt zu stellen, und später schauten sie stundenlang zusammen fern. Die ganzen Spaziergänge in der Kulturwelt waren dank Annas Job sowieso umsonst und zu essen gab es dort auch. So betrachtet, war sie geradezu eine Spargeliebte gewesen. Leider hatte sich die Sparsamkeit ihrer Beziehung auch auf die Gefühle ausgewirkt. Und auf den Sex.

War Charlie eine perfekte Geliebte? Irgendwie ja. Und nein. Der Fehler an Charlie war, dass es sie eigentlich gar nicht geben durfte. Jetzt gerade saß Max zum Beispiel in der Kleinstadt in seiner Lieblingskneipe, er saß dort am Stammtisch mit zwei Kollegen aus der Schule, dem Hausmeister und dem Biologielehrer, mit einem Anwalt und einem Bauunternehmer. Grundsätzlich spielten sie Fußball miteinander, doch weil dies nur an einer beschränkten Anzahl von trockenen, nicht gerade gefrierkalten, wenn möglich schönen und auf jeden Fall schneefreien Tagen im Jahr möglich war, trafen sie sich noch viel grundsätzlicher in der Kneipe. Am liebsten nach und am allerliebsten anstelle des Fußballs, so wie heute. Und prompt fragte der Anwalt: »Na, Max, wie gehts eigentlich deiner Freundin?«

Shit, dachte Max, fuckshit, er hat mich mit Charlie gesehen.

»Heiße Frau, hab ich dir ja schon immer gesagt. Aber sie mag andere Menschen nicht wirklich, hab ich recht?«, sagte der Anwalt. »Was ich allerdings nicht verstehe: Wieso hast du die nicht schon viel früher flachgelegt, ihr kennt euch doch schon ewig. Damals war sie sicher eine Bombe.«

»Wir haben uns getrennt«, sagte Max und musste sich zusammenreißen, damit er nicht allzu erleichtert klang, »schon im November.«

»Und wie gehts dir nun?«, fragte der Biologielehrer besorgt. »Möchtest du darüber reden?«

»Nicht nötig«, sagte Max, »das war abzusehen.«

Was er am liebsten gesagt hätte, war dies: »Leute, ich hab eine Neue! Sie ist blutjung, zum Sterben schön und macht mich schrecklich glücklich. Sie ist das Abenteuer, das ich die letzten zwanzig Jahre lang gesucht habe! Und der Sex, so was Geiles könnt ihr euch gar nicht vorstellen! Zuerst dachte ich ja, sie ist Jungfrau oder so was, so ungeübt eben, aber dann! Nie, nie, nie hätte ich mir so eine Frau zu erträumen gewagt! Ja, nennt es doch Midlife-Crisis, ist mir vollkommen egal.«

Der Anwalt hätte gefragt: »Stehst du jetzt auf Schülerinnen?« Der Hausmeister hätte wissen wollen, was sie beruflich so macht und wie sie heißt, und der Biologielehrer, wie sie sich kennengelernt hatten. Und Max hätte antworten müssen: Nein, keine Ahnung, Charlie. Und: Ich habe sie auf der Straße angesprochen und ihr Geld angeboten. Das wäre direkt an diesem Stammtisch zwar alles mit Applaus und Pfiffen und den groß aufgerissenen, immer nach einer Schilddrüsen-Erkrankung aussehenden Augen des Biologielehrers begleitet worden. Sie hätten ihn gefeiert, als Stecher, als Helden, als einen, der sich kauft und nimmt, was er will.

Danach wären sie nach Hause gegangen zu ihren Frauen und hätten gesagt: Du, Schatz, heute hab ich was Seltsames gehört, der Max geht jetzt zu einer Nutte. Und die Frauen hätten gesagt: Oje, der Max? Echt? Dass der so was nötig hat! Aber wenn ich's mir richtig überlege, hat er schon lange einen emotional verwahrlosten Eindruck gemacht, denn diese Freundin, die er hatte, die aus der Behörde, war ja wohl ein Eisblock von Frau. Der Arme! Und sie hätten es schon beim Frühstück ihren Kindern weitererzählt und später am Tag auf der Arbeit oder beim Einkaufen, und innerhalb von höchstens sechsunddreißig Stunden hätte es die ganze Kleinstadt gewusst. Das musste er vermeiden. Deshalb sagte er nichts über Charlie, sondern murmelte bloß »Shit happens« in sein Bierglas und versuchte, so traurig wie möglich zu schauen. Damit die andern zu Hause eine andere Geschichte erzählten. Die Geschichte des gebrochenen, aber tapferen Mannes, der im Gegensatz zu ihnen mit ihren Familien nichts als ein paar Fußballfreunde und sein Bier hatte. Und während er bei Charlie war und sie für Sex bezahlte, würden sie ihm selbstgebackenen Kuchen oder eine Lasagne vor die Tür stellen und ihm die Kraft ihres positiven Denkens schicken. Ein alleinstehender Mann war in der Kleinstadt kein bisschen allein, das hatte Max gelernt. Und niemand war so verhasst wie die Frau, die den Mann alleine gelassen hat. Also Anna. Die er seit ihrem Besuch in seiner Wohnung nicht mehr gesehen hatte.

Es war ein Zufall, dass er Anna an jenem Nachmittag beobachtet hatte, denn eigentlich war dies einer seiner festen Arbeitsnachmittage, doch die Kleinstadt hatte beschlossen, dass es für alle die Einweihung der neuen Mehrzweckhalle zu feiern gab. Es war kein Grund, die Schule ausfallen zu lassen, aber das Fernsehen hatte sich angemeldet, und die Kleinstadt brauchte dringend Zuschauer. Aus den Schulhäusern, aus dem Altersheim, ja sogar aus dem Industriegebiet.

Max wollte vor den Feierlichkeiten noch schnell nach Hause, wollte sich eine Krawatte holen und den schönen Hut, da sah er Annas gefütterte Stiefel vor seiner Wohnungstür stehen. Und als er ganz leise die Tür öffnete, roch er Kaffee und hörte, wie im Fernsehen eine Sitcom lief. Und weil sich nichts bewegte, schloss er daraus, dass Anna auf dem Sofa an ihrem Lieblingsplatz sitzen musste, von dem aus sie nicht in den Flur sehen konnte. Weshalb Max seine Schuhe auszog, sie in die Hand nahm und sich mit einer schnellen Berechnung von Winkeln und Perspektiven ins Badezimmer verschob, sich in die Dusche stellte, den Vorhang zuzog und wartete, lauschte und sich mehr langweilte als an einem ganzen Tag in der Schule. Endlich machte Anna den Fernseher aus und kam ins Badezimmer. Er sah bloß ihre Silhouette, sah, wie sie sich nach rechts drehte und nach links, vor dem Spiegel natürlich, zu gerne hätte er den Duschvorhang zurückgezogen und sie erschreckt, so richtig bis ins Knochenmark und alle Eingeweide. Doch die Gefahr war zu groß, dass jemand ihre Schreie gehört hätte in seinem sonst so wohltemperierten Haus, dass dieser Jemand herbeigestürzt wäre und ihm, Max, irgendwas Massives auf den Schädel geschlagen hätte, während Anna mit einem Gesicht wie in *Scream* danebengestanden hätte. Untätig natürlich, weil sie das ja im Grunde wollte. Weil sie ihn im Grunde zerstören wollte, ohne selbst Hand anzulegen. Und deshalb gab Max keinen Ton von sich und wartete noch länger, bis er schließlich das feine Klicken der Tastatur seines Computers hörte. Und dann war sie weg.

Er verließ die Dusche und sah durch den Türspion, wie Anna heiter die Treppe hinunterlief. Er rannte an seinen Computer, suchte den Ordner mit den Handyfotos von Charlie, von der schlafenden Charlie. Es geschah jetzt nämlich immer öfter, dass sie nach dem Sex einschlief. Bis ihr Handy klingelte und signalisierte, dass ihre Stunde mit Max um war. Und weil er bis zum Klingelton sein gut bezahltes

Recht auf Charlie hatte, fotografierte er sie eben. Ihr ausbleibender Protest bewies ihm, dass sie genau Bescheid wusste, auch darüber, dass er die Fotos nur für sich machte und niemals weiterverbreiten konnte, wenn ihm sein Job lieb war. Womöglich würde sie ihm eines Tages, wenn er nicht aufpasste, sein Handy klauen und ihn erpressen, dachte sich Max. Er musste die Fotos unbedingt löschen, es genügte, wenn er sie zu Hause auf seinem Computer hatte. Er musste sie sich wirklich nicht in der Schule ansehen, auch wenn er während einer Prüfungsaufsicht oder auf dem Klo schon oft und glücklich und wider jede Vernunft bei ihnen Zuflucht gesucht hatte. Der Ordner mit den Fotos war unversehrt und ungeöffnet. Auch sonst schien der Computer weder von einem Virus noch von den Spuren von Annas Neugierde befallen. Irgendwas musste sie doch hinterlassen haben, irgendwas Bösartiges, Schäbiges. Hatte sie etwa einen Fluch auf einen Zettel geschrieben und irgendwo versteckt? Er schaute hinter dem Fernseher nach und unter dem Sofa, er zerrte das schwere Ding von der Wand weg und hob alle Sitzkissen hoch. Natürlich war da nichts. Erst als er die Kissen wieder richtig platzieren wollte, sah er etwas, was ihm vorher noch nie aufgefallen war: einen Riss im teuren braunen Leder, einen Schnitt, wie von einem Papiermesser. Nicht lang, höchstens drei Zentimeter, gewiss mit Absicht gemacht. Das Leder klaffte auseinander, darunter wartete weißes Füllmaterial nur darauf, herauszuquellen. Ein Schnitt in der Haut seines Sofas, ein Schnitt in seinem Fleisch. Nur der erste von vielen? Max spürte, wie er schwitzte, wie sein Herz nicht mehr schlug, sondern galoppierte. Vor seinen

Augen tanzten schwarze Käfer und verspotteten ihn. Er fasste sich mit beiden Händen an seine Oberarme, dorthin, wo er die Schnitte bei dem Jungen aus Charlies WG gesehen hatte. Er fühlte Schmerz. Und Angst, Angst vor Anna. Und: Angst vor seiner Angst vor Anna. Davor, dass ihm etwas entglitt, ein Stück seiner Zurechnungsfähigkeit, samt der beruhigenden Berechenbarkeit seiner Welt.

Daran erinnerte er sich jetzt. Und deshalb, sagte er sich in der Sicherheit seines Stammtischs, deshalb war es nur richtig, wenn die Kleinstadt Anna endlich zu hassen anfing, so richtig zu hassen.

20

Anna saß im Büro und fühlte aufrichtiges Bedauern mit all den kreativen Kindern, die sie mit ihren Dossiers behelligten. Arme Schweine. Tagelang brutzelten sie ihre Anträge für irgendein unbedeutendes Projekt zusammen, für irgendwas, das noch kleiner war als Kleinkunst, und was bekamen sie dafür? Auf jeden Fall zu wenig. Sie ging zur Zerstreuung auf Facebook. Und sah, dass Frau Blume auch online war.

Liebe Anna, hatte Frau Blume vor wenigen Augenblicken geschrieben, geht es Ihnen gut? Ich hab Sie schon so lange nicht mehr in der Badehalle gesehen! F. ist übrigens in der Stadt, ich serviere deshalb heute Abend ein paar Häppchen bei mir, kommen Sie doch auch, gegen 19 Uhr, es wäre mir eine Freude, Ihre Frau Blume.

Liebe, schwer vermisste Frau Blume, schrieb Anna ohne zu überlegen zurück, was für eine Überraschung! Ich komme gerne und bringe Champagner mit, wie viele werden wir denn sein? Mit entzückten Grüßen, Anna.

Dann sind wir drei, war die Antwort.

Wir drei, dachte Anna. Oh! Sie kannte F. von ihrer Zeit am Theater. Heute war F. ein Star. So richtig mit Engagement an der Burg und Großkarriere im Film. Er neigte nicht nur zur Fleischeslust, sondern auch zum Fleischigen, viele nannten ihn den neuen Bierbichler, er war ein Kaliber, eine Legende, ein Lebemann. Und ein echtes Kind dieser Stadt, wie Frau Blume. Die blutjunge Frau Blume war einst F.s Babysitter gewesen, deshalb hingen die beiden aneinander wie Mutter und Sohn, aber nie zuvor war Anna dazugeladen worden, wozu auch? Und wieso heute? Wollte Frau Blume sie miteinander verkuppeln? Natürlich wäre F. ein Mann für eine Nacht. Nur für eine. Frauen, die meinten, es länger mit ihm auszuhalten, verwandelten sich unweigerlich in seine Gouvernante oder in die Mutter von einem seiner vielen Kinder. Aber als One-Night-Stand, der ihr von Frau Blume quasi in den Schoß gelegt wurde, wäre er die Trophäe schlechthin. Und sie könnte sich mit ihm neben dem Sex sogar richtig gut unterhalten, sie kamen beide aus dem gleichen Sumpf. Dieser bestand aus stickigen Theaterkantinen, die immer nach Frittieröl rochen, aus verschwitzten Gesichtern unter klebriger Bühnenschminke, aus Diskussionen und Eitelkeiten, die auch im Bett kein Ende fanden, und aus dem großen, alles verschlingenden Glanz, der jeden Abend um acht einsetzte.

Anna freute sich und spürte, wie ihre Aufregung wuchs, wie sich die immer fixere Idee der Möglichkeit von Sex mit F. enorm belebend in ihr System schlich. Sie wusste genau, was jetzt mit ihrem Gesicht passierte, sie brauchte dazu nicht in den Spiegel zu blicken: Die Augen wurden klarer und glänzend, ihre Wangen rot, die Lippen voller. Ein Gesicht wie eine blinkende Signalanlage. Früher war es ein Leichtes gewesen, mit diesem Gesicht zu Sex zu kommen, und heute? Kann ich ja ausprobieren, dachte sie und wandte sich zufrieden und mit einer ungewohnten Zärtlichkeit wieder den Dossiers der armen Kinder zu.

Als sie ein paar Stunden später auf Twitter ging, hatte sie einen neuen Follower. F. Und eine Nachricht.

Vorglühen! Wo?, stand da.

18 Uhr, Bistro, muss noch Blume-Champagner kaufen, ok?, schrieb sie zurück.

Bistro wo?, schrieb F.

Ich wart auf dich am Straßenbahn-Oval, tippte Anna.

Kul!, schrieb F.

War der Typ nur nett oder notgeil, fragte sich Anna. Egal, egal, egal, sie war eine freie Frau und niemand in ihrer Welt war besser beim Sex als ein Schauspieler, denn niemand war so eitel, niemand stand unter einem derartigen Druck, zu performen. Gib einem Schauspieler ein einziges Stück Publikum, und er will abliefern. Verlieb dich nur niemals in einen. Sie hatte das am Theater zur Genüge erlebt, es lohnte sich nicht, Gefühle in einen Schauspieler zu investieren. Doch der Sex, der war gut, verdammt gut.

Schließlich stand er vor ihr. Groß. Ein großes Gesicht,

große Hände. Die Hände packten sie, sein Gesicht kam ihrem entgegen, Anna dachte, wow, was sind diese Augen blau, und was für ein billiger Reim ist das denn, er küsste sie auf die Wange, sagte: »Na Kleine? Ewig nicht gesehen! Scheiße, siehst du gut aus!« Die Stimme, dachte sie, mein Gott, die Stimme, und fühlte sich wie sechzehn. Denn das war ja das andere mit Schauspielern, insbesondere Groß-schauspielern: Dass man ihre Stimme so gut kannte, als wärs eine Melodie aus dem eigenen Unterbewusstsein, ein Grundrauschen von unzähligen Fanmädchen-Fantasien. Und das dann noch im Bett! »Und? Wo kommst du gerade her?«, fragte sie.

»Aus dem Hotel da vorn am Fluss, die haben mich einge-flogen für ein Casting. Sorry, total uninteressant …«

»Total«, sagte sie und dachte, Hotel, fuck, wieso ein Hotel, ein Hotel ist nichts anderes als eine Einladung. Wieso wohnt er nicht bei seinen Eltern, blöde Frage, weil die Eltern im Altersheim sind.

»Sorry, ich brauch ganz schnell ein Glas von irgendwas, war irre anstrengend, und Mama Blume ist zwar lieb, aber so richtig locker ist es bei ihr nicht«, stöhnte F.

»Okay, komm trinken, du Filmstar!«

Sie überquerten die Straße und betraten das Bistro.

»Wow, ist ja wie little Paris«, sagte F., und Anna dachte, dass seine Stimme doch um einiges gehaltvoller war als seine Worte. Sie blickte zum Tresen, tatsächlich, der Grashalm war da. Wie hieß der Grashalm schon wieder? Wie eine Blume. Nicht Rose, nicht Jasmin, Lilie, genau, der Grashalm hieß Lilly. Etwas in Anna wurde ganz still.

»Weißt du, was ich übermorgen mache? Ich dreh mit Schweiger! Ich scheiß auf Schweiger!«, sagte F.

»Bitte?« Sie hatte nicht zugehört.

»Ich dreh mit Schweiger. Und Schweighöfer. Ist es nicht grässlich, wie weit ich gekommen bin?«

»Voll grässlich«, lachte sie, »eine Komödie?«

»Leider. Ich spiel lieber den Lear. Aber klar: Als versoffener Vater von Schweighöfer verdien ich halt was.«

»Du musst ja auch ein paar Alimente bezahlen.«

»Mmmhh, und bald noch mehr.«

»Ist nicht wahr! Dein Viertes?«

»Schön wärs. Viertes und Fünftes.«

Lilly trat an ihren Tisch. Wie so ein zähes, zartes, überaus biegsames Gewächs, dachte Anna, ein Halm eben, ein Wesen ganz aus Grazie. Sie bestellte ihren Crémant, F. ein Bier. Lilly blieb vor F. stehen. »Das ist alles«, sagte er.

»Verzeihung, Sie sind …«, begann Lilly, »also, meine ganze WG …«

»… hätte gern ein Autogramm von mir? Sicher doch!«, sagte er und zog eine Autogrammkarte aus seiner Tasche. »Für wen ist es denn?«.

»Oh, also, wenn Sie mögen, schreiben Sie doch: Für Alex, Sue, Jonas und Lilly«, sagte Lilly und strahlte ihn an.

»Ist Jonas dein Freund?«, fragte F.

»Nee, Bruder«, sagte Lilly.

»Und dieser Alex?«

»Auch nicht.«

Interessant, dachte Anna. Wieso fragte er nicht auch noch, ob Lilly was mit Sue hatte?

»Sorry, aber deine Schönheit macht mich zu einem schlechteren Menschen! Magst du mir nicht deine Nummer geben?«

»Wozu?«, fragte Lilly kühl und ging.

F.s Gesicht lief rot an. Anna fixierte sich selbst im Spiegel an der gegenüberliegenden Wand und schwieg. Es gab peinliche Momente und vor Peinlichkeit total verhunzte Momente wie diesen.

Die Häppchen-Stunde bei Frau Blume war köstlich, sie hatte winzige Windbeutel gebacken und mit Forellenmousse gefüllt, hatte Roastbeef gebraten und hauchdünn tranchiert. Beruhigt stellte Anna fest, dass Frau Blumes Facebook-Ego eine reine Inszenierung war, die versponnene Ecke mit den toten und lebendigen Tieren nichts als ein Bühnenbild, und dies auch nur in einem einzigen der drei Zimmer. Außerhalb ihrer Kostüme war Frau Blume eine verblüffend normale ältere Dame, die ganz einfach zu oft ins Theater ging.

F. war hier ein anderer, er war in Frau Blumes Gegenwart ruhig, traurig und freundlich. Anna sah sich dabei zu, wie sie anfing, ihn ernst zu nehmen, ihm seine Trostlosigkeit beinah zu glauben, wie sie beschloss, dass er diese Nacht nicht alleine würde verbringen müssen. Er würde sein Gastspiel geben, sie würde noch vor Tagesanbruch aufstehen, sein Hotelzimmer verlassen und durch eine Stadt im Tiefschlaf nach Hause gehen. Und ein paar Stunden später wieder ins Büro. Mit Ringen unter den Augen, einem von Bartstoppeln rot zerkratzten Kinn und diesem postkoitalen Ziehen in der Herzgegend. Dieser Illusion von Sehnsucht nach einem Menschen, mit dem sie grad sehr intim gewesen war.

Ob Prostituierte dies auch kannten? Auf jeden Fall wäre es wieder ein bisschen wie früher, wie sehr viel früher. Sie würde noch ein paar Filme lang seiner Stimme nachhängen, mehr nicht. Mehr würde sie auch niemals wollen. Gewiss begann F. mit seinem ganzen Fleisch gegen Morgen hin streng zu riechen. Vielleicht war sein Penis hässlich. Es würde kein Schicksal geben zwischen ihnen, bloß einen einzigen Akt. All dies dachte sie, während sich F. und Frau Blume austauschten, über seine Eltern, über Frau Blumes Pensionierung, über Theater- und ein paar alte Möbelstücke, die er Frau Blume geschenkt hatte, als die Eltern ins Heim ziehen mussten. Er brauchte jetzt Frau Blume, nicht Anna.

»Ihr Lieben«, sagte sie, »ich lass euch jetzt allein, morgen ist ein viel zu voller Tag. War schön.«

Draußen blieb sie stehen und atmete tief ein, in der Luft lag eine atmosphärische Entspannung mit einem Geruch nach feuchter Baumrinde, nur noch wenige Wochen, dann wird es wärmer, dachte sie und spürte ein Stechen in ihrer Brust. Es war dem postkoitalen Ziehen ähnlich, doch es war nicht an eine Person gebunden. Es zielte ganz einfach in eine erwartungsvolle Leere hinaus, wie eine Verliebtheit ohne Gegenstand. Es war ein junges, ein wunderbares Gefühl.

»Na, du Lügnerin«, sagte F. dicht hinter ihr, »die Blume sagt, du musst morgen gar nicht ins Büro, hast du noch eine andere Ausrede?«

Anna drehte sich um, schaute sich F. noch einmal ganz genau an und versuchte, ihr Frühlingsgefühl auf ihn umzulenken. Sie spürte, wie sie in seinen Augen hängen blieb, und schüttelte lächelnd den Kopf.

21

Lilly schob den Honig quer über den Tisch zu Sue und fragte möglichst unauffällig: »Hast du jetzt eigentlich einen Freier?«

Sue beugte sich wortlos über ihr Croissant.

»Ob du einen Freier hast, einen Freier namens Max!«

Sue zerzupfte das Croissant mit silbernen Fingernägeln.

»Okay, du hast also einen Freier. Spinnst du jetzt total?«

»Freier, Quatsch, frag doch anders: Hey, Sue, woher hast du denn plötzlich das viele schöne Geld? Ist ja Wahnsinn! Mensch, musst du schlau sein!«

»Mensch, musst du blöd sein«, sagte Lilly und nahm die vor sich hin röhrende Espressokanne vom Herd.

»Wer hat einen Freier?«, fragte Alex.

»Ich«, sagte Sue mit einem Mund voller Croissant.

»Aha«, sagte Alex, »hm.«

»Hm was«, mampfte Sue, »spit it out! Ja, ich lass mich von einem Typen vögeln. Ja, er ist alt. Nein, ich steh nicht auf ihn, null, aber auf sein Geld. Ja, ich kann Prostituierte verstehen. Konnte ich schon immer. Nein, ich hab keine Angst, dass ich deswegen abstumpfe oder so. Gut jetzt?«

»Ist das nicht eklig? So für dich als Lesbe?«, fragte Alex.

»Nee, wieso? Ist reine Physik«, sagte Sue.

»Er ist ein Mann!«, protestierte Lilly. »Ich meine, ein Mann ist doch ungefähr das Gegenteil von einer Frau!«

»Ah komm, jetzt werd nicht sentimental, beide stecken dir was rein, beim einen ist Gummi drum, bei der andern nicht.«

»Aber eine Frau …« Lilly versuchte es nochmals.

»Ich will frühstücken! Ich hab keinen Bock auf das Gender-Geschwafel einer bisexuellen Tussi, die sich nicht entscheiden kann! Und sag jetzt nicht: Sue, wenn du dich für einen Mann prostituierst, unterstützt du den patriarchalen Herrschaftsdiskurs! Patriarchat my ass! Ich nehm das Patriarchat aus, dass es knallt!«

»Seh ich nicht so: Du lässt dich aufs Konventionellste vom Patriarchat knallen und sorgst damit erfolgreich für seine Kontinuität«, sagte Alex, »wie wärs mit richtiger Arbeit?«

»Ich nenn es Arbeit! seid froh, dass ich endlich mal meine Miete regelmäßig zahle!«

»Musst nicht gleich so biestig werden, Baby«, sagte Lilly, legte von hinten ihre Arme um Sue und küsste sie auf ihre hektisch gerötete Wange. Es gab nichts Weicheres als Sues Wange.

»Was ist eigentlich dein Stundenlohn im Bistro?«, fragte Sue.

»22 plus Trinkgeld«, sagte Lilly und versuchte, stolz zu klingen.

»Pffff, meiner ist 300. Plus Geschenke, verkaufe ich alle auf eBay. Und jetzt fick dich selbst«, zischte Sue, sprang auf und verschwand.

»Nicht gut. Gar nicht gut«, meinte Alex.

»Kennst du diesen Max?«, fragte Lilly.

»Mmmmhh.«

»Und wie ist der so?«

»Schätzungsweise Mittvierziger, gut situiert, versucht immer, so auf Humphrey Bogart zu machen, tendenziell scheu, sicher sauber, nimmt sehr wahrscheinlich keine Drogen, verbreitet keine Geschlechtskrankheiten und so.«

»Wow, voll der Langweiler. Und du bist noch nie auf die Idee gekommen, ihm die Hölle heißzumachen?«

»Was soll ich denn sagen? Na du Wichser, verpiss dich sofort aus unserer Wohnung?«

»Zum Beispiel?«

»Mein Problem«, erklärte Lilly, »ist, dass Jonas diesen Max mag. So richtig. Er vergleicht ihn schon mit Vater.«

»Nicht gut«, sagte Alex.

»Ich mein, wir können nicht wirklich sagen: Alter, wenn du mit Sue fertig bist, setz dich doch mal mit uns in die Küche und wir reden über alles. Und by the way, mein Bruder hat ein paar echte Probleme, und wir glauben, dass du ihm helfen kannst. So was wär ja ganz praktisch.«

»Trotzdem beschissen«, sagte Alex, »was ist denn eigentlich mit dir?«

Lilly holte Schaufel und Besen und tat, als habe sie die Frage überhört. Sie kroch unter den Tisch und kehrte Sues Croissant-Verwüstung zusammen. Nur nichts liegen lassen, die Kakerlaken würde sich daran satt fressen und fette Eierpakete fabrizieren. Zu ihrer Beruhigung hatte sie gerade gelesen, dass man Kakerlaken ruhig mit Schuhen zertreten dürfe, weil nämlich die Eier, die aus einem zertretenen Kakerlaken-Weibchen quollen, im Profil eines Schuhs nicht überlebten. Gute Frage: Was war mit ihr? Zog sie etwas so Aufwendiges und Eigennütziges wie die Liebe momentan überhaupt in Betracht? Ausschließen ließ sich die Liebe nie, aber sie kostete Kraft. Lieber keine Liebe, dachte Lilly.

Lieber später. Ob die blonde Anna eigentlich in diesen F. verliebt war? Oder F. in Anna? Die beiden schienen einander gut zu kennen. Ob er wohl immer so unausstehlich war wie neulich im Bistro? Lilly vermutete Restkoks. Anna hatte anders ausgesehen als sonst. Eine Weite hatte um ihr Lächeln gelegen. Lilly vermutete Liebe, doch nicht unbedingt zu F. Als sie sich mit ihrer Schaufel voll buttriger Brosamen wieder aufrichtete, stand Alex immer noch da. Sie strich sich die Haare aus dem Gesicht. »Sorry, hast du was gesagt?«

»Nichts«, sagte Alex, »lassen wir's einfach.«

Lilly überlegte kurz, ob sie ihn umarmen sollte, angebracht wäre wohl irgendwas zwischen Schwester und Versprechen, etwas, das ihn hinhalten würde, ohne zu verletzen. Die Türklingel erlöste sie. Ihre Mutter hatte endlich das Paket geschickt, das Paket voller Jonas, das es eigentlich schon lang nicht mehr geben dürfte, weil Jonas meinte, alles verbrannt zu haben. Die Bilder, die Tagebücher. Leider hatte Vater alles rechtzeitig kopiert, weil er sich sicher war, dass Jonas eines Tages in eine Irrenanstalt eingeliefert würde und die Kopien den Ärzten bei seiner Behandlung helfen könnten. Leider war also alles noch da. Und Lilly hatte ihre Eltern darum gebeten, weil sie recherchieren wollte und in dieser Sache keinem traute, schon gar nicht Jonas.

Ihre Mutter hatte das Paket zugeklebt und verschnürt, Lillys Anschrift stand in perfekten Lettern auf dem Adressaufkleber, es war die schönste Handschrift in Lillys Welt, eine winzige und seltene Vollkommenheit in ihrer Familie. Eine direkte Linie zu den Bildern von Jonas. Auf die Rückseite des Pakets hatte die Mutter geschrieben: Bei uns alles gut und bei euch? Jonas, die Tiere vermissen dich! Lilly sah sie vor sich, wie sie zögerte, ob sie noch ein Wir auch dazuschreiben sollte, wie sie sich dagegen entschied. Sie strich mit dem Finger über die Schrift, wusste, dass sich im Paket selbst kein Brief von der Mutter finden würde, sie hatte keine Zeit für noch mehr Worte, sie war froh, dass sich ihre Kinder an einem Ort umeinander kümmerten, der großzügiger war als das Dorf. Lilly schnitt die Schnur mit einem Messer durch, schlitzte das Klebeband auf, zerknüllte das braune Papier, hob den Deckel und war froh, dass die Bilder, die ihr entgegenflatterten, geruchsneutrale Kopien waren.

Zuerst kam das Übliche: Selbstporträts eines Pubertierenden. Immer nur das Gesicht, mal mit Tränen, mal mit Schnitten. Sie musste an die weinenden Harlekine denken, die bei ihrer Tante herumhingen. Kitsch, reiner Kitsch, kein Grund zur Sorge. Dann: Kühe, Kälber, die kleinen Hasen, alle gesund und unversehrt, geradezu fröhlich. Dann: Ein Blatt, das aussah wie die Skizze zu einer Bildergeschichte und nur aus grafischen Elementen bestand. Es waren immer die gleichen sechs, in immer neuen Anordnungen. Drei Kreise, von denen kurze Strahlen ausgingen. Etwas, das wie eins der Mandelschiffchen aussah, die Lilly im Bistro verkaufte. Dazu zwei unterschiedlich große, oben abgerundete Zylinder. Die sechs schienen auf heitere Art miteinander beschäftigt zu sein, gelegentlich hatten sie auch winzige Gesichter, grinsten oder fletschten die Zähne, allerdings, dachte sie, zeichneten sich das Mandelschiffchen und die kurzstrahligen Sonnen durch eine etwas passive Willkommenskultur aus. Es waren drei Menschen, reduziert auf ihre drei sonnigen Arschlöcher und den Rest. Zwei Männer, eine Frau. Jonas und das Paar als Sex-Emojis. Lilly hoffte inständig, dass es sich dabei bloß um das Tagebuch einer sexuellen Fantasie und nicht um mehr handelte. Und dass ihre Eltern noch nicht allzu genau über die sechs Figürchen nachgedacht hatten.

22

Als Max den Schulhof betrat, hörte er, wie alle Mädchen nur über das eine redeten, wie immer im Februar, seit Jahren. Es gehörte für ihn zu den Vorboten des Frühlings wie die bunten Billig-Primeln in den Supermärkten. Die neue Staffel der Model-Castingshow. Anna schaute sich das auch an, wieso genau, hatte sie ihm nie erklären können. Zum Studium. Aus Ekel. Vielleicht auch bloß, weil sie das durfte, weil sie eine Frau war. Er musste sich eingestehen, dass er eigentlich auch ganz gerne zwei Stunden lang Achtzehnjährigen dabei zugeschaut hätte, wie sie im Bikini mit Zuckersirup vollgeschmiert wurden oder sich in Unterwäsche und mit einer lebendigen Schlange um den Hals auf einer Treppe drapieren mussten, aber er traute sich nicht. Das Ganze war eine verlogene, von der Kosmetik- und der Süßgetränke-Industrie gesponserte Wichsvorlage, dachte sich Max und war stolz auf seine Anständigkeit. Obwohl: Was war schlimmer? Dass das Fernsehen junge Mädchen prostituierte oder dass er Charlie wie eine Prostituierte behandelte? Er beschloss, nicht mehr darüber nachzudenken, schon gar nicht auf dem Schulhof.

Zudem gab es etwas, das ihn wirklich nachdenklich machte, eine Nachricht von Anna. »Hatte heut Nacht den schönsten Promi-Pimmel der westlichen Welt«, hatte sie ihm um halb neun Uhr morgens geschrieben. Er war sich fast sicher, dass die Nachricht sich verirrt hatte, dass sie für Cédric gemeint gewesen war. Doch selbst wenn sie sich verirrt hatte, stand dahinter eine fatale Freudsche Fehlleistung, wie sie Anna normalerweise nicht passierte. Was wiederum hieß, dass sie ihm diese Mitteilung sehr wohl hatte schicken wollen. Um ihn zu demütigen. Er starrte auf sein Display: Da stand er immer noch, der Promi-Pimmel. Der wem genau gehörte? Einem Rockstar, Schauspieler, Männermodel, Spitzenpolitiker, Nachrichtensprecher? Jedenfalls einem bedeutenden Mann, der wahrscheinlich auch öfter im Fernsehen zu sehen war. Denn nirgendwo manifestierte sich Bedeutsamkeit für Anna so sehr wie im Fernsehen, das hatte sich seit dem Gymnasium nicht geändert. Es rührte Max, denn das Fernsehen war ja an sich schon eine Art Nostalgiebetrieb, für die Kinder auf dem Schulhof nur noch in seltenen Fällen wie der Model-Castingshow wichtig, für Anna jedoch ein Lieblingsstück ihres Alltags.

Und irgendwo im Fernsehen tummelte sich also höchstwahrscheinlich ihr prominenter Lover oder One-Night-Stand. Während er, Max, zu Hause vor dem Fernseher saß, würde dieser Mann, der sich im Besitz eines offenbar perfekten Pimmels befand, aus dem Fernseher heraus auf Max schauen und Max würde ihn nicht erkennen. Obwohl der Mann ihn ganz direkt zum Schwanzvergleich herausforderte. Den Max verlieren würde, weil sein eigener Schwanz nicht über einen Durchschnittsschwanz hinausreichte. Es sei denn, man verpackte ihn in ein paar Geldscheine wie für Charlie. Verdrossen dachte er, dass sein Fernseher voll war mit Männern, außer in der Model-Castingshow. Am Ende hatte Anna noch mit dem einzigen nicht schwulen Juror der Model-Castingshow geschlafen. Einer war es, einer würde ihm direkt in die Augen blicken und es würde Max durchfahren wie ein Messer, so, wie ein Messer in das Kissen seines Sofas gefahren war. Er würde sich heute Abend vor den Fernseher setzen und herauszufinden versuchen, mit wem Anna geschlafen hatte. Nur, wie sollte er das anstellen? Handelte es sich überhaupt um einen deutschsprachigen Menschen oder um einen der von Anna so angeschwärmten Briten? Oder um einen Franzosen? Er hatte keine Chance.

»Hallo?! Max?! Hallo?!«

Vor ihm stand Sarah und schaute ihn wie immer besorgt an. Er war sich inzwischen sicher, dass sie nicht auf ihn stand, sondern ihn als das älteste ihrer Problemkinder betrachtete. Doch genau das brauchte er jetzt.

»Hallo Frau Schulpsychologin«, sagte er und holte sein Handy hervor, »hilf mir mal!« Er zeigte ihr Annas Nachricht.

Sarah prustete los: »Oh! Den will ich auch! Wo gibts den?«

Max spürte Vergrätztheit in sich aufsteigen. »Es geht um den Absender! Was bewegt meine Ex dazu, mir dies zu schicken?«

»Du hast eine Ex?«, fragte Sarah. »Wann habt ihr euch denn geext?«

»Ist ein paar Monate her«, sagte er und gab sich Mühe, kurz angebunden zu klingen, es ging hier nicht um seine Geschichte, es ging hier um die reine Boshaftigkeit und Rachsucht von Anna. Der intrigantesten Person, die jemals in sein Leben eingedrungen war. Und in seine Wohnung, sein Schlafzimmer, seine Intimsphäre und das Königreich seiner Elektrogeräte. Wahrscheinlich hatte sie seinen Computer verwanzt und seinen Fernseher manipuliert. Er war sich sicher, dass sich bei ihm die Übertragung von Skirennen seit ihrer Heimsuchung im Dezember um eine gute Sekunde verzögerte. Nun waren Skirennen nicht seine liebste Sportart, aber bei Fußball-Übertragungen würde es unerträglich. Er musste das repariert kriegen, aufschrauben, dachte er, ich muss meinen intakten, integren Fernseher aufschrauben, ihn verwunden. So wie ein Arzt einen Patienten aufschneidet, um ihn zu retten. Um den Fehler, das Schlechte, das Geschwür, den Defekt wegzumachen. Anna, er musste sich Anna aus dem Leben schneiden …

»Du sie oder sie dich?«, fragte Sarah. Und Max sah, dass Lügen zwecklos war. Sarah beherrschte die Taktik der effizienten Entwaffnung. So was also lernte man bei diesen Psychologen.

»Ich sie.«

»Du hast dich verliebt. Männer in deinem Alter gehen nicht, ohne was Neues zu haben. Nie.«

»Mmmhhhh«, machte Max.

»Und was ist jetzt dein Problem? Sag deiner Ex, ich will seine Nummer! Ciao!« Sarah war weg. Er sah, wie sie ein paar Schülerinnen grüßte. Und wie sie heute, genau wie die

Schülerinnen, ihre Haare in drei Zöpfe geflochten trug. Gewiss hatte das mit der Model-Castingshow zu tun. Sarah also auch. Obwohl das ja nicht dumm war: Sie würde sich in den nächsten Wochen wieder um all die Magersüchtigen kümmern müssen, besser, sie kannte die Gründe dafür und teilte den Code der Mädchen. Gab es eigentlich etwas Ähnliches für Jungs? So was wie einen neuen *Club der toten Dichter*? Einen neuen *Werther*? Eine mediale Opfermaschine wie die Model-Castingshow? War der Junge aus Charlies WG auch so ein Opfer? Er schien allerdings seit Wochen gefestigt, ein ausgeglichener junger Mensch, in der Schule schien alles gut, zu Hause gab er sich Mühe, er hatte Max erzählt, seine Schwester sei gerade etwas instabil und er müsse sich um sie kümmern. Max erinnerte sich an ein vollkommen aufgelöstes, hysterisch schluchzendes Mädchen und wunderte sich nicht.

Im Lehrerzimmer nahm er ein paar Bücher aus der Tasche, ging zum Kopiergerät, öffnete das erste Buch, ohne genauer hinzuschauen, und legte es mit dem Rücken nach oben aufs Glas. Und drückte auf den Knopf. Das Kopiergerät streckte ihm das erste Blatt wie eine Zunge entgegen. Und mitten auf der Seite prangte eine kopierte Kakerlake. Mit gespreizten Flügeln und Beinen, definitiv tot. Charlies Haus war wirklich eine Kloake. Max nahm das Buch vom Glas, kratzte das Insekt mühsam von der Seite, es war, als würde er sich mit den winzigen Widerhaken an seinen Füßchen im Papier festkrallen, und sah, wie Sarah ihm angeekelt dabei zuschaute. »Ich dachte, du wohnst in einem Neubau?«

»Ist nicht von mir«, wollte Max sagen, besann sich und

machte bloß ein erstauntes Geräusch. Er ging samt Tasche aufs Klo, schüttete den Tascheninhalt auf dem Klodeckel aus, und ja, da waren noch zwei tote Kakerlaken mehr. Er musste sich wirklich langsam um ein Hotelzimmer für sich und Charlie kümmern. Ohne Ungeziefer, ohne Ratten. Und ohne die mit Filmplakaten verklebte Küche, ohne den Jungen, der immer die Zähne putzte, wenn Max duschen wollte, ohne die ganze Heimlichkeit, mitten in der Wohnung fremder Menschen etwas zu tun, was diese ganz gewiss nie gutheißen würden. In einem Hotel wäre es wieder wie im Bordell. Zwar mit Charlie, doch ohne Charlies Leben. Und Max spürte, dass er dieses Leben fast so sehr vermissen würde wie ihren Körper.

Er versuchte, die Kakerlaken runterzuspülen, doch die toten Flügel trugen die Tiere zuverlässig wieder an die Wasseroberfläche. Er riss ein Stück Toilettenpapier von der Rolle, schöpfte sie damit wieder aus der Schüssel und schmiss alles in den kleinen Eimer. Was hatte so ein Eimer eigentlich auf einer Herrentoilette zu suchen? Frauen brauchten ja dauernd irgendwelche Abfallbehälter, für allerlei Einlagen, die sie sich in die Unterhosen klebten, mit und ohne Duft, mit und ohne Flügelchen, für dünnere und dickere Tampons, auf deren Verpackung die jeweilige Aufnahmefähigkeit mit blauen Wassertropfen angezeigt war. Er hatte dies bei Anna zu Hause fasziniert studiert, die entsprechenden Schachteln füllten ein eigenes Regal im Bad. Dazu all die Kleenex-Tücher und Reinigungspads – in seiner Erinnerung war ihr Bad eingeschneit mit Produkten aus weißer Cellulose, alle dazu da, verbraucht und beschmutzt zu werden. Männer brauchten so was nicht. Womit also füllten sie ihre Toiletteneimer? Er klappte den Deckel zurück: Kaugummis, eine leere Bounty-Packung, ein kaputter Kugelschreiber, mehrere zerknüllte Kassenzettel, ein halb gegessenes Sandwich, ein gebrauchtes Kondom. Genau das hatte er erwartet. Obwohl er sich fragte, wann genau ein gebrauchtes Kondom im Eimer gelandet war, wenn doch der Hausmeister erst vor wenigen Stunden seinen letzten Rundgang gemacht hatte und die Schule den ganzen Tag über in Betrieb und belebt war. Aber erstens gehörten Männer und Kondome zusammen wie Männer und Bier und zweitens hatte er keine Lust, sich seinen Tag komplizierter zu machen, als er eh schon war. Er sehnte sich nach Ruhe, Schlaf, nach einem Ort, wo es nichts gab, weder schlechte noch gute Nachrichten, keinen Fernseher, keine dreizopfigen Frauen, nur das Licht eines verregneten und späten Nachmittags und den beruhigenden lila Schimmer in Charlies Zimmer.

23

Seit der Nacht mit F. war Anna fünfmal im Theater gewesen, hatte 17 Dossiers bearbeitet und davon 13 Antragsteller für schlecht, 9 sogar für niemals unterstützenswert befunden. Jedenfalls nicht während ihrer Amtszeit. Sie musste vermeiden, dass diese 9 jemals in einer größeren Runde diskutiert wurden. Sie ließ den Praktikanten Absagebriefe formulieren, die sie davon abhalten würden, sich in den nächsten Jahren wieder zu bewerben. Der Praktikant brauchte eine Aufgabe. Seit Frau Blume nicht mehr da war, glich er einer depressiven Blindschleiche. Anna hatte ihm vorgeschlagen, kleine Filme über geförderte Theaterproduktionen für Facebook zu drehen, aber er hatte sie angeschaut, als würde sie ihm befehlen, sich einen Arm abzuschneiden. »Da kann ich ja gleich aufs Internet verzichten. Das ist Kultur, das will doch im Netz niemand sehen«, hatte er gesagt und lieber den Verwesungsprozess des letzten Stücks Torte von Frau Blumes Abschiedsparty dokumentiert, das er im Kühlschrank hortete. Anna hatte ihm verboten, den Kuchen auf die Facebook-Seite der Kulturförderbehörde zu stellen, privat durfte der Praktikant damit machen, was er wollte. Und ja, die allmähliche Verwandlung eines Stücks Torte in ein Pelztier zog mehr Zuschauer an als die meisten Theaterprojekte, die Anna schon gefördert hatte.

Sie hatte sich also in die Arbeit gestürzt, hatte den Schwung, den ihr die Nacht mit F. verliehen hatte, genutzt, doch je mehr sie arbeitete, desto blasser wurden ihre Erinnerungen. Sie kannte das. Je älter sie wurde, desto schneller gingen ihr die zusammenhängenden Erzählungen verloren. Nicht die Bilder, Bilder blieben immer. Und einzelne, sehr präzise Impressionen. Wenn sie zum Beispiel an schöne Kindheitserlebnisse dachte, sah sie sich unweigerlich in einer Metzgerei stehen und ein Stück Wurst essen, das ihr der Metzger zugesteckt hatte. Wenn sie versuchte, sich an ihren sehr jungen Sex zu erinnern, sah sie ein einziges, nüchternes Bild: eine viel zu weiche Ikea-Matratze, dreckige Laken, fleckiges Parkett, daneben ein leer gelöffeltes Nutella-Glas, vor dem Fenster ein Stück Stadt. Aber vielleicht entsprach das auch gar nicht ihrer eigenen sexuellen Realität, sondern lediglich einem Bild der amerikanischen Fotografin Nan Goldin. Von ihrem Lieblingstraum mit der Frau und dem Auto wusste sie ganz klar, dass das Steuerrad mit fein gelochten, hellbraunen Lederstreifen umwickelt war, die leicht säuerlich nach Schweiß und einem hellgrünen italienischen Parfum rochen.

Wie F. roch, hatte sie schon nach wenigen Stunden vergessen. Sie wusste nur noch: gut, auch am Morgen danach. Sie hatte es tatsächlich die ganze Nacht lang ausgehalten mit ihm, hatte sich nicht im Morgengrauen davonstehlen müssen, es war eine Nacht gewesen, die in ihr eine große Rührung zurück gelassen hatte. Dafür erinnerte sie sich an den Blick aus dem großen Hotelzimmer-Fenster auf den dunklen Fluss und die vor sich hin flimmernde Stadt. Und an den hellblau gestrichenen Frühstückssaal. Und an F.s blaue Augen, seine Stimme, die Anna irgendwann in der Nacht beinah zum Weinen gebracht hatte. Eine Stimme wie ein losbrechender Felssturz. Verdammt, sie hätte wirklich zu gern gewusst, wie F. roch. Es wäre doch schön, dem von F. ganz losgelösten F.-Geruch irgendwo in einer Gasse in Bangkok wieder zu begegnen oder auf einem Wiener Friedhof, es wäre ein angenehmer kleiner Schock, etwa so, als würde plötzlich ein Vibrator in ihrer Hose losgehen.

Beim Verlassen des Hotels hatte sie Cédric eine SMS geschrieben, auf die seltsamerweise keine Antwort gekommen war. Sie öffnete die Nachrichten-Übersicht ihres iPhones. Nichts. Auf ihrem Display schlummerte seit Monaten ungeöffnet das WhatsApp-Fenster. Max hatte sie früher mal dazu überredet. Aus Kostengründen. Und da war sie: Die Penis-Message. An Max. Fuckshit, dachte Anna und musste lachen. Das war keine Rache, das war Gerechtigkeit. Schade, dass sie nicht geschrieben hatte, wem der Penis gehörte, es hätte Max vernichtet. F.s Schwanz war tatsächlich prima gewesen. Lag optimal in der Hand und war hervorragendes Füllmaterial. Und im Gegensatz zu so vielen andern Exemplaren tat es nicht weh, ihn anzuschauen, im Gegenteil. Selbst die Farbe war erstaunlich appetitlich, wie ein besonders schönes Stück Kalbfleisch.

Beim Gedanken an ein kleines Kalbstatar lief ihr das Wasser im Mund zusammen, sie hatte schon viel zu lange kein rohes Fleisch mehr gegessen. Man müsste das Kalb mit etwas Öl, Limette und Salz abschmecken. Limette, hatte F.s Parfum nicht nach Limette geduftet? Sie stocherte im löchrigen Gewebe ihrer Erinnerung. Und nach einem Holz? Birke? Kiefer? Oder etwa gar Zirbe? Bei echten Mann-männern musste jetzt ja alles aus Zirbe sein. Sie hatte keine Ahnung, wie eine Zirbe roch, es schien sich um ein alpines Nadelgehölz zu handeln, auf jeden Fall klang es gut. Limette und Zirbe also und irgendwas Dunkles. Motorenöl vielleicht? Nein, eher so ein torfiger Whisky. Mit einem ganz leichten Hauch von Karamell? Nein. Erde, kein Karamell. Sie hatte mit F. in der Hotelbar Whisky getrunken, irgendwas Altes, Schottisches, es war auch ein altes Hotel, ein Romantik-Hotel, keines von diesen neuen, minimalistischen Hipster-Schachteln am Stadtrand, die Anna weit besser gefielen, als sie dies vor Menschen wie Max zugeben durfte. F.s Hotel wirkte dagegen wie die Kulisse eines Rosamunde-Pilcher-Films. »Du kannst wählen: *Alles Glück der Tränen, Bis wir uns finden, Winter der Sehnsucht, Gefährliche Küsse, Flut der Liebe*, ich hab sie alle gespielt, ich hab jedes Mal einen Oldtimer zu Schrott gefahren, einen Seidenschal getragen, eine blonde Frau bekommen und ein Landgut in Cornwall geerbt«, sagte F. Gut, vielleicht hatten die Filme auch anders geheißen, so genau konnte sich ja kein Mensch erinnern, aber auf jeden Fall machte er dazu sein Rosamunde-Pilcher-Gesicht und nahm ihre Hand in die seine. Und dann? Dann hatten sich winzige, hormonell gesteuerte Elektrogeschosse ihren Weg gebahnt. Und etwas anderes, das Anna nicht benennen konnte. Es fühlte sich an wie das verschüttete Stück eines Traums. Sie wollte es endlich bergen.

F.s Zimmer war noch schlimmer gewesen als die Bar, so viel wusste sie noch. »Halt dich einfach an die Aussicht«, hatte er gesagt und gegrinst, »und an mich.« Und das tat Anna jetzt noch einmal. Blendete rückblickend noch einmal die gedrechselten Stilmöbel aus, die weißen Tapeten mit den aufgemalten Landschaftsfragmenten, die blau-goldenen Rhomben auf dem Teppich und die fetten goldenen Rahmen um Bilder und Spiegel. Sie konzentrierte sich, es konnte nicht mehr weit sein bis zur Irritation. Noch einmal wollten F. und sein perfekter Penis sie zum zweiten – nein dritten! – Mal geradewegs in einen überdurchschnittlich guten Orgasmus treiben, da verzerrte sich ihre Erinnerung und blieb für eine Millisekunde in einem einzelnen Bild stehen: Sie sah nicht zwei, sondern drei Personen im Hotelbett mit den vielen überflüssigen Kissen. F., sich selbst und die Frau aus dem Auto. Der sie inzwischen einen Namen gegeben hatte. Lilly.

Aha, das also war es gewesen, dachte sie, das also war der Aussetzer, der kleine Betrug, den ihr Unterbewusstes in jener Nacht an F. vollzogen hatte. Der Wunsch. Sie fragte sich, ob sie etwas in Richtung Lilly unternehmen sollte. So, wie sie es sehr viel früher gemacht hätte. Da wäre sie ganz einfach ins Bistro gegangen, hätte sich vor Lilly hingestellt und gesagt: Verzeihung, ich glaube, ich hab mich in dich verliebt. Und dann wäre entweder die ganze Fantasie in sich zusammengebrochen oder Wirklichkeit geworden. Es gab immer beide Möglichkeiten. Aber so was hatte die 24-jährige Anna getan, so was tat man nicht mit 44. Und überhaupt hatte F. dies nicht verdient. Noch nicht.

Sie trat vor ihren Kühlschrank, und da stand es, in der dunkelsten Ecke und schon seit Wochen abgelaufen, aber noch verschlossen, das Nutella-Glas, das sie sich nach dem Ende mit Max gekauft hatte, weil sie sich nicht ganz sicher gewesen war, ob sie nicht doch irgendwann ein Frust, ein Zweifel, ein Sinneswandel oder gar ein Kummer einholen könnte. Nichts davon war eingetreten. Dafür verspürte sie ganz deutlich diese süße postkoitale Verwirrung im ganzen Leib. Und eine zweite Verwirrung, doch um diese würde sie sich später kümmern. Oder auch nicht. Nun war Zeit für Nutella. Und für irgendeinen Film mit F., der im Fernsehen genau gleich klingen würde wie vor ein paar Nächten im Hotelbett mit Flusssicht. Wie F. dabei gerochen hatte, das wusste Anna jetzt wieder ganz genau. Nach dem ersten Sonnenuntergang eines Sommers.

24

Lilly stand vor dem Haus des Paares. Sie blickte auf den frei stehenden Briefkasten, auf die Töpfe mit bunten Frühlingsblumen, die nachts gewiss gegen den Frost in die Garage gestellt wurden. Die Töpfe glänzten hellblau und jadegrün im fahlen Nachmittagslicht, sie waren weder verkalkt noch bemoost wie die Töpfe auf Lillys WG-Balkon. Das Haus war eingeschossig, viel Glas, ein großes Grundstück mit Garten, Weiher und diesen wetterfesten Klotzmöbeln, die aus braunen Plastikbändern geflochten waren. Das Paar war erst im letzten Sommer ins Haus eingezogen, vorher war hier eine Baustelle gewesen. Jonas hatte die Baustelle geliebt. Und er hatte das Paar geliebt. Lilly klingelte, die Schulfreundin von früher öffnete die Tür und riss verwundert die Augen auf. »Du?«

»Ja, ich«, sagte Lilly, »war bei den Eltern. Dachte, ich schau vorbei.«

»Wow, was für eine Überraschung! Komm rein. Wie gehts den Eltern?«

»Gut. Erholt. Im Gegensatz zu mir.«

Drinnen suchte Lilly nach Fehlern, nach fehlendem Geschmack, aber da war nichts, das Haus war schön, es standen nicht einmal schlechte Bücher in einer Wohnwand, wie Lilly sich das vorgestellt hatte. Es gab weder eine Wohnwand noch Bücher. War ihre Schulfreundin von früher dabei, zu verdummen? Hoffentlich. Es konnte nicht sein, dass sie, Lilly, die ihr Leben für sehr viel interessanter hielt als das ihrer Schulfreundin, bei näherer Betrachtung der Loser war.

»Fantastisches Haus!«, sagte sie und meinte es auch so.

»Ach, hör auf, ich weiß doch, was du denkst: Langweilige Spießbürger«, erwiderte die Schulfreundin, die Katharina hieß. Sie stemmte die Hände in ihre Mutter-von-drei-Kindern-Hüfte, »du hast doch das spannendste Leben von uns allen.«

Lilly grinste. Sie ahnte wieder, wieso sie die andere mal gemocht hatte. »Ich? Also: Ich studiere, kellnere, hab kein Geld, wohne in einer Siff-WG und kümmere mich um Jonas. Das Spannendste in meinem Leben? Jonas.«

»Kann ich mir vorstellen«, meinte Katharina, »ich bewundere dich. War schon heftig, letztes Jahr. Nicht nur für euch. Auch für uns.«

»Echt?« Lilly musste sich Mühe geben, dass sie nicht jetzt schon aufgebracht klang, »wer hat denn gelitten, Jonas oder ihr?«

»Ach komm, für uns war das auch schwierig!«

»Weshalb, hat Jonas euch irgendwas angetan? Hat er versucht, euer Haus abzufackeln, euer Geld gestohlen oder euer Auto zerkratzt?« Lilly und Katharina standen jetzt in der Küche. Das Fenster neben der Spüle zeigte mitten ins Abendrot hinein. Dieser Blick über die Ebene ins Abendrot war früher immer Lillys Lieblingsblick gewesen, ein Blick hinein in die ganze Sehnsucht der Welt. In eine liebliche Landschaft. Wahrscheinlich würde schon bald ein nächstes Haus direkt vor diesem Küchenfenster stehen.

Katharina schaute auf den Boden, wo sie irgendwas sah, ganz sicher keine Kakerlake, dachte Lilly. »Nicht direkt, das nicht, aber indirekt«, sagte sie und strich sich eine kasta-nienbraune Locke aus der Stirn. Lilly starrte auf ihr Haar, sie war mal so verliebt gewesen in dieses Haar und seine Trägerin. Die Haare waren das Einzige von Katharina, das sie jemals berührt hatte. Vor einem halben Leben waren wir uns nah, wir haben uns zum ersten Mal gemeinsam die Beine rasiert und uns betrunken, dachte sie, haben stunden-lang in den Drogerieabteilungen der Kleinstadt Lipgloss ausprobiert und an Sommerabenden zusammen am Fuß des Wegkreuzes gesessen und geredet. Über irgendwas. Und immer auch über die Liebe. Jetzt sah sie, dass Katharinas Haar stumpf, dass die Intensität des Kastanienrots das Resultat billiger Supermarkt-Farbe war. Sie kannte anderes Haar, glänzendes, Haar wie eine hochstehende Mittags-sonne, Annas Haar. Zu gerne hätte sie Annas Haar berührt, stattdessen fragte sie: »Indirekt?«

»Das Dorf halt. Alle haben darüber geredet. Jan wurde nahegelegt, aus der Schulpflege auszutreten.«

»Aha. Und, ist er?«

»Nein. Das wäre ja ein Schuldeingeständnis gewesen.«

»Und ihr seid natürlich unschuldig.«

»Fragst du das im Ernst?«

»Entschuldige«, sagte Lilly, »von vorn: Jonas hat euch Liebesbriefe geschrieben. Wieso?«

»Frag einen verwirrten Teenager, nicht uns!«

»Ihr habt ihn ermutigt.«

»Nein! Okay, indirekt vielleicht.«

»Ihr wart seine Freunde!«

»Freunde? Wir sind zwölf Jahre älter als Jonas!«

»Er dachte, ihr seid seine Freunde.«

»Er hat uns leidgetan. Die alten Eltern und so.«

»Ja«, sagte Lilly und dachte daran, wie Jonas in der WG sofort Alex in Beschlag genommen hatte und nun diesen Max, »das ist sein Trick. Alte Eltern, keine gleichaltrigen Geschwister, damit kriegt er jeden weich. Fandet ihr das nicht komisch, dass er lieber bei euch war als mit seiner Klasse abzuhängen?«

»Doch, schon, aber er war so süß zu den Kleinen, so verantwortungsvoll, er hat mit ihnen gezeichnet …«

Gezeichnet. Super. Sonnen, Schlitze und Pimmel?

»Was genau hat er gezeichnet?«

»Bildergeschichten vom Bauernhof, kleine Tiere, einen Traktor, euren Vater an der Melkmaschine …«

Großartig, dachte Lilly, und wie hat er den Kleinen wohl erklärt, was ein Kuheuter ist?

»Okay, Jonas war also euer Babysitter.«

»Irgendwie, ja.«

»Und habt ihr ihn dafür belohnt?«

»Wie meinst du das?« Katharinas Wangen wurden immer röter.

»Habt ihr ihm dafür Geld gegeben?«

»Ab und zu, klar, und er durfte bei uns essen.«

»Und die Liebesbriefe?«

Katharinas Augen begannen zu glänzen. »Die waren eines Tages plötzlich da.«

»Wo? In der Post?«

»Der erste unter meinem Kissen, der zweite in Jans Unterwäsche-Schublade.«

»Und ihr habt es dem ganzen Dorf erzählt.«

»Haben wir nicht!«

»Sondern?«

»Am liebsten hätte ich mit dir darüber geredet, aber du bist ja immer in deiner Stadt!«

»Und die Eltern?«

»Jan hats versucht«, sagte Katharina, »da meinte euer Vater, wenn es irgendeinen Grund gäbe für diese Briefe, wenn wir es gewagt hätten, Jonas irgendwie anzufassen oder so, würde er uns die Mistgabel in unsere perversen Ärsche stechen.«

Vater, dachte Lilly, lieber, lieber Vater. Immer mit der Mistgabel voran. »Nun, es gab ja keinen Grund, weil ihr unschuldig seid.«

»Ja! Ja, ja, ja! Das Problem war bloß …«

»Dass ihr es trotzdem im ganzen Dorf rumerzählen musstet?«

Lilly sah, wie eine Ader an Katharinas Schläfe blau zu pochen begann, wie früher.

»Verdammt noch mal, wir mussten mit jemandem darüber reden! Wir konnten doch nicht einfach nichts tun! Wir hatten Jonas gebeten, nicht mehr zu kommen, nicht mehr zu schreiben, da legte er die Briefe einfach unter den Teppich vor der Tür. Und drohte mit Selbstmord.«

»Und das habt ihr ihm geglaubt? Jeder Teenager droht mit Selbstmord!«

»In der Stadt vielleicht! Oder im Internet!«

»Mit wem habt ihr gesprochen?«

»Mit seinem Lehrer. Der erzählte es wahrscheinlich seiner Frau und die hat sicher mit der Bäckerin und der Bibliothekarin geredet. Die Tochter der Bibliothekarin geht mit diesem jungen Mann von der Post ... «

»Und dann?«

»Haben uns alle angesehen, als hätten wir Jonas missbraucht. Dabei war es irgendwie umgekehrt.«

»Bullshit umgekehrt«, sagte Lilly, »ihr hättet doch auch einfach abwarten können, nach ein paar Wochen wären keine Briefe mehr gekommen, fertig. Stattdessen verkroch er sich im Stall und malte Bilder mit Kuhscheiße!« Sie konnte sich nur zu gut vorstellen, wie die Leute Katharina und Jan argwöhnisch beobachtet hatten. Und erst Jonas! Als wäre er ein kleines, perverses Tier, ein Problemkind, bei dem mit noch Schwererem zu rechnen war. Drogen, Depressionen, Suizid. Und das auf dem Dorf! Wo doch auch heute noch jedes Dorf davon überzeugt war, ein Grundrecht auf heile Welt zu haben. Sie sah es genau vor sich: Wie besorgte Eltern ihren Kindern verboten, mit Jonas zu spielen, wie sich die Besitzerin des kleinen Kiosks an der Bushaltestelle plötzlich ganz sicher war, dass Jonas regelmäßig Bierdosen und Paprikachips klaute, wie in seiner Klasse Snapchat-Bilder kursierten, auf denen er mit zwei Strichmännchen gleichzeitig Sex hatte. Und wie das ganze Dorf sagte, dass so was bei so alten Eltern nun wirklich kein Wunder sei, weil das Kind automatisch intensiven Kontakt zu älteren Bezugspersonen suchen müsse, so was sei ja insgesamt einfach nicht normal. Nicht die pubertäre Verknalltheit war das Drama, sondern das ganze Dorftheater.

Katharinas Wangen glühten. »Echt? Ogott«, sagte sie, »das hab ich nicht gewusst. Schöne Scheiße.«

»Kannst du laut sagen. Und das hat er in der Stadt zuerst auch gemacht. Ich musste mit ihm zur Schulpsychologin, so eine dumme Kuh, hat rein gar nichts gebracht. Wenigstens hat er nun einen Freund, einen …« Lilly wollte sagen, einen älteren Herrn, doch das klang schon wieder so pädophil, dabei war dieser Max doch bloß Sues Freier, was sie Katharina genauso wenig sagen konnte. »Wehe, du erzählst das weiter, wehe«, drohte sie. Katharina war kurz davor, in Tränen auszubrechen.

»Gib mir doch bitte was zu trinken, ich hab grässlichen Durst.«

»Gerne. Eistee? Passt nicht zur Jahreszeit, ist dafür selbstgemacht. Ungezuckert«, sagte Katharina erleichtert.

Lilly starrte auf Katharinas Hüfte und Hintern und fragte sich, wo in dieser ungezuckerten Küche sich wohl Katharinas Geheimvorrat an Süßigkeiten befand. Wahrscheinlich zuunterst in der Schublade mit den leeren Papier- und Plastiktüten. »Danke. Passt schon«, sagte sie. Der Tee schmeckte gut. Wie der Eistee beim Lieblingsasiaten von Jonas.

»Hast du die Briefe noch?«, fragte sie.

»Natürlich, nimm sie mit.«

»Danke«, sagte Lilly, verließ das Haus mit den glänzenden jadegrünen und hellblauen Töpfen und dem Briefkasten, der den Platz von mindestens vier Fahrrädern beanspruchte, und ging zum Bus. Vorbei an dem Brunnen hinter der Turnhalle, wo sie in einem andern Leben jede Pause mit Katharina verbracht hatte. Sie erkannte den Busfahrer wieder, er hatte sie früher an vielen Schnee- und Regentagen ins Nachbardorf gefahren, zum Jeansladen und zur Pizzeria. Der Bus verließ das Dorf, Lilly drehte sich um und sah ihr Elternhaus verschwinden. Und musste sich gestehen, dass sie sich danach sehnte, mit dem Haus auch Jonas verschwinden zu sehen. »Noch zweieinhalb Jahre, dann wird er achtzehn, das halten wir alten Leute aus«, hatte Vater bei ihrem Besuch vor ein paar Stunden gesagt, »falls er im Sommer zurückkommen will.« Falls er will, dachte Lilly. Und ich?

Gern hätte sie den Busfahrer gefragt, was sein Sohn eigentlich mache, sie hatte gehört, er sei heute ein erfolgreicher Bauunternehmer in der Gegend. Einer, der neue Häuser für neue Menschen baute, der die Wiesen, auf denen sie früher gespielt hatten, dicht machte. Bestimmt hatte er ihren Eltern schon viel Geld für ihr Land geboten. Und wahrscheinlich hatte er Katharinas Haus gebaut. Vielleicht hätte er auch ihr eigenes Haus gebaut, falls sie sich entschieden hätte, eine vom Dorf zu bleiben. Vorstellbar war das nicht, sie sah hier keine Zukunftsmöglichkeit. In der Stadt sah sie wenigstens Optionen. Oder bildete sie sich ein. Fakt war doch: Niemand wartetet auf sie, weder hier noch dort, nur ließ sich dort die Unsicherheit aushalten, weil es genug andere gab, die genauso unsicher waren. Hier nicht. Hier hatten alle eine bestechend klare Aufgabe und ein Ziel vor Augen. Von wegen beschaulich und entschleunigt. Sie nahm die Briefe zur Hand, die alles ausgelöst hatten. Sie waren rührend, ein bisschen peinlich und leider lustig. Lilly las. Und lachte leise vor sich hin.

Liebe Katharina, lieber Jan,

vielen Dank für das wunderbare Mittagessen! Ich wusste gar nicht, dass unsere Hasen so gut schmecken! Wenn ich unsere Tiere anschaue, stellt sich mir oft die Frage: Schmecken süße Tiere eigentlich besser? Ich glaube, ja. Lämmer schmecken doch auch besser als ausgewachsene Schafe. Allerdings esse ich lieber Rind- statt Kalbfleisch, da stimmt meine Überlegung schon nicht mehr. Leider (für mich …) muss ich sagen: Katharina, du kochst sooo viel besser als meine Mutter! Bei uns gibt es zum Fleisch immer nur Kartoffeln. Dabei ist Katharinas Polenta zum Hasen tausendmal besser! Vor allem mit so einer guten Sauce dazu! Ich bin im Himmel, ganz ehrlich. Und ich bin enorm froh, dass ihr Fleisch auch so gerne mögt wie ich und dass ihr meine Freunde seid.

Auf sehr bald, küsst mir die Kleinen (sie schmecken bestimmt auch sehr lecker – soooorry ;-) LOL)

Jonas

Lieber Jan, liebe Katharina,

habe ich euch schon mal gesagt, wie schön ich eure Namen finde? Fragt mich jetzt bitte nicht, warum, es ist eine Gefühlssache. Ich weiß nicht so richtig, wie ich das sagen soll, deshalb sage ich es einfach: Unsere

Freundschaft ist auch eine Liebesgeschichte. Jedenfalls für mich. Ich habe mich lange dagegen gewehrt, es hilft nichts: Wenn ich schlafen gehe, vermisse ich euch. Wenn ich in der Nacht aufwache, vermisse ich euch noch viel mehr. Bitte seid mir nicht böse, bitte verachtet mich nicht, ich muss sonst sterben. Eigentlich habe ich keine Angst. Ich weiß ja, dass ihr mich gern habt. Was das jetzt für die Zukunft, für UNSERE Zukunft bedeutet, weiß ich nicht. Keine Ahnung. Aber ich musste euch das schreiben, sonst explodiere ich. Also nicht direkt ich, aber mein Herz. Und bitte, bitte entschuldigt meine Handschrift. Aber Briefe sind so viel besser als Mails oder SMS. Und sicherer! Vorgestern hat ein Mädchen aus meiner Klasse ein Kuss-Selfie an einen Jungen statt an ihre beste Freundin geschickt, war das eine Krise! Und bitte verzeiht, dass ich die Briefe nicht mit der Post schicke. Ich traue der Post nicht. Zwischen dem Postbeamten und meinem Brief ist ja nur ein dünner Briefumschlag. Wer weiß, was der Postbeamte mit diesen Umschlägen alles tut. Obwohl: Heute schreiben ja nur noch alte Leute Briefe, die sind sicher ganz langweilig.

Ich kann es nicht erwarten, euch wiederzusehen.

In Liebe, euer
Jonas

Liebste Katharina, liebster Jan,

bitte, tut das nicht! Wollt ihr wirklich, dass ich mit meinen vierzehn Jahren schon gehe? Ich habe doch noch gar nichts vom Leben gesehen! Und von der Liebe!

Ich flehe euch an: Lasst mich bei euch sein! Ich weiß nicht, wo ich sonst glücklich sein könnte! Und habt keine Angst: Es geht mir doch nicht um Sex!! Wirklich nicht. Ich schaue ja auch Pornos, ich weiß, wie das geht, und es interessiert mich, ehrlich gesagt, nicht wirklich. Ich will einfach nur bei euch sein, am liebsten immer.

Für meine Eltern ist das ganz sicher nicht schlimm. Im Gegenteil. Sie haben dann endlich ihre Ruhe und werden kaum merken, dass ich nicht mehr da bin. Mit dem Dorf wird es wahrscheinlich ein bisschen schwieriger. Aber die Leute werden sich daran gewöhnen. Sie kennen uns ja alle gut und werden uns nicht hassen. Macht euch keine Sorgen. Verstoßt mich nicht. Sonst muss ich sterben. Sonst will und werde ich sterben!!!

Ich liebe euch
Jonas

25

Max lag nackt auf Charlies Bett und starrte auf eine Spinnwebe an der Decke. Die womöglich gar keine richtige Spinnwebe war, sondern eine Dekorations-Spinnwebe, übrig geblieben von einer Halloween-Party. Charlie telefonierte, schon seit einer Viertelstunde. Seine Stunde lief somit ab, ohne dass es bisher zu einem Sexualkontakt gekommen wäre. Aber er wollte Charlie nichts unterstellen, gewiss handelte es sich um etwas Ernstes und nicht um eine Ausrede, etwas mit Familie, Todesfall, Dönerladen abgebrannt. Er überlegte, ob er sich wieder anziehen und an die Tür des Jungen im Nachbarzimmer klopfen sollte, doch er traute sich nicht. Und so lag er da und dachte darüber nach, dass er als Mann statistisch gesehen noch 37 Jahre zu leben hatte. Vielleicht 5 mehr, vielleicht 15 weniger, auf jeden Fall war mehr als sein halbes Leben vorbei. Ein übervorsichtiges, geradliniges, viel zu kleines Leben, in dem Charlie bisher die größte Extravaganz darstellte. Neben der Einführung von Prostituierten in die geschäftsfördernde Welt von Excel-Tabellen. Sonst war in seinem Leben nichts Wichtiges passiert. Er fragte sich, wie groß die Wahrscheinlichkeit war, in den folgenden 37 Jahren noch eine Familie zu gründen oder einen Mord zu begehen. Die Möglichkeit zum Mord war naheliegender. Das andere war vorbei. Für das andere hatte er die Kinder an der Schule, was ihm normalerweise auch genügte. Nur heute offensichtlich nicht. Ausgerechnet heute tickte seine biologische Uhr und er wurde sentimental in Gedanken an einen Sohn im Alter des Jungen im Nebenzimmer.

Max kannte Männer, die ausgestiegen waren, aus einem Leben wie seinem. Die eines Tages sagten: Ich muss jetzt was Großes tun oder ich bring mich um! Die nach Afrika auswanderten und Schulen eröffneten, die sich einen Jeep kauften und damit humanitär durch Syrien kurvten, bis sie angeschossen wurden und kriegsversehrt wieder zurückkehrten, die auf Lesbos Flüchtlinge aus dem Meer zogen, sie in goldfarbene Isolierdecken packten und die Bilder davon auf Instagram stellten, die auf Haiti vom Erdbeben verwüstete Siedlungen wieder aufbauten. Die alkoholabhängig, spirituell, manisch-depressiv oder in seltenen Fällen glücklich wurden, die manchmal wirklich was nützten und oft nichts. Einige kehrten mit einer sehr viel jüngeren Frau zurück und sagten: Wenn man einmal im Leben die Gelegenheit hat, einen Menschen zu retten, muss man das einfach tun! Max fiel auf, dass besonders junge Russinnen geschickt darin waren, sich von Aussteiger-Männern retten zu lassen. Max würde nie einer von ihnen werden. Obwohl er sich sicher war, dass er Talent zum Helfen hatte, gerade weil er so vorsichtig war, weil er planen konnte, weil er die Geschwindigkeit eines Transportmittels mit der Flugbahn eines Geschosses in Verbindung bringen und ihr Aufeinandertreffen sauber vermeiden könnte. Vielleicht sollte er Sicherheits-Stratege werden, das klang gut. Oder am besten Geheimagent. Stattdessen lag er auf Charlies Bett und musste feststellen, dass er allmählich die Form verlor. Normalerweise nahm Max alle vier Jahre ein Kilo zu. Bis zu seinem statistischen Tod hätte er also noch gute neun Kilos vor sich. Das war tolerierbar. Doch seit er Charlie frequentierte – eigentlich dachte er »fickte«, aber das klang zu grob –, hatte er bereits über drei Kilo zugenommen. Ein Kilo pro Monat. Weil er mit niemandem über Charlie reden konnte und immer das Gefühl hatte, sich den Mund stopfen zu müssen, damit nichts über Charlie rauskommen konnte. Er trank jetzt gerne mehr. Nicht alkoholikermäßig viel, nicht eine ganze Flasche Wein jeden Abend oder so, aber genug, um seinem Kopf eins überzuziehen und ihn ruhigzustellen. Also drei bis vier Biere und einen Schnaps zum Beispiel. Oder drei Gläser Wein und einen Whisky. Mehr nicht. Was zur Folge hatte, dass er regelmäßig am Morgen auf dem Weg zur Schule eine Dose Red Bull leerte, genau wie seine Schüler. Max wusste um den Kaloriengehalt von so einer Dose, das war nicht nichts, das war, als würde er jeden Tag zusätzlich eine Tafel Schokolade essen. Um die Hüfte herum verwandelte er sich langsam in eine Frau. Und zu viel Bier konnte zur Ausbildung von Männerbrüsten führen.

Er dachte an Anna, die früher gern jeden Tag eine ganze Tafel Schokolade gegessen hatte oder ein halbes Glas Nutella. Früher, als sie beide noch nicht einmal halb so alt gewesen waren wie jetzt. Anna hatte sich tagelang von nichts als Schokolade, Kaffee und Alkohol ernährt. Und von einem ekligen Linsengericht, das sie am Sonntagabend aufsetzte und von dem sie fünf Tage lang aß. Ihre WG hatte ähnlich ausgesehen wie die von Charlie, nichts hatte zusammengepasst, aber am Ende war alles zu einem großzügigen Nest verschmolzen. Nicht wie bei ihm, der ein Studium lang bei seinen Eltern gewohnt und dessen Mutter seine Bettdecke jeden Morgen zu einer steinharten Wurst zusammengerollt hatte. Die Bettwurst hatte ihn bis zu seinem ersten Job begleitet. Anna dagegen hatte Partys gefeiert, Schokolade gegessen und war dabei auf die schöne Art junger Frauen etwas fülliger geworden, ein bisschen wie Charlie.

Max wurde nostalgisch. Das war schlecht, das brachte nichts. Und sich selbst in seiner nicht gerade überwältigenden Nacktheit auf Charlies Bett zu sehen brachte noch weniger. Er stand auf, zog sich an, warf einen Blick auf die 300, die er auf Charlies Kommode gelegt hatte, und verringerte sie auf 100. Dann trat er ans Fenster, öffnete die Vorhänge und sah auf der andern Seite des Innenhofes einen andern Max am Fenster stehen, einen, der sich ein Tuch um die Hüfte gewickelt hatte und wartete. Auf eine Frau, die auf jeden Fall kommen und auch nicht nach zehn Minuten einschlafen würde. Denn auf der andern Seite des Hofes befand sich ein ganz normales Bordell. Vielleicht sollte er es mal wieder mit einer Professionellen versuchen. Er hob die Hand und grinste dem andern Max im Fenster zu, der grinste zurück und zog die Vorhänge zu. Ende der Vorstellung, dachte er, öffnete die Tür von Charlies Zimmer und rammte beinah die junge Frau, die er bei seinem ersten Besuch weinend in der Küche gesehen hatte. Jetzt schien sie ganz patent. Wenn auch viel zu schmal im Vergleich zu Charlie. Eher ein hübsches Brett als eine hübsche Frau.

Sie lächelte ihn an. »Du bist Max, oder? Magst du mit uns essen? Es gibt einen leckeren Gemüseeintopf mit Lamm.«

»Danke, heute nicht«, sagte er, »grüß deinen Bruder von mir!«

»Hm«, sagte die junge Frau, die immer jünger aussah, »also, Jonas würde sich sicher freuen, du hast ihm sehr geholfen in den letzten Wochen.«

»Ach ja? Ich weiß nur nicht, wie Charlie das fände.«

»Charlie? Meinst du Sue?«

»Ich meine die Frau, die in dem Zimmer wohnt, das ich gerade verlassen habe.«

»Aha. Das ist Sue. Und ich bin Lilly. Und der Mann, der gerade kocht, heißt Alex«, erklärte Lilly, »willkommen bei uns, Max.«

»Hallo Lilly, freut mich.« Er begann, Lilly ausnehmend nett zu finden, und bereute es, dass er Charlie-Sue nur 100 hinterlassen hatte. Wahrscheinlich würde sie sich jetzt bei Lilly über ihn beschweren und Lilly würde Jonas erzählen, dass Max ein geiziges Arschloch sei, und alle zusammen würden ihn verachten. Wenn sie das nicht jetzt schon taten.

»Tut mir leid«, sagte er, »heute gehts wirklich nicht.«

»Schade«, meinte Lilly, »ich arbeite sonst immer samstags. Und Jonas hat echt viel Gutes über dich erzählt. Das zwischen dir und Sue geht mich natürlich nichts an.«

»Dann wisst ihr Bescheid?«, fragte er.

»Ja«, erwiderte Lilly. Mehr gab es dazu nicht zu sagen.

»Gib ihr das bitte, das hab ich vergessen.« Er drückte ihr die 200 in die Hand, als ob sie Charlie-Sues Zuhälterin wäre. Gab es das überhaupt, Zuhälterinnen? Und was machte Charlie-Sue mit seinem Geld? Jetzt, wo die Heimlichkeit ein Ende hatte, schien ihm die Sache mit der Bezahlgeliebten plötzlich so sinnlos wie das Glas Whisky von gestern Abend. Doch das durfte nicht sein. Wenn die Geschichte, die verzweifelte kleine Liebesgeschichte, jetzt schon vorbei wäre, könnte er sich gerade so gut vor einen Zug werfen. Oder versuchen, sich mit einem Stein den Schädel aufzuschlagen. Theoretisch sollte das gehen. Ein gezielter, heftiger Schlag mit einem scharfkantigen Stein. Er müsste sich dazu an einen Tisch setzen und den Kopf auf die Platte legen, vielleicht sollte er den Kopf zur Sicherheit noch mit einem dieser breiten, silbernen Klebebänder befestigen. Und eine Packung Schlaftabletten schlucken. Und dann zuschlagen, mit der linken Hand. Er war zwar Rechtshänder, doch sein letzter Physiotherapeut hatte ihm gesagt, seine linke Armmuskulatur sei besser ausgebildet. Der Physiotherapeut war Grieche gewesen. Max bedauerte, dass er nicht mehr mit ihm geredet hatte, bestimmt hatte der Mann Sorgen mit der griechischen Krise und allem. Bestimmt hatte er das Geld, das Max ihm bezahlt hatte, nach Hause geschickt. Er sah blutverklebte Haare vor sich, einen verschmierten, breiigen Hinterkopf. Sicher hatte der Physiotherapeut nicht an so was gedacht, als er die Muskeln von Max analysiert hatte. Die Haare voller Blut, die Max im Geiste vor sich sah, waren nicht seine Haare. Die Haare waren blond.

26

Im Fernsehen lief *Alles Glück der Tränen*. F. spielte einen auf sympathische Art wohlhabenden Galeristen in Cornwall, der sich erst in die Landschaftsbilder einer Künstlerin, dann in die Künstlerin selbst verliebt. Anna war zufrieden: Sie saß an einem verregneten Abend im Vorfrühling mit Cédric auf dem Sofa und schaute Kitsch. So was war mit Max unmöglich gewesen, er hatte am liebsten Spionagefilme aus dem Kalten Krieg geschaut, wortkarge Männer in Mänteln begegneten sich auf Brücken im Nebel, tauschten Geheimnisse aus oder erschossen einander. Sie spürte, wie sich angesichts des Fernsehfilms eine konservative Schicksalsergebenheit in ihr breitmachte, wie sie bereit war, Cornwalls subtropische Pracht in Aquarell zu verewigen und mit F. auf einem in Rhododendren versinkendem Landgut zu leben. Wie ihre Selbstständigkeit alle viere von sich streckte und verreckte. Wahrscheinlich wurde das ganze Fernsehprogramm von militanten Antifeministen gemacht.

»Schöne Stimme, dein F.«, kommentierte Cédric.

»Ich weiß«, sagte sie, »und sein Schwanz ist so richtig Grand Cru.«

Sie überlegte sich seit ein paar Tagen, wie es wäre, F.s Geliebte zu sein. Nicht wirklich ernsthaft. Nicht um der Liebe willen. Es schien ihr lediglich der effizienteste Weg zu einer libidinös lohnenswerten Aufregung. Ein anderer Weg wäre interessanter, doch zu ungewiss. Anna wollte Resultate, ihr Leben war zu kurz.

»Okay, lass uns rekapitulieren«, sagte Cédric und entkorkte die zweite Flasche Champagner, »wie oft hast du dich in deinem Leben bei einem One-Night-Stand wieder gemeldet?«

»Oft.«

»Und wie oft hats irgendwas gebracht?«

»Drei Mal.«

»Und was genau?«

»Man hat sich halt nochmals getroffen.«

»Und nochmals gefickt?«

»Nicht wirklich.«

»Interessant, wieso nicht?«

»Der eine hatte gerade Magen-Darm vorbei, da wollte ich mich nicht anstecken. Der zweite sagte, er könne seiner Freundin doch nicht so richtig untreu sein. Und der dritte trug Star-Wars-Unterwäsche, da kriegte ich keinen mehr hoch.«

»Und wie oft haben sich deine One-Night-Stands wieder bei dir gemeldet?«

»Auch drei Mal.«

»Und da hast du dich total darüber gefreut.«

»Nein.«

»Und dich sofort mit ihnen verabredet.«

»Nein.«

»Siehst du das One in One-Night-Stand? Deshalb ist es so geil. Hast du eigentlich seine Nummer?«

»Nein, wozu?«

»Zum Löschen!«

»Wir folgen uns eh auf Twitter.«

»Bist du dir sicher?«

Anna zog ihr iPhone hervor und ging auf Twitter. Und auf F. »Siehst du? Hier steht folgt dir. Das bedeutet doch was!«

»Bist du doof? Du bist doof.«

»Ich werde 44! Und trotzdem wollte F. mit mir schlafen!

Und frühstücken! Und er hat sich bei mir gemeldet, nicht ich mich bei ihm!«

»Hör auf, dich wie eine Vierzehnjährige aufzuführen!«

Anna versuchte sich zu erinnern, wie sich die Sache von Liebe und Libido mit vierzehn angefühlt hatte. Mit vierzehn hatte sie stundenlang auf dem Klo gesessen und vor Aufregung geschissen und gekotzt. Mit vierzehn hatte sie zu schlechter Musik pathetische Briefe geschrieben. An Jungs, die allesamt blond gewesen waren und bald nach der Schule Berufe ergriffen hatten, die Anna suspekt waren. Einer von ihnen war Polizist geworden, ein anderer irgendeine Art von Consultant, der dritte leitete heute eine Bankfiliale auf dem Land. Aber mit vierzehn hatte Anna sie schön gefunden, schön wie Sascha Hehn in der Fernsehserie *Das Traumschiff*. Mit sechzehn war alles nur noch schlimmer gewesen. Sie fragte sich, wie es damals, vor gut dreißig Jahren, wohl um die Liebe ihrer Eltern gestanden hatte, ob sie schon am Auskühlen gewesen war. Sie hatte keine Ahnung. Die Realität ihrer Eltern hatte sie früher noch weniger interessiert als heute. Lieber hatte sie den Eltern Möglichkeiten angedichtet. Ihrer Mutter zum Beispiel eine geheime Wohnung und einen Liebhaber in der Stadt. Sehr viel später war es genau so gekommen.

»Mit F. ist es wie mit Florenz«, sagte Cédric, »dein erstes Mal Florenz und dein One-Night-Stand sind dasselbe! Du hast mir doch erzählt, wie du mit achtzehn in Florenz warst, alles war verzaubert, du bist in einem weißen Rüschenkleidchen und barfuß auf diesem doofen Domplatz rumgeschwebt und über diese Seufzerbrücke …«

»Ponte Vecchio, die Seufzerbrücke ist in Venedig«, korrigierte Anna, »ich war nicht barfuß. Und das weiße Kleid war rot. Aber kommt hin, so atmosphärisch.«

»Eben. Und dann bist du vor zwei Jahren mit Max wieder hingefahren, weil dir irgendein bildungsbürgerlicher Käfer ins Hirn gepisst hatte ...«

»... und Florenz war kacke, nur Touristengruppen, aufdringliche Fremdenführer und schlechte Straßenkünstler ...«

»Genau so wäre der Second-Night-Stand mit F., glaub mir.«

»Hm.« Sie nippte an ihrem Champagner. Sie glaubte Cédric schon lange. Es gab Dinge, die waren nur für den Einweggebrauch bestimmt. Streichhölzer, Kondome, Zigaretten, Tampons, One-Night-Stands, die Jungfräulichkeit. Trotzdem, Anna war ungeduldig. Sie konnte nicht nur arbeiten, schwimmen und essen, und irgendwann schlug die blöde Biologie zu und ihr Sexualleben war am Ende. Zack, aus. Konnte sich ein Vibrator eigentlich weigern, seine Besitzerin zu bedienen? Konnte er nicht, thank god for small favors. Und Alkohol! Alkohol hob den Östrogenspiegel und verzögerte dadurch die Menopause, hatte sie irgendwo gelesen.

Cédric stand auf. »Ich hol uns jetzt mal das kleine Wellington aus dem Ofen, ich hab Hunger.« Sie folgte ihm in die Küche. Das Fleisch, das in einem mit Sternchen dekorierten Blätterteigmantel aus dem Ofen kam, hatte Cédric in Lillys Bistro gekauft. Bei dem Durchtrainierten mit dem breiten Hals. »Findest du nicht auch«, begann sie, »dass man jedes Gericht in Blätterteig einpacken müsste? Es ist das Beste! Ich hatte mal ein Stück frischer Gänseleber im Blätterteig, und das Teigbuttrige zusammen mit dem Fleischbuttrigen ...«

»... war voll die Geschmacksexplosion, der Gaumenorgasmus ... Komm mir bloß nicht mit diesem saublöden Jargon der Ekstase aus Kochsendungen«, sagte Cédric und konzentrierte sich darauf, den Teig möglichst ohne Absplittern der Kruste zu schneiden.

Fick mich doch mit einer Blätterteigstange, dachte sie, wenn Essen der Sex des Alters war, dann war sie gerade hundert Jahre alt geworden. Sie setzte sich an den kleinen Tisch in ihrer Küche und stellte sich vor, F. würde mit ihr frühstücken. Ging gar nicht. F.s Penis mochte in ihr Platz haben, alles andere an ihm war zu groß für ihr Leben.

»Sag mal, das mit den Männern ...«, tastete sie sich vor.

»Was genau mit den Männern?«

»Wie viele hattest du schon?«

»Viele. Und du?«

»37. Mit F.«, sagte Anna ohne nachzudenken.

»Für euch Heten ist das echt wichtig, oder? Ihr macht da so eine Art Buchhaltung. Find ich ultrabieder.«

»Jetzt sag schon!«

»37 hab ich im Jahr.«

»Vor den Männern hattest du doch auch ein paar Frauen ...«, überlegte Anna, »mit einer konntest du dir sogar vorstellen, Kinder zu kriegen ...«

»Nein, Haustiere zu kaufen.«

»Und wie genau war der entscheidende Moment?«

»Geil«, sagte Cédric und widmete sich dem Wellington, »auf den Punkt rosa gebraten! Was hast du gefragt?«

Ungeduldig knallte sie zwei Teller auf den Tisch. »Als du gemerkt hast, jetzt gehts auch mit Männern … War das so eine life changing experience?«

»Sicher. Aber der Himmel hat mir deshalb nicht George Clooneys Telefonnummer geschickt.«

»Ernsthaft jetzt!«

»Als mir die Schwanzspitze des Schicksals den richtigen Weg wies und ich endlich mein Spiegelbild ficken konnte? So was?«

»Genau.«

»Keine Ahnung. Ich war jung, schön, neugierig und tollkühn. Fuck, riecht das lecker! Aber wieso …« Er drehte sich um und schaute Anna an. Sie schaute zurück. Mit einem Gesicht, das sich auflöste in totaler Hilflosigkeit. »Oh«, sagte Cédric und ließ das Messer sinken, »oh!«

»Ja, oh.«

»Gibts ja nicht. In deinem Alter?«

»Arsch«, sagte sie, obwohl sie sich genau dies auch schon gedacht hatte.

»Und wo spürst du's? Etwa nur im Kopf?«

»Nein.«

»Braves Mädchen! Diese Kopflesben sind das Letzte! Dieses ›Hach, ich find Männer ja so lästig, ich glaub, ich werd jetzt mal lesbisch.‹ Und dann fragst du: ›Glaubst du das bloß, oder juckts dir auch in der Möse?‹«

»Es juckt!«

»Na holla, die Waldfeen. Kenn ich sie?«

»Kann sein.«

»Eine niedliche Kulturnutte mit Fördergeldbedarf? Oder eine alternde Mäzenin?«

»Weder alt noch Kultur.«

»Bin ich ihr heute schon begegnet?«

»Möglich.«

»Etwa die kleine Hipster-Spargel aus dem Bistro?«

»Ja. Die.«

»Die ist jung! Deine Midlife-Crisis ist echt heftig!«

»Doppelarsch! Nicht motzen, helfen!«

»Alors«, sagte Cédric, »der exakte Moment, als ich wusste, jetzt gehts auch mit Männern, war in einer Silvesternacht in Marseille. Ich war 23, allein, depressiv, betrunken und kurz davor, mich ins Meer zu stürzen. Da rief ich die Auskunft an, um wenigstens eine Stimme zu hören. Und die französische Männerstimme am andern Ende war so tröstlich und erotisch, dass ich wusste, das ist meine Erlösung ...«

»Echt? Ich dachte, du bist Atheist«, unterbrach ihn Anna.

»Du weißt schon, was ich meine, ich wusste einfach: So was will ich um mich haben, immer. Und den Rest dazu auch. Es war ein Gefühl. Kein lautes. Aber ein großes.«

»Als wäre dein Leben an seinem bestmöglichen Ende angekommen?«, fragte Anna.

»Ich sag ja«, antwortete Cédric, »es war meine Erlösung.«

27

Lilly beugte sich über Jonas. Er tat, was man in seinem Alter eben so tut: Er schnitt tote Insekten mit einem Skalpell in winzige Teile und bastelte daraus mithilfe diverser Glasplättchen, Pinzetten und unterschiedlich gefärbter Trägerflüssigkeiten Präparate fürs Mikroskop. Alex hatte ihm seine Ausrüstung geliehen, Lilly hätte ihn dafür beinahe geohrfeigt. Musste er Jonas ausgerechnet ein scharfes Messer zum Spielen geben? Alex hatte gesagt, nur ruhig, er hat das im Griff, vertrau mir. Und Lilly hatte beschlossen, dass es ihr guttat, einfach mal wieder jemandem zu vertrauen. Sie sah eine tote Kakerlake vor Jonas auf dem Schreibtisch liegen, ihre Flügelsplitter glichen blindem Bernstein, daneben eine vertrocknete Spinne, ein grün glitzerndes Goldauge und ein vom Staub ergrauter Zitronenfalter. Jonas schob vorsichtig einen präparierten Goldaugen-Flügel unter die Linse. »Die sind schön! Schau mal!«

Lilly blickte auf ein feines Netz aus goldenen Adern, aus denen stachelige Härchen wuchsen. Über allem lagen kaum wahrnehmbare, ölig schimmernde blaue und grüne Ringe. »Ist das grad dein Hobby?«

»Mmmhh. Besser als das alte, oder?«

»Viel besser! Und was machst du sonst so?«

»Ich seziere Frösche, fülle ihnen den Bauch mit lebenden Jungspatzen, nähe sie wieder zu und stopfe damit Tauben, die ich mit einer Steinschleuder vom Dach geschossen habe.«

»Machst du nicht!« Lilly legte die Arme um Jonas.

»Nicht klammern!«

Sie ließ ihn wieder los. »Ich war bei Katharina.«

»Und?«, fragte Jonas und wandte sich wieder seinen Flügelfetzen zu. »Geschockt?«

»Na ja, du wolltest einen Dreier mit einem unbescholtenen Paar.«

»Hab ich nie gesagt!«

»Aber gezeichnet. Ich hab die Sex-Emojis gesehen.«

»Oh Mann, ihr seid doch alle die gleichen Verräter.«

»Ich find die lustig. Warst du eigentlich wirklich in die beiden verliebt?«, fragte sie und gab sich Mühe, ihre Stimme von Vorwurf, Voyeurismus, Mitleid oder Spott freizuhalten. »So richtig?«

»Glaubst du, dass ich das alles erfunden hatte?«

»Tschuldigung, kleiner Bruder.« Lilly strich ihm übers Haar.

»Ich bin nicht klein.«

»Nein, bist du nicht mehr«, sie legte ihre Hand auf seine Schulter, »hey, mit mir kannst du reden, ich helf dir.«

Sie wusste nicht, ob das stimmte, ob sie ihm wirklich helfen konnte. Im Moment hatte sie das Gefühl, zu gar nichts zu taugen, erst am Mittag hatte der Chef im Bistro sie zusammengestaucht, weil sie eine ganze Platte voll frischer Blinis mit Kaviar auf dem Weg aus der Küche hatte fallen lassen. Und gestern hatte sie ein halbes Dutzend von den schönen Champagnergläsern vernichtet. Ihre Seminararbeit über den Schrecken des Zwillingsmotivs in der amerikanischen Populärkultur von Stephen Kings *The Shining* bis zum Fall der Twin Towers konnte sie auch vergessen, ihr Professor hatte sie dafür nicht gemocht und inzwischen mochte sie sich dafür auch selbst nicht mehr. Was für ein blasierter, überkonstruierter, zynischer Bullshit. Und jedes Wort, das sie davon schon geschrieben hatte, war eine weitere Bullshit-Metastase. Wahrscheinlich musste sie sich endlich eingestehen, dass es zu spät war, um ihr Studium in Würde zu beenden. Dass sie nicht nur eine mittelmäßige, sondern auch eine unvernünftige Studentin war. Dass ihre Idee, ein paar Freisemester einzulegen und diese mit Praktika zu verbringen, rein gar nichts getaugt hatte. Weder ihr Praktikum in einer Galerie noch das bei einem lokalen Radiosender und schon gar nicht ihre Dramaturgie-Hospitanz an einem nicht gerade großen Theater hatten irgendwas gebracht außer Selbstausbeutung. Keine Kohle, keine Kontakte, keine Kompetenz. Vielleicht sollte sie nach dem Zirkus mit Jonas Sozialarbeiterin werden. Und wenn das nicht funktionierte, in einem Kinderhort arbeiten. Sie sah sich allein mit zehn Kinderwagen am See, in jedem Wagen krähte ein Baby mit knallrotem Kopf und vollgeschissenen Windeln, Vollzeitmütter, Hundesitter und alte Leute, die an ihrem Rollator über den Kiesweg unter den Platanen ruckelten, straften sie mit Verachtung. Oder sie konnte einfach weiterkellnern. Eine von diesen Gestalten werden, die von Lokal zu Lokal wanderten und mit den Jahren immer untoter aussahen, und die Gäste würden hinter vorgehaltener Hand sagen: Sie ist so was wie eine Legende, sie war schon überall, sie war mal schön, wenn man mal keinen mehr findet, ruft man sie an, sie hat sonst nichts. Oder sie könnte in einem Friseursalon Haare zusammenwischen. Oder in einem Tierheim Käfige ausmisten. Allerdings könnte sie dann auch gleich aufs Dorf und den Bauernhof übernehmen. Das wäre das definitive Ende. Nichts Eigenes erreicht im Leben, gar nichts. Sie würden alle zusammen auf dem Hof leben, die Eltern würden immer älter und nur noch auf dem Balkon im ersten Stock sitzen und auf Lilly herabschauen, wie sie alles falsch machte mit den Obstbäumen, den Tieren, den Landmaschinen, den Nachbarn. Exakt so, dachte sich Lilly, sieht meine ganz persönliche Vorstellung von Hölle aus. No fucking way. Zum Glück war sie erst 27 und war sich für fast nichts zu schade. Im schlimmsten Fall würde sie zusammen mit Sue ein Bordell eröffnen, amtlich, wieso auch nicht? Lieber im Bordell als auf dem Bauernhof.

Die Frage wäre natürlich, wie viele der Männer vom Dorf plötzlich in ihr Bordell kämen. Lilly war mit den Autokennzeichen der Wagen, die am Abend und an den Wochenenden in ihr Viertel einfielen, bestens vertraut. Provinz pur. Obwohl: Wenn sie an die Männer aus ihrem Dorf dachte, fiel ihr kein einziger ein, der seine Frau betrügen könnte. Die Ehen auf dem Dorf waren kleine Institutionen, kleine Firmen, an die nicht nur eine Liebe, sondern auch ein Hof, eine Bäckerei, eine Tankstelle gebunden waren, 24 Stunden lang überwacht und manchmal auch beschützt von den umliegenden Kleinstfirmen. Fehltritte waren in dieser totalen Abwesenheit von Anonymität nicht möglich, jedenfalls nicht unter den Alteingesessenen wie ihren Eltern. Oder unter denen, die im Dorf zur Welt gekommen waren wie Katharina und Jan. Unter den Zugezogenen, die früher in der Agglomeration gelebt hatten und jetzt ihren Kindern eine Astrid-Lindgren-Kindheit mit Apfelbäumen, Jungtieren und

Biogemüse aus dem eigenen Garten bieten wollten, hingegen schon. Die Zugezogenen hatten ja ein Vorleben, von dem man im Dorf nichts wusste, kannten Schleichwege aus der Umarmung der Dorfgemeinschaft. Die Zugezogenen waren nicht uninteressant, dachte Lilly, jedenfalls als Konzept. Einen Zugezogenen im Bordell anzutreffen wäre schon beinahe aufregend. Ganz zu schweigen von einer Zugezogenen.

Lillys Gedanken waren abgeschweift, weg vom starken Verdacht, dass sie ihr junges Leben schon jetzt ziemlich gründlich gegen die Wand gefahren haben könnte. Dass ihr genau das passiert war, was sie an anderen ihrer Generation so hasste: Sie hatte die eigene Unentschiedenheit und Unsicherheit angesichts von tausend Möglichkeiten in einem orientierungslosen Übereifer erstickt. Und das auch noch, ohne ein Rich Kid zu sein wie so viele in ihrem Studiengang.

»Bin ich eigentlich ein Mädchen ohne Zukunft?«, fragte sie ohne zu überlegen.

»Du? Du doch nicht!«, murmelte Jonas und wandte sich wieder seinen Präparaten zu, Ende der Audienz.

Lilly ließ nicht locker: »Red mit mir!«

»Hör auf! Ich lern jetzt Mädchen kennen! Beruhigt?«

»Und, schreibt ihr euch Briefe?«

»Haha.«

»Hast du sie schon mal gezeichnet?«

»Ja. Nicht mit Scheiße, das willst du doch wissen, oder?«

»Zeig mal.«

Ausnahmsweise leistete Jonas keinen Widerstand. Neben dem Mikroskop lag ein Stapel Papier, er zog zwei Blätter daraus hervor, Lilly erkannte erleichtert, dass er jetzt ganz normale Stifte benutzte. Zwei Mädchen schauten düster hinter langen Haarvorhängen hervor, beide trugen enge dunkle Hosen, Sneakers und Kapuzenjacken, eine war sehr dünn, die andere überhaupt nicht, beide wussten, wie man Eyeliner benutzt. Zwei richtige Räubermädchen, dachte Lilly, furchtlos und ein bisschen gefährlich, das eine mit trotzig aufgeworfener Oberlippe, das andere mit einem Anarchistenstern auf dem T-Shirt, so gar nicht wie die matronenhaft gewordene Katharina. Genau die Art von Mädchen eben, wie sie heute jeder halbwegs lebenshungrige Junge haben wollte.

»Soll eine davon deine Freundin werden?«

»Kann sein.«

»Ist es da nicht blöd«, Lilly versuchte, das Gespräch unauffällig auf das große Thema zu lenken, das jetzt endlich einmal angesprochen werden musste, »dass du im Sommer aufs Dorf zurückmusst?« Sie wollte ihm gar nicht erst die Möglichkeit einer Alternative anbieten.

»Easy«, meinte Jonas, »dann hätte ich eben eine Freundin in der Stadt. Wer hat das schon?«

»Nur die Coolsten.«

»Eben.«

»Und das Dorf?«

»Kann mich mal. Ich bin kein Kind mehr. Ich weiß jetzt viel mehr. Die sind dort ja alle total zurückgeblieben.«

Lilly musste lachen. Genau das hatte sie nach ihren ersten Monaten in der Stadt auch gedacht.

»Kein Opfer mehr?«

»Kein Opfer. Chill mal, Sis.«

28

Max lag auf dem Rücken und leuchtete mit einer Taschenlampe unter sein Sofa. Er war sich sicher, dass da noch mehr sein musste, mehr Schnitte oder mehr Insekten. Obwohl er die Insekten bisher nur in seiner Aktentasche gefunden hatte. Und wie kam es, dass der Schnitt in seinem Sofa, der nur von Anna stammen konnte, und die Kakerlaken aus Sues WG plötzlich gleichzeitig in seinem Leben aufgetaucht waren? Jedenfalls beinahe gleichzeitig, zwischen dem Schnitt und der Kakerlake auf dem Kopiergerät lagen ein paar Wochen oder sogar ein Vierteljahr. Ein Vierteljahr, in dem sein Leben irgendwie gar nicht so gelaufen war, wie er sich das vorgestellt hatte. Immerhin hatte er mehr Sex als früher und aufregenderen dazu. Jedenfalls gehabt, inzwischen ja auch fast nicht mehr. Dafür kannte er unterdessen die wahren Identitäten der Menschen in Sues WG. Aber was bedeutete schon wahr? Sue konnte genauso gut nicht Sue heißen, wie sie nicht Charlie geheißen hatte. Und war der Junge namens Jonas wirklich der Bruder der Dünnen? Er war sehr jung für einen Bruder. Sie könnte auch eine Teenage-Mom gewesen sein. Und deshalb war dieser Jonas jetzt so schräg. So was kam vor. Gewiss weit öfter, als man gemeinhin dachte. In Österreich zum Beispiel, wo die Leute ihre Kinder gern jahrzehntelang in Kellern hielten. Ob man das melden sollte, beim Kinderschutz? War Jonas etwa deswegen zum Ritzer geworden?

Was er am wenigsten verstand: Was hatte der Schnitt in seinem Sofa mit den Schnitten in Jonas' Arm zu tun? Denn die Schnitte waren tatsächlich gleichzeitig aufgetaucht. Zumindest beinahe, mit zwei oder drei Wochen Abstand. Bei seinem ersten Besuch bei Charlie beziehungsweise Sue hatte er Jonas verarzten müssen, nach Annas Heimsuchung hatte er den Schnitt in seinem Sofa gefunden. Wie es schien, war es der einzige geblieben. Im Gegensatz zu den Kakerlaken, die hatten sich vermehrt. Er war sich ganz sicher, dass sie aus der WG kamen. Und vor zwei Tagen hatte er zudem einen kleinen roten Knäuel aus vertrockneten Würmern in seiner Aktentasche gefunden. Er hatte den Verdacht, dass sie noch gelebt hatten, als sie sich in seine Tasche verirrt hatten. Oder als sie jemand dort platziert hatte. Jemand, der wollte, dass die Würmer herauskriechen, mitten in einer Lektion, einer Sitzung oder in der Stammkneipe.

Gut, er hätte seine Tasche zu Hause lassen können. Es gab keinen Grund, sie jeden Samstagabend mit zu Sue zu schleppen. Einerseits. Andererseits war er Lehrer. Die Aktentasche war seine Tasche gewordene Autorität. Seine Stütze, seine Gehhilfe, das Ding, das seinem linken Arm außerhalb des Klassenzimmers und seiner Wohnung überhaupt eine Aufgabe und einen festen Platz gab. Seinem linken Arm, der stärker war als der rechte, mit dem er zuschlagen könnte.

Unter seinem Sofa befand sich Staub, sonst nichts. Keine Brotkrumen, keine Spielkarten, keine hastig irgendwohin geworfene Seidenunterwäsche. Als ob er eine Frau mit Seidenunterwäsche kennen würde. Anna hatte Baumwolle getragen, Sue trug glänzende Kunstfaser. Sie war so ein richtiges Polyester-Mädchen, deshalb stanken ihre Kleider auch immer nach Döner. Max lief das Wasser im Mund zusammen, ein Döner wäre klasse. Er hatte seit 24 Stunden nichts gegessen. Hatte er getrunken? Er richtete sich auf und schaute sich in seinem Wohnzimmer um. Neben dem Fernseher lag eine leere Wodkaflasche auf dem Boden.

Er hatte eine Idee, eine konkrete Idee. Er musste dringend einen Test machen. Und dazu brauchte er ein Messer, nur ein kleines. Er wollte aufstehen. Keine Chance. War aber auch egal, sah ihn ja keiner. Er kroch zu seinem Schreibtisch, in der untersten Schublade lagen ein paar Papiermesser. Das fette mit dem orangefarbenen Griff taugte nicht, aber das blaue schlanke kam hin. Sehr, sehr gut. Er war aufrichtig begeistert. Es war ja bloß ein Test, eine Übung, kein Ernstfall. Zurück zum Sofa.

Das Telefon klingelte, Max dachte nicht daran, zum Apparat zu kriechen. Entweder war es ein Callcenter oder seine Mutter. Er wartete, bis der Anrufbeantworter ansprang. »Hi Honey!«, sagte seine Mutter in ihrem Golden-Agers-auf-dem-Weg-zum-Golfplatz-Tonfall, »gut, dass du nicht da bist, ich hab keine Zeit zum Plaudern, doch wenn du das hörst, ruf mich an, ich brauch die Nummer von Anna, der Club will im Sommer ein kleines Freilicht-Theater organisieren, sie hat sicher ein paar Tipps für uns. Bye-bye!« Max wollte von seiner Mutter nur noch eins: Dass sie endlich aus seinem Leben verschwand. Samt Bettwurst, Golfausrüstung und Perlenkette. Eigentlich wollte er das auch von seinem Vater. Es wäre für alle das Beste, wenn die beiden von ihren nächsten Florida-Ferien nicht mehr zurückkehren würden. Wenn sie zum Beispiel in den Everglades von Alligatoren gefressen werden würden und nur noch ihre Golfschuhe zwischen ein paar faulig stinkenden Mangroven-Strünken gefunden würden. Selbstverständlich würde er seiner Mutter Annas Nummer geben. Seine Mutter auf Anna loszulassen war, als würde er Anna einen besonders bissigen, höllisch übermotivierten Alligator vorbeischicken. Anna und seine Mutter hatten einander verdient.

Vor allem wollte er mit dem Messer in der Hand endlich zurück zum Sofa. Wieder zerrte er alle Kissen runter, wieder suchte er nach dem Schnitt und fand ihn nur mit Mühe. Denn der Schnitt war winzig. Max erinnerte sich an drei Zentimeter, ganz sicher. Das hier waren höchstens vier Millimeter. Er stocherte mit der Spitze seines Papiermessers in der kaum sichtbaren Verletzung seines Sofakissens. So, jetzt war er wieder drei Zentimeter lang, jetzt konnte das hinterfotzige Sofa mal zusehen, ob es ihm wieder gelingen würde, sich selbst zu heilen. Zur Sicherheit gab er an beiden Enden des Schnittes noch einen Zentimeter dazu, eine solide Länge. Leider war der Schnitt nun nicht mehr schön, sondern zackte sich hässlich durch das Leder. Er setzte einen neuen daneben, gleich lang und gerade. Er war überrascht, wie angenehm das war. Welchen Widerstand ihm das Leder bot, um schließlich nachzugeben. Es hatte definitiv etwas Sexuelles.

Ein schöner Schnitt allein war ein einsamer Schnitt. Max legte das Messer erneut an und dachte schon beim zweiten Schnitt an den dritten. Drei, so wie auf den Armen von Jonas. Sehr, sehr schön. Drei perfekt parallel gesetzte Schnitte waren der Beginn eines Ornaments, fantastisch. Er machte weiter. Immer in Dreiergruppen denken, sagte er sich, wie in der Physiotherapie, beim netten Griechen. Jede physiotherapeutische Übung ließ sich in Einheiten von drei unterteilen. Max war unterdessen bei fünfzehn Schnitten. Leider hatte das Leder nicht mehr die gleiche Widerstands-Konsistenz. Gutes Wort, Widerstands-Konsistenz. Hatte er eben mal erfunden. Passte zum Widerstands-Koeffizienten. Das Maß des Widerstands beim Reiben, Rollen, Strömen oder Bohren. Wenn Bohren dazuzählte, dann doch sicher auch Schneiden, oder? Beides war das zielgeleitete Eindringen in eine feste Oberfläche. Ha, neue Erkenntnis! Die Konsistenz war in Wirklichkeit ein Koeffizient! Und der Widerstands-Koeffizient des Lederkissens, das normalerweise nicht zerschnitten vor ihm auf dem Boden, sondern zuverlässig prall unter seinem Hintern lag, war nun definitiv am Arsch. Keine Spannung mehr, die unnütze Sau von einem Kissen.

Er wusste genau, dass es keinen Sinn hatte, ein weiteres Kissen zu ritzen, auch wenn es ihn reizte. Weil das Gefühl so geil war. Und das Aufklaffen. Er zupfte an der weißen Füllung. Wahnsinn, er hatte sich dieses Sofa vor sieben Jahren gekauft, und die Füllung war noch immer schneeweiß! Die Farbe erinnerte ihn an Annas Wohnung, an all das Licht um Anna und ihre blonden Haare. Wie eine Schneekönigin. Wo war bloß das Licht? Stimmt, es war ja Nacht, er sollte die Vorhänge zuziehen. Wodkaflasche, Messer und so. Max schickte sich an, sich irgendwie in Richtung Fenster zu bewegen, aber vorher musste er noch etwas ausprobieren. Er legte sich auf den Rücken, versuchte, den Ansatz einer Brücke zu machen, nestelte den Gurt seiner Jeans auf und zog sich die Hose bis auf die Knie runter. Großartig. Er war von einer Beweglichkeit, dass er sich mal selber loben musste. Musik wäre jetzt super. Und Kiffen. »First cut ist the deepest«, summte er, »baby I know!« Es klang mehr als nur tolerabel. Es klang karaokemeistermäßig genial. Er setzte sich auf, nahm das Messer zur Hand, der Cut tat gar nicht weh, und wie unfassbar leicht das Messer durch seine Haut glitt! Leichter als durch das dünnste Papier. Das musste er mal seinen Schülern zeigen, diesen Unterschied zwischen Leder, also zwischen Haut, die zäh war wie Leder, und frischem Fleisch. Am besten lebendigem. Womöglich stellte sich ja ein heimlicher Ritzer zur Verfügung?

Es war eine Erfahrung, wie sie Max noch nie in seinem Leben gemacht hatte. Sie war vollendet. Und sie war exakt achtzehn Zentimeter lang. Sechs mal drei. Also zwei mal drei mal drei. Drei mal drei mal drei wäre wahre Perfektion, dachte sich Max, aber da öffnete sich auf seinem Schenkel ein riesiges blutendes Auge, und der Schmerz begann, dumpf in alle Richtungen zu pumpen. Er starrte auf das Auge, dann fiel sein Blick auf das Fenster, das wie ein schwarzer Spiegel vor ihm stand. Und er sah einen Mann mit unheimlich verzerrtem Gesicht, heruntergezogener Hose und einem Messer in der Hand. Der Mann saß in weißen Flocken aus Sofakissen-Füllmaterial, die sich langsam mit Blut vollsogen. Krasser Typ, dachte Max und starrte in den schwarzen Spiegel, echt krasser Typ. Und am krassesten wäre, wenn er sich jetzt auch noch kastrieren würde.

Er begann zu schwitzen. Und zu frieren. Das Auge auf seinem Schenkel weinte immer noch Blut. Er überlegte nur kurz, zerschnitt mit dem Messer seine Unterhose, bis sie von ihm abfiel wie eine unförmige Windel. Schob sie unter seinem blutenden Bein durch, versuchte, die beiden kurzen Windelenden über der Wunde zusammenzubinden. Es funktionierte. Das Auge schloss sich. Max schaute in seinen Schoß. Etwas Schrumpeliges, Scheues lag da und rührte sich nicht. Vor Angst. »Hallo, kleine Seegurke«, sagte Max und musste lachen. Dann ließ er sich erschöpft nach hinten sinken, legte den Kopf auf das kaputte Kissen und schlief ein.

MAI

29

Anna saß im Flugzeug nach Berlin. Auf einem Mittelsitz. Sie hasste Mittelsitze. Es gab keinen Grund, dass sie gleich auf beiden Seiten von belanglosen Menschen belästigt wurde. Der Mann rechts von ihr war so scheu, dass er sich entschuldigte und rot wurde, als sie mit ihrer Tasche sein Knie rammte. Über seinem Computerbildschirm lag ein Blickschutz, der es ihr unmöglich machte, in die Dokumente zu schauen, die er bearbeitete. Gewiss waren sie unbedeutend, trotzdem hätte sie am liebsten mitgelesen. Die Frau links von ihr feilte sich die Nägel mit einem Feilschwämmchen. Immerhin verbot ihr die Flugsicherheit, sich die Nägel zu schneiden, wie manche Menschen dies im Zug und dort vorwiegend in der ersten Klasse taten. Anna hasste das. Eine allzu innige Beschäftigung mit dem eigenen Körper und seinen kompostierbaren Abfällen kam in geschlossenen, doch irgendwie öffentlichen Räumen nicht infrage. Sie schnupperte ja auch nicht auf ihrem Mittelsitz an ihrer Slipeinlage, obwohl sie Lust dazu gehabt hätte. Stattdessen bestellte sie einen Weißwein.

Der Wein weckte in ihr einen Heißhunger auf Salziges, doch es gab nur ekelerregend bleiche Sandwiches, die seit Stunden zu kühl gelagert wurden und in ihrer Plastikfolie feucht und schmierig geworden waren. Sie schloss die Augen und sah vor sich einen weißen, aufgeschnittenen Knochen gefüllt mit Mark. Im Rohzustand war es leicht rosa, nach einer Weile im Ofen hatte es die Farbe von schmutzigem, geschmolzenen Elfenbein. Bone Marrow. Sie richtete ihre ganze libidinöse Energie auf ein imaginäres Stück Brot mit Knochenmark und Salz und spürte, wie die warme Markmasse über ihr Kinn rann. Noch 47 Minuten bis zum Ankunftsort, meldete die Anzeige über dem Vordersitz. Anna wusste, dass sie ihr Hirn für diese 47 Minuten ausschalten sollte, Flüge waren einzig dazu da, um sich zu langweilen, dumme Magazine zu lesen und sich zu betrinken.

Sie flog nach Berlin zum großen Theatertreffen. Dort hatte sie keine Aufgabe, sie wollte einzig ein paar Leute von früher wiedersehen und ein bisschen mit ihrem Job angeben. Mit ihrem Auftrag, die Theaterszene einer größeren Stadt zu fördern beziehungsweise zu manipulieren und zu korrumpieren. Sie war jetzt so was wie eine Bank. Mit etwas Macht und gutem Gehalt. Sie war wer. Frau Blume würde auch da sein, zusammen mit ihrer Cousine, einer Galeristin aus Charlottenburg. Anna freute sich auf Frau Blume, gewiss würde sie trotz des warmen Wetters ein Stück alten Pelz tragen, irgendwas mit einem Kopf oder toten Pfoten dran, Fuchs zum Beispiel, dazu glitzrigen Schmuck. Heute Abend wurde das Festival eröffnet. Mit F. Annas Kunst würde darin bestehen, F. bei der anschließenden Party so zu grüßen, dass er sich dachte: Wow, coole Nacht vor drei Monaten, coole Frau, aber er durfte sich nicht von Anna belästigt oder gar gestalkt fühlen. Das wäre ein unangenehmer Trugschluss, denn Anna stalkte nicht F., Anna stalkte Lilly. Verbrachte Stunden im Bistro, mit Crémant, mit Cédric, manchmal auch einfach mit einem Buch. Saß da, studierte Lilly und hoffte, dass es Lilly nicht auffiel, dass sie sich nur dachte: Schön, die blonde Frau kommt jetzt wieder öfter ins Bistro. Und ihre Trinkgelder sind fantastisch! Wenn sich Lilly denn beim Anblick von Anna überhaupt etwas anderes dachte außer: Trinkgeld!

Anna versuchte, sich aktiv an Lilly zu gewöhnen und zu einer Klarheit zu gelangen, die mehr war als das Gefühl von Überraschung und Überwältigung. Sie studierte Lilly, kam aber nicht wirklich zu einer Einsicht, jedenfalls zu keiner intellektuellen. Ihre Kontakte beschränkten sich meist auf: »Wie immer?« – »Sehr gern!« Die körperliche Ebene war etwas anderes: Lilly rührte Anna bis zur Erschütterung. Nicht, weil sie auffallend schön war, sondern mit ihrer zähen, trotzigen Kraft. Dieses »No bullshit«, dieses »Don't mess with me!«. Es lag in Lillys Gesicht, in ihrem jungen Mund, der schmal und bestimmt werden konnte, in ihren exakten, eckigen Bewegungen. Und wenn Anna ihr nicht in die Augen geschaut hätte, hätte sie gesagt: Eine harte kleine Person. Doch Lillys Augen erzählten was anderes, manchmal einen ganzen Film. Und in diesem Film sah Anna einem Menschen dabei zu, wie er mit anhaltendem Staunen ertrank. Jedenfalls bildete sie sich dies ein. Und auch, dass sie in der Lage wäre, Lillys Ertrinken aufzuhalten, mal wieder einen Menschen zu retten. Es war the history of her love affairs repeating. Nur bei Max hatte sich nie ein Rettungsgefühl eingestellt. Mit ihm zusammenzukommen war gewesen, als sei sie in ein Flugzeug gestiegen, in eine große Kapsel aus Langeweile, die sie zuverlässig zu sehr absehbaren Zielen gebracht hatte. Lilly dagegen wäre ein Abenteuer. Weil sie eine Frau und jung war. Die Frau schien Anna die kleinere Herausforderung zu sein, sie wusste, wie sich eine Frau anfühlte, sie wusste, was eine Frau wollte. Jedenfalls traute sie sich das zu. Sex mit einer Frau würde neu sein, trotzdem nicht fremd. Auch die Jugend war für Anna kein Problem, sie hatte das ja alles schon erlebt. Für Lilly wäre es natürlich ganz anders, sie würde ihre Annäherung als einen Versuch der feindlichen Übernahme betrachten, einen Zähmungsversuch. Oder auch einfach als eine peinliche Nummer. Wäre ich ein Mann, dachte sich Anna, hätte ich Lilly längst angesprochen, ausgeführt, verführt. Mich bei ausbleibendem Erfolg einem andern Objekt zugewandt. Mich nicht geschämt, höchstens bemitleidet.

Sie fragte sich, wie es wäre, wenn sie Lilly Berlin erklären müsste. Das Berlin aus ihren jungen Jahren, als die Lokale, in denen sie verkehrte, Tunnel, Tresor oder Anal geheißen hatten. Als der Prosecco 2 DM gekostet und über allem der Geruch alter Kohleheizungen gelegen hatte. Sie erinnerte sich an eine endlose Abfolge von Frühstücken in Altbauwohnungen und besetzten Häusern, Frühstücke mit dunklen Brot-Klötzen, schwer wie Ziegelsteine, und Kaffee aus der Presskanne, der nach zwei Tassen kalte Schweißausbrüche verursachte. Danach: Torten. Schwarzwälder Kirschtorte, Nuss-Schoko-Buttercreme-Torte, Kirsch-Streusel-Sahnetorte. Nach den Torten: Transparente malen. Nie, nie, nie wieder Nazis. Rostock brannte trotzdem. Damals wurden Frühstücke in Berlin noch nicht von 10 bis 18 Uhr in Kneipen mit restaurierten Möbeln aus den Fünfzigern, Honig von der glücklichen Stadtbiene und Croissants vom veganen Ex-Investment-Banker angeboten. Damals fetischisierten die Berliner noch nicht jede Art von Grünfläche und bauten keine mobilen Gemüsegärtchen in Holzkisten. Es gab weder Urban Gardening noch Urban Knitting, weder Bohos noch Bobos, und Anna küsste zum ersten Mal eine Frau. Im dritten oder vierten Berliner Winter nach der Wende. Doch die Frau wollte Anna nicht, und danach hatte Anna keinen Mut mehr gehabt, eine Frau zu wollen.

Die Frau war herb und athletisch gewesen, Anna hatte mit ihr in einer WG gewohnt und ihr Nacht für Nacht beim Sex zuhören müssen. Die Frau hatte geklungen, als würde man einem Tier die Kehle durchschneiden, Anna wollte sie trotzdem. Weshalb, konnte sie heute nicht mehr genau sagen, schon gar nicht, seit sie die Frau gegoogelt hatte und auf eine vor lauter Sprödheit schon ganz ausgedörrte Person gestoßen war. Damals hatte sie das ganz anders gesehen, sie hatte die Frau eine Nacht lang mit viel Wodka bearbeitet, und am Ende hatte die Frau gesagt: »Nee du, ich find dich echt zu weiblich. Und lange Haare kann ich nicht ab.« Aber dann hatte sie Anna geküsst. Nicht in der Bar, wo die andern, zum Viereckigen hin tendierenden Kurzhaar-Lesben sie hätten sehen können, sondern draußen, im Schneefall unter einer Laterne mitten in Kreuzberg, und Annas Knie hatten aufgehört zu existieren. In der WG hatte die Frau getan, als ob der Kuss nie gewesen wäre, und weiter mit einer kleinen, kurz- und dunkelhaarigen Sportstudentin geschlafen. Anna hatte sich ein paar Wochen lang mit einem Amerikaner getröstet, der sich weigerte, das deutsche Klotzbrot zu essen, und zum Frühstück Pancakes, French Toast mit Ahornsirup und Heidelbeeren servierte. An den Sex mit ihm hatte sie keine Erinnerung mehr, nur noch an seine Magisterarbeit. Irgendwas mit Walter Benjamin. Oder Adorno.

Sie war sich nicht sicher, ob sie das eine Berlin dem andern vorziehen sollte, die alte Stadt der neuen. Sie freute sich darauf, zwischen all den Prekariats-Praktikanten, die ihre neuen MacBooks ausführten wie kleine Hunde, auf der grünen Brache hinter dem alten Flughafen eine Ingwer-Orange-Bionade zu trinken. Sie freute sich auf die neue und erste Espressomaschine im Prinzenbad. Sie freute sich überhaupt wie verrückt auf ihren ersten Freibadbesuch der Saison am Morgen nach der Festivalparty. Darauf, dass das Wasser noch nicht aufgeheizt war, dass der Kontrast zwischen draußen und drinnen scharf sein würde.

Ihre Erinnerungen an ihre junge Berliner Zeit waren allesamt so. Roh, kantig, schartig, schwarz-weiß. Doch wahrscheinlich war ihr Leben damals ähnlich weich gewesen wie heute, von einem Café-Latte-artigen Sepiaton. Schließlich war ihr nie viel widerfahren, sie war nie verprügelt oder vergewaltigt worden, war nie obdachlos gewesen, nicht einmal arbeitslos, hatte nie nach einem Unfall im Krankenhaus gelegen. Obwohl sie sich die Sache mit dem Unfall schon seit ihrer Kindheit gerne vorstellte. Nicht im Flugzeug, ein Flugzeugabsturz erschien ihr zu unrealistisch, zu groß. Wenn sie dagegen mit dem Fahrrad unterwegs war, stellte sie sich vor, wie ein Auto sie von hinten oder von der Seite erfassen würde, wie der Aufprall dumpf und überraschend wäre, ein Schock, jedoch ohne Knall, eher verhalten, als ließe einer eine Melone auf den Boden fallen. Oder als würde ein riesiges Tier sie mit seiner Schnauze umstoßen. Ohne Schmerz, jedenfalls so lange, bis sie wieder zu sich käme. In einem Krankenhausbett, mit gebrochenen Gliedern, angeschlossen an Dutzende von Schläuchen, auf jeden Fall gelähmt und nicht mehr ganz richtig im Kopf. Ein Mensch am Ende. Und allein. Höchstens ihre Eltern würden sich noch für sie verantwortlich fühlen, wenn auch nur widerwillig, sie würden Anna hin und her schieben zwischen ihren neuen Häusern, die Hunderte von Kilometern auseinanderlagen. Und leider, das wusste Anna ganz genau, hätte sie nicht einmal mehr die Kraft, sich vor einen Zug zu werfen. Genau so würde es sein. Die Worte »Foie« und »gras« befänden sich nicht einmal mehr in ihrem passiven Wortschatz. Und niemand würde für sie im Ofen ein Stück Knochenmark rösten. Was egal wäre, denn ihren Geschmackssinn hätte sie auch verloren. Und dabei hätte sie noch so viel vor sich gehabt: Luma-Beef zum Beispiel.

Sie musste lachen. Der Mann rechts von ihr blickte sie erschrocken an. Sie sah, wie sein Ellbogen ein paar Millimeter über die ihm zustehende Hälfte der gemeinsamen Sitzlehne gerutscht war. Verpiss dich, dachte sie, machte ihren eigenen Ellbogen so spitz wie möglich und stach zu.

30

»Ist das nachhaltig?«, fragte Alex.

»Nee, aber schön«, erwiderte Sue und stellte Topf um Topf mit neuen Balkonblumen auf den Küchentisch, »wenns Winter wird, schmeißen wir eh alle wieder weg, falls wir dann nicht selbst schon weg sind. Gentrifizierung, ich fick dich in deinen fetten Arsch!«

Sue hatte Rosen, Clematis, eine Bougainvillea, Gerbera, wilde Skabiosen, Geranien und ein Zitronenbäumchen gekauft. Jonas stand an der Spüle und schrubbte mit einer Drahtbürste alte Tontöpfe sauber.

»Schon schön«, meinte Alex, »aber auch ganz schön teuer.«

»Der Alte hat Geld geschickt. 500. An uns alle«, sagte Lilly und wuchtete einen 20-Kilo-Sack mit Blumenerde auf den Tisch.

»Hat er wieder was geschrieben?«, fragte Alex.

»Bloß ›Ihr seid wunderbar, bleibt so! Max‹«, sagte Sue.

»Und natürlich ohne Absender?«

»Natürlich. Beim ersten Mal war der Poststempel Rom, beim zweiten Mal Genua, jetzt ein Ort in den Bergen … Müssten wir damit eigentlich mal zur Polizei?«

»Hat irgendwer eine Ahnung, was da genau los ist?«

»Sabbatical? Burnout?«, sagte Lilly. »Damit lässt sich heute alles erklären. Mach ich auch bald mal.«

Jonas legte die Drahtbürste aus der Hand. »Wegen mir?«

»Möglich«, sagte Lilly, obwohl sie genau wusste, dass sie sich dieses eine kleine Wort hätte verkneifen sollen. Hätte.

Hatte sie aber nicht. Sie hatte heute keine Lust auf den Konjunktiv. Jedenfalls nicht im Nahkontakt.

»Sorry, Sis, nur noch bis zu den Ferien. Dann bin ich weg.«

Ja!, dachte Lilly, ja, ja, und fühlte sich sofort schlecht. Eine schlechte Schwester.

»Was ist dein Plan? Gymnasium?«, fragte Alex.

»Nein.«

»Kunst?«

»Nein.«

Lilly hätte gerne gewusst, was im nächsten Schuljahr eigentlich aus Jonas werden sollte. Sie hatte ihre Eltern gefragt, in der Hoffnung, dass sie sich darum kümmern würden. Weil sie, Lilly, sich jetzt endlich wieder um sich selbst kümmern musste. Obwohl das klang, als würde sie bloß blöd mit Ratgeberbüchern und Gesichtsmasken auf dem Sofa liegen.

»Also was?«

»Bauer«, antwortete Jonas.

»Hmgh?«, machte Alex.

»Triple Shit!«, rief Sue.

»Tja«, sagte Lilly. Sie war sich nicht sicher, was sie eigentlich fühlen sollte, und entschied sich für eine mittlere Verblüffung.

»Wie kommts?«, fragte Alex.

Jonas holte tief Luft: »Ich kann so nicht leben, so wie ihr.«

Alle starrten ihn an.

»So komisch eben!«, sagte Jonas. »Ich lieb euch voll, aber ihr seid alle allein, unglücklich und habt kein Geld. Und das Haus hier stinkt immer.«

Arm, allein, unglücklich, eklig also. Lilly wollte etwas sagen, doch aus ihrem Mund kam nichts, nur ein Geräusch, als hätte ihr jemand in den Magen geboxt.

»Du borniertе kleine Sackratte«, sagte Sue ganz ruhig, stand auf und ging. Jonas blickte zu Boden. »Ist doch so.«

Das ist wie in einem ganz schlechten Roman, dachte Lilly. Da kommt so ein Rechtschaffenheitsbratzen vom Land und glaubt, uns allen mal richtig den Spiegel vorhalten zu müssen. Ausgerechnet Jonas mit seinen Kackbildern, seiner Cutterei und seiner exaltierten Verliebtheit. Und wo blieb die verdammte Dankbarkeit? Die steckte noch in der Pubertät. Wie der ganze Jonas. Ich darf ihm nicht allzu böse sein, sagte sie sich, die Pubertät ist so was wie eine vorübergehende Geisteskrankheit, löst sich alles, das ist nur hormonell. Wie so einiges im Leben. Trotzdem fühlte sie sich gekränkt. Verletzt. Verarscht.

»Okay«, sagte Alex, »und wieso geht es dem zukünftigen Herrn Landwirt und Großgrundbesitzer denn jetzt so viel besser als vor ein paar Monaten? Wenn wir doch alles so unfähige Loser sind? Du kannst ganz schön froh sein, dass wir so viel Geduld mit dir hatten, ganz besonders deine Schwester, die ist nämlich die Superste von uns allen, das könntest du ihr auch ruhig mal sagen. Wenn du allerdings auf Frischluft und geordnete Verhältnisse stehst, ist das Land sicher besser für dich.«

Lilly spürte, wie sich in ihr drin eine Zärtlichkeit ihren Weg suchte. Es war, als würde heiße Suppe in schweren, warmen Klecksen aus einer Tasse schwappen. Und aus den Klecksen ergab sich so was wie eine stetig wachsende Zuneigung für Alex, die stärker war als alles, was sie schon für ihn gefühlt hatte. Es war überhaupt nicht das, was sie wollte. Nicht nachgeben, befahl sie sich, nicht mit Alex schlafen! Danach könnten sie ihre WG vergessen. Und sie brauchte ihr Nest. So dringend wie Nahrung und Kleidung. Es war nicht der Grund, aber die Grundausstattung ihres Lebens in der Stadt. Der Grund mochte anderswo liegen, jedoch sicher nicht in den Armen von Alex, obwohl es sie gerade mit aller Macht dorthin zog.

»Ich bin euch voll dankbar«, sagte Jonas, »aber mir ist das alles zu kompliziert.«

Haha, dachte Lilly, das war der Witz des Jahrzehnts. »Ganz schön konservativ für dein Alter«, sagte sie, »wie wärs mit Jugendbewegung und so?«

»Also, ich fand das letzte Jahr ganz schön bewegt«, schmollte Jonas, »und überhaupt: Die Eltern haben vieles richtig gemacht, die sind noch immer total glücklich miteinander. Ich war ihr einziges gröberes Problem.«

Stimmt, dachte Lilly. Trotzdem hatte sie sich vorgestellt, dass Jonas weniger wie die Eltern würde, mehr wie sie selbst. Ein Künstler, ein Intellektueller. Die Inkarnation von Bohème. So was war ja auch auf dem Land vorstellbar. Mit einem schönen Atelier mitten im Dorf zum Beispiel, mit Künstlerfesten unter Obstbäumen. Jetzt wollte er die Reinkarnation ihrer Eltern werden, ausgerechnet, Lilly hatte immer gedacht, dass sie das Kind sei, das ihre Eltern verstand, ihnen nahestand. Offenbar hatte sie sich geirrt. Vielleicht hatte der Altersunterschied zwischen Jonas und den Eltern ja auch sein Gutes. Vielleicht betrachtete er sie ganz einfach als Menschen aus einer andern Zeit, deren Lebensentwurf man nicht sekündlich mit dem eigenen abgleichen musste. Von denen man sich nicht dauernd zu distanzieren brauchte, weil die Jahre schon ihre klare Distanz dazwischengeworfen hatten. Niemals wäre es ihr in den Sinn gekommen, ihre Eltern als Vorbilder zu betrachten. Jonas war zwölf Jahre jünger als Lilly. Zwischen ihren Eltern und Jonas lagen also nicht beinah drei, sondern ganze vier Jahrzehnte. Andere Kinder hatten Großeltern, die wohl nicht viel älter waren, und zu Großeltern schaute man normalerweise auf.

»Übernimmst du den Hof?«, fragte sie.

»Warum nicht?«

Lilly schaute ihn an und ihr war, als könne sie durch ihn hindurch in eine Zukunft blicken, die lebendig war und stallwarm, in der glückliche Jungtiere mit kleinen Kindern um die Wette schissen, und mittendrin Jonas und eine ungeschminkte junge Frau. Sie stellte sich vor, wie ihr Bruder auf seinem Hof langsam Muskeln ansetzte und etwas Fett, es würde ihm guttun, es läge eine zusätzliche Selbstsicherheit in seiner Körpermasse. Nur die Frage nach einer angemessenen Frau war komplex, irgendwie passte das dünnere der beiden Räubermädchen, mit dem Jonas unterdessen ging, nicht so richtig ins Bild. Jedenfalls nicht in Lillys Bilderbuch-Bild von der Zukunft ihres kleinen Bruders. Sie sah den militanten Lidstrich aus der Stadt einfach nicht im Stall stehen. Sicher würde Jonas während seiner Ausbildung ein süßes Biomädchen kennenlernen, so eine wie aus der irischen Butter-Werbung mit rotblonden Locken und Sommersprossen, die aus der Wolle eigener Schafe dicke Pullover strickte, im

Herbst mit einem Tuch die Äpfel polierte und andauernd duftende Kuchen und Brote aus dem Ofen holte. Und die Kunden in Lillys Bistro würden immer öfter nach Fleisch vom Jonashof verlangen. Wieso auch nicht? Es war eine Utopie, mehr nicht. Immerhin eine, bei deren Verfertigung Jonas und die Eltern einander finden würden, mehr als in all den Jahren bisher. Vorerst jedenfalls, bis Jonas wirklich wusste, was er wollte. Er wurde erst sechzehn. Es gab keinen Grund, ihm zu trauen.

»Ich muss dann mal«, sagte sie, wusch sich die Hände, küsste Jonas trotz ihrer Gekränktheit auf die Wange und Alex so, dass ihre Lippen zufälligerweise seine streiften, nur ganz kurz. Seine dunkler werdenden Augen verrieten ihr, dass bereits dies ein Fehler gewesen war. Sie musste damit aufhören! Jetzt! Auch wenn sie das gerade ganz deutlich vor sich sah, eine Zukunft mit Alex. Sie könnten sich paaren, könnten Kinder kriegen, Alex wäre ein Traumvater, zudem ein Ernährer, nach seinem Studium würde er nicht auf der Straße stehen wie sie, im Gegenteil, er würde Karriere machen und trotzdem ein guter Mensch bleiben, schon jetzt beriet er einmal die Woche einen aufstrebenden linken Jung-politiker und verdiente damit weit mehr als nur seine Miete. Und das Beste: Sie beide hätten trotz wachsendem Wohl-stand die gemeinsame Erfahrung aus der WG, hätten ihr kleines, halbwegs wildes Stück Vergangenheit, von dem sie ihren Kindern wieder und wieder erzählen könnten, zusam-men mit Sue, die selbstverständlich eine Traumtante würde, so exzentrisch und versponnen, wie Kinder es liebten. Beson-ders die Tochter wäre heillos in Sue verschossen, und Sue würde sie zuscheißen mit hässlichem Glitzerschrott aus Plastik, mit Regenbogen-Pferdchen und Hello-Kitty-Täschchen. Und eines Tages, wenn die Tochter ungefähr so alt wäre wie Jonas jetzt und verzweifeln würde an der spießigen Langweiligkeit ihrer Eltern, würde Lilly sie beiseitenehmen und sagen: »Weißt du eigentlich, dass deine Tante Sue und ich früher extrem heißen Sex hatten, damals in der WG?« Und Lillys Streetcredibility als nicht immer schon konventionelle Mutter wäre auf Jahre hinaus saniert. Oder auch nicht. Denn vielleicht würde die Tochter gar nicht Lillys Wünschen gemäß geraten, vielleicht würde sie so eine Neuchristliche, so eine mit Freizeit in der Freikirche und kein Sex vor der Ehe. Nein, das durfte nicht sein! Die Kinder von Lilly und Alex würden kluge, besondere und besonnene junge Menschen werden.

Sie schlug die Wohnungstür hinter sich zu, rannte die Treppe hinunter, die Tofuküche der Veganer stank tatsächlich schon wieder unerträglich, Jonas hatte recht. Sie hielt den Atem an, bis sie auf der Straße stand, unter blühenden Bäumen. Es war Mai, der Frühling war jetzt so reif, dass er tageweise bereits in den Sommer kippte, und heute war ein besonders warmer Tag. Sie trug ein buntes Kleid und keine Strümpfe, sie blickte an sich hinunter, alles war noch etwas bleich, sie gefiel sich trotzdem und freute sich ausnahmsweise auf die Arbeit. Kellnerin war auch ein Beruf, in vielen Ländern sogar ein richtig wichtiger, egal, was Jonas sich so dachte. Und schönes Wetter machte die Kundschaft netter, das war ein uraltes Gastronomie-Gesetz. Weil sich dann alle am Lago Maggiore wähnten oder am Canal Grande.

Sie spürte, wie unter der Sonne etwas von ihr abfiel oder abplatzte, wie etwas Klebriges trocknete und in schmutzigen Krümeln zu Boden rieselte. Etwas aus Angst, Sorge und nachwinterlicher Schwere. Wie sie leichter wurde, an eine Oberfläche schoss, nach Luft schnappte. Wie sie lebte. Sie. Nur sie.

Mit etwas Glück würde heute Anna wieder ins Bistro kommen. Lilly fragte sich, was sie eigentlich über Anna wusste. Fast nichts. Immerhin kannte sie ihre Ess- und Trinkgewohnheiten, ihre diversen engen schwarzen Hosen und taillierten Mäntel mit den militärischen Knopfreihen und den kleinen Schulterpolstern. Ihre Art, den Hals leicht zu überdehnen, als litte sie unter einem verspannten Nacken. Den weichen Fall ihres blonden Haares. Ihre Augen, die eigenständige Wesen zu sein schienen, träumende blaue Tiere. Sie hätte gern gewusst, wie Anna wohnte. Ob sie sich dort wohlfühlen würde und wie sich all das Leben, das Anna schon gelebt hatte, manifestieren würde. Und ob es sich dort gut schlafen ließ.

31

Max saß auf der Sonnenterrasse des Berghotels. Nicht irgendeines Berghotels, sondern demjenigen mit dem besten Rating aller alpinen Viersternehotels. Er hatte sich nicht auf die Dilettanten von Tripadvisor verlassen, sondern die Fachzeitschriften der Tourismusbranche studiert. Denn dies war die letzte Station seiner Reise, sie musste hervorragend sein. Ein Gesamtpaket aus ausgezeichnet. Bei jedem Bissen,

jedem Ausblick, in jeder Sekunde Schlaf. Aber ohne die ein-
schüchternde Blasiertheit mondäner Fünfsterne-Betriebe.
Die hätte ihn nur kleingemacht, obwohl er sich in den letzten Wochen eine gewisse Blasiertheit antrainiert hatte. Er
war jetzt ein Neureicher in Sachen beiläufiger Weltläufigkeit. Bald würde er nach Hause fahren, ohne so richtig zu
wissen, wozu. Er musste sich um Dinge kümmern. Seit über
zwei Monaten hatte er keine Rechnungen mehr bezahlt und
er wusste nicht, wie es eigentlich um seinen Job stand, ob ein
»Bis auf Weiteres krankgeschrieben« bedeutete, dass man
ihn jetzt als reinen Versicherungsfall betrachtete, als einen,
der als Lehrer im Grunde nicht mehr tragbar war und abge-
wickelt werden musste.

Er hatte die *New York Times*, *El País* und die *Frankfurter
Allgemeine Zeitung* vor sich liegen und fühlte sich gut. So
richtig gut. Heiter. Gelassen. Er streckte sich, sein Blick fiel
auf seine Schuhe, sie waren aus Rom, rehbraun und hand-
genäht, er konnte damit keinen Schritt außerhalb des Hotels
tun, denn dort lagen die letzten, sehr nassen Reste von
Schnee, aber hier, auf der Terrasse, sagten ihm die Schuhe,
dass er die vergangenen Wochen über genau das Richtige
getan hatte. Nämlich nichts. Beziehungsweise endlich einmal das, was er schon lange hätte tun sollen. Reisen, sich
wieder an Zigarren gewöhnen, in eleganten Bars Whisky
und Kognak trinken. Beim Bestellen mit zigarrenheiserer
Stimme sagen: »Rauch, Torf, Salz, Leder, gern mit einer
leichten Sherry-Fass-Note.« Knausgård lesen. Sich so lange
irgendwo an die Sonne setzen und schönen Frauen nachschauen, bis er eine Farbe hatte wie andere um diese Jahres-

zeit nur nach Tauchferien in Hurghada. Sich teure Autos mieten, Fitzgerald lesen, einen Golfkurs besuchen. Und sich die Freiheit nehmen, ihn bereits nach einer Lektion wieder abzubrechen, weil er dabei zu sehr an seine Eltern denken musste. Highsmith lesen, stundenlang durch Straßen schlendern, die deutlich breiter oder enger waren als zu Hause, prächtiger, schäbiger. Straßen, in denen er sich riesig oder winzig klein fühlte, in denen er sich anders fühlte. Und anders war in jedem Falle besser. Anders war ein ausgezeichnetes Gefühl. Auch wenn es bis ins letzte Detail hinein aus Mosaiksteinchen klassischer Männerklischees bestand. Max war sich dessen bewusst, es störte ihn nicht. Schließlich wurde etwas zum Klischee, wenn es zu viele gleichzeitig begehrten. Weil sie daran glaubten, dass im Kern des Klischees ein Stück Glück auf sie wartete.

Zum ersten Mal in seinem Leben ließ er los. Nicht nur für eine einzelne Stunde mit Sue an einem Samstagabend. Er ließ seine Furcht und seine Vorsicht fahren, er genoss sein Geld und seine Zeit, er hatte sich das verdient. Himmel noch mal, all die geduckten Jahre in der Kleinstadt waren jetzt vorbei, die masochistische Knausrigkeit, die Existenz am unteren Rand der Bedeutungslosigkeit. Jetzt würde er seinem Namen gerecht werden und das Maximum aus seinem Leben holen. Er war bereit zur Größe, das spürte er ganz deutlich, zu einer Geste, die den Lauf der Welt, wie sie ihn kannte, für immer verändern würde. Er hatte noch keine Ahnung, wie diese abgesehen von seiner bildungsbürgerlichen und damit wieder typisch lehrerhaften Italienreise aussehen sollte, aber der Tag würde kommen.

Das Einzige, was Max in diesen Wochen nicht getan hatte, war, für eine Frau zu bezahlen. Er hatte mit Frauen geschlafen, das schon, mit einer verzweifelten amerikanischen Touristin in Rom, mit einer einheimischen Reiseführerin in Rimini, mit einer älteren, allwissenden Kellnerin in Genua. Es waren Nächte gewesen, die sich aus einem Überschuss an Rotwein und Selbstbewusstsein ergeben hatten, zufällige Nächte ohne Nachwehen. Seine Erinnerungen an die Frauen waren freundlich, doch keineswegs euphorisch. Und ein bisschen schuldbewusst. Die Frauen waren so was wie Convenience Food auf dem Weg seiner Genesung gewesen. Mit einer Prostituierten zu schlafen, schaffte er nicht, versuchte es nicht einmal. Obwohl sie sich in den schmalen Gassen von Genua an ihn hefteten, ihn umschlangen mit ihren krakenartigen Armen und Beinen. So, dass Max sich in den Vorspann eines Bond-Films versetzt fühlte, in jene paar Minuten während des Titelsongs, wenn Frauen sich in tierartige, bewegte Ornamente verwandeln und der Mann, also Bond, zum Gegenstand ihrer Gier wird. Wenn sich alle auflösen in das überaus ästhetische Muster eines allumfassenden Begehrens, gepaart mit der erektilen Schönheit von Pistolen und in Zeitlupe durchs Bild gleitenden Kugeln.

Es war ein hohler Gedanke, das war ihm sofort klar. Trotzdem war er wieder und wieder durch die Gassen gegangen, hatte genossen, wie plötzlich eine feingliedrige Hand mit aufgeklebten, silbernen Nägeln und einer tätowierten Rose nach ihm griff, wie sich ihm ein Bein, das mit einem Latexstiefel verschmolzen schien, in den Weg stellte. Er schaute nur, er sprach sie nicht an, jede Kommunikation hätte eine kommerzielle Absicht gehabt, auf die er nicht eingehen wollte. Denn das wäre, als würde er Sue betrügen. Und Sue war schließlich seine Nutte. Eine mit speziellen Vorzügen, eine mit Anhang, mit Jonas, Lilly und Alex.

Max mochte sie. Sehr sogar. Die beiden Mädchen und Jonas schienen so zu leben, wie er es selbst nie geschafft hatte – ohne Sicherheit. Manchmal fragte er sich, was sie sich alle den ganzen Tag über so dachten, was sie taten, ob irgendwas davon seinen eigenen Gedanken, seinem Alltag entsprochen hätte, ob die drei überhaupt langweilig sein konnten oder ob bei ihnen alles außergewöhnlich war. Manchmal stellte er sich vor, dass sie bloß vorübergehend in der Stadt gewesen waren, quasi im Winterquartier, dass sie bereits jetzt ganz woanders waren, in Südfrankreich zum Beispiel oder in Spanien, Fahrende, Zirkuskinder, *Les enfants du paradis*, Max liebte diesen alten Film über alles. Er war sich sicher, dass die drei zu leben verstanden, nach ganz anderen Gesetzen, als er sie kannte. Und er war sich ebenfalls sicher, dass sie bei aller Freiheit sein Geld brauchen konnten. Es bereitete ihm Freude, ab und zu einen Umschlag mit Scheinen auf ein Postamt zu tragen. Er versteckte die Scheine in mehreren Bögen Papier, auf das er nur einen einzigen Satz schrieb. Damit sie wussten, dass das Geld von ihm kam, nicht von irgendeinem Perversling, und dass er ihnen gewogen und noch am Leben war. Sein Rückzug als Sues Freier war abrupt und unhöflich gewesen, deshalb war es ihm wichtig, dass ihn die WG als höflichen Menschen in Erinnerung behielt. Jedenfalls die Mädchen und Jonas. Einzig zu Alex fühlte er keinen richtigen Bezug, er hatte nie mit ihm geredet, Alex war immer gerade mit Einkäufen nach Hause gekommen, hatte am Herd gestanden und seine Eintöpfe gekocht, etwas repariert, Wäsche aus dem Keller geholt oder Hausaufgaben mit Jonas gemacht. Ein Mann wie eine Mutter. Max vermutete, dass Alex dies nicht nur aus eigenem Antrieb machte, sondern weil er in Lilly verliebt war. Was ja auch jeder verstehen konnte, der Augen im Kopf hatte. Nicht, dass Lilly so offensiv, so puppenmäßig schön war wie Sue, aber sie hatte etwas von einer grimmig verschlossenen Rosenknospe. Irgendeiner würde es schaffen, sie zu öffnen, sie in einen Zustand glücklicher Gelöstheit zu versetzen. In einen Zustand, wie ihn Max jetzt erlebte, seit Wochen, seit Monaten. Seit er auf der Hut war vor sich selbst und seinem Innenleben durch das hemmungslose Ausleben all der schönen Klischees Einhalt gebot. Seit seinem Zusammenbruch also.

Eigentlich hatte er in jener Nacht erwartet, dass jemand mithilfe der Polizei seine Wohnungstüre aufbrechen würde. Oder dass die Feuerwehr mit einer Leiter zu seinem Balkon hochklettern, das Fenster einschlagen und ihn retten würde. Überhaupt hatte er angenommen, dass er dabei beobachtet wurde, wie er sich halbnackt im Wohnzimmer seinen Schenkel zerschnitt. Dass die Nachbarn auf der andern Straßenseite mit einem Feldstecher dasitzen würden wie in diesem Hitchcock-Film. Nichts war passiert. Am Ende waren alle Städte gleich, die großen und die kleinen: Viele wussten vieles und alle taten nichts. Max war eingeschlafen und drei Stunden später wieder aufgewacht. Er wollte sich aufsetzen, stützte sich auf dem Boden ab, doch die Hand geriet in die schleimig gerinnende Blutlache, rutschte weg und er fiel schwer wie ein Sack voller Bleikugeln auf seinen Hinterkopf. Scheiße, Gehirnerschütterung, wollte er denken, aber noch im Denken verdrehte sich das Wort zu Geschirnerhütterung, und er musste sich übergeben. Er blieb eine Weile liegen, drehte sich auf den Bauch, erhob sich vorsichtig auf alle viere, kroch mit seinem vor Schmerz wie elektrisiert vor sich hin zuckenden Oberschenkel durch die Wohnung und suchte sein Handy. Und rief die einzige Frau an, der er eine sachgerechte Abwicklung seines Falls zutraute.

Zwanzig Minuten später stand Sarah vor der Tür. Ihre Zöpfe sahen aus, als hätte sie schon ein paar Stunden darauf geschlafen, und ohne Make-up wirkte sie wie siebzehn. Mädchenhaft, niedlich. Doch Max wusste es besser, wusste, dass dieser Eindruck täuschte, Sarah lernte schnell. In den letzten Monaten hatte sie Kurse belegt. »Führen für Frauen«, »To care and be in charge«, »Systemisches Selbstbewusstsein«. Er konnte zwar nicht mehr mit ihr reden, dafür war sie auf schmerzfreie Art effizient geworden. Nicht mehr so verhuscht wie in ihren ersten Wochen, als er sie nach misslungenen schulpsychologischen Interventionen regelmäßig heulend im Lehrerzimmer gefunden hatte. Das war vorbei, jetzt war sie lösungsorientiert und tough. Im Gegensatz zu Max, der sich im Flur mit letzter Kraft auf einen Stuhl gehievt und neben der Tür auf sie gewartet hatte. Wenigstens hatte er es geschafft, sich die Sofadecke um die Hüfte zu schlingen.

»Boah, musste das sein!«, sagte Sarah als Erstes. Sie ging an ihm vorbei, schaute sich das Wohnzimmer an, das zerstörte Sofa, die leere Flasche, das Blut, die Kotze.

»Zeig mal!«

Max zurrte die Decke fester um seine Hüfte.

»Tu nicht so prüde! Mach weg!«

Max schüttelte den Kopf. Und musste sich sofort wieder übergeben.

»Verdammt, du kannst mich nicht mitten in der Nacht anrufen und ins Telefon wimmern: ›Hilf mir!‹, und dann bist du so ein Baby! Hinlegen! Tuch weg!«

Max gehorchte. Legte das Tuch weg und band seine zerschnittene Unterhose vom Oberschenkel los.

»Okay«, sagte Sarah, »wir müssen dich jetzt sauber kriegen, anders geht das nicht. Und dann ruf ich einen Krankenwagen ...«

»Hilf mir«, sagte Max ganz leise, »ich kann so nicht arbeiten, ich brauch ein Zeugnis, ich brauch Medikamente, ich ...«

»Und ich hab die Kontakte, so als Schulpsychologin? Könnte sein! Ob ich dazu Lust habe, weiß ich noch nicht. Frag mich morgen wieder.«

Natürlich hatte sie ihm geholfen. Sie war eine Frau, und Frauen wurden so zuverlässig von einem Helfersyndrom geplagt wie von der Menstruation. Hatte Max irgendwo gelesen, wahrscheinlich bei Knausgård oder in der *GQ*. Helfen war für Männer ein Akt nobler Selbstbehauptung, für Frauen war es innere Not. Es war ganz einfach der Unterschied zwischen Rittern und Krankenschwestern. Sarah hatte ihm zuverlässig einen diskreten Kollegen vermittelt, der ihn bis auf Weiteres wegen einer Erschöpfungsdepression mit starkem Risiko zu suizidaler Tendenz krankschrieb. Keiner wunderte

sich darüber. Der Anwalt, der Hausmeister und der Biologielehrer, mit denen er sich zum Stammtisch und gelegentlich
zum Fußball traf, gaben ohne zu zögern Anna die Schuld.
Max sei schon den ganzen Winter über nicht er selbst gewesen, sagten sie, er habe die Trennung kaum ertragen und
habe ganz klar depressiv und beunruhigend labil gewirkt,
niedergeschlagen und in sich gekehrt. Zudem habe er mehr
getrunken als gewöhnlich, auch in der Stadt, er sei dabei
beobachtet worden, wie er gewisse Bars im Rotlichtviertel
frequentiert habe.

Woher sie ihre Informationen hatten, fragte sich außer
Max niemand. Es war ihm egal. Irgendeinen Grund für seinen Zustand würde es wohl geben. Und Anna war ein guter
Grund für eine schlechte Sache. Der Kollege von Sarah ver-
schrieb ihm Medikamente, er fühlte sich ausgeglichener
damit, auch wenn es nicht Ausgeglichenheit war, wonach er
suchte, und Auto fahren durfte er damit ebenfalls nicht.
Schon in Rom ließ er die Tabletten in den Abfalleimer seines
Hotelbadezimmers fallen, wo sie von der Putzfrau entsorgt
wurden. Seither fühlte er wieder etwas, fühlte, dass er das
Maximum aus seinem Leben herausholen konnte. Bald. Alles
war ganz einfach.

32

Natürlich erzählte Anna Frau Blume von ihrer Nacht mit F.,
noch auf der Eröffnungsparty des Theatertreffens. Worauf
Frau Blume in ihrer royalen Art zu F. ging und mit strenger

Miene sagte: »Wieso stehst du nicht zu meiner Anna?«, und F. mit hochrotem Kopf auf Anna losging und zischte: »Verdammt, ich dachte, du bist cool! Ich werde in wenigen Tagen Vater, ich hab jetzt keinen Nerv für so was!« Dies wurde von einigen Umstehenden neugierig zur Kenntnis genommen und führte bei Anna wiederum zu einer überbordenden Lust am Performativen, schließlich befand sie sich auf einer Theaterparty. Sie sagte etwas nicht besonders Nettes, das höchstwahrscheinlich klang wie: »Kinder? Sind verschwendetes horizontales Kapital.« Die Umstehenden lachten und jemand sorgte dafür, dass sich ein gefährliches Mixgetränk namens »Curtain Call« in Annas Hand wiederfand. Dieses wurde ihr jedoch von F. entrissen und geext, weil er inzwischen den Unterhaltungswert der Lage und die potenziell blamable Entwicklung seiner Rolle begriffen und sich ebenfalls für die Performance entschieden hatte. Aus den Lautsprechern dröhnte der ewige Premierenparty-Klassiker *Roxanne*, F. riss Anna an sich, sie ließ sich fallen, ließ sich drehen, ließ sich gehen. Es war natürlich kein Tango, was sie aufführten, sondern bloß die Simulation eines Tangos, etwa so, als würden Männer *Schwanensee* tanzen. Dann war er vorbei. Und sie wusste, dass F. immer noch sauer war, wenn auch nicht sehr. »So, jetzt geh Vater werden«, sagte sie, »viel Glück dabei!«

Danach trank und tanzte sie weiter, alleine, mit andern und amüsierte sich dabei so viel mehr als in den letzten Monaten zu Hause. Was für eine wundervolle Nacht, sie war Frau Blume dankbar für ihre Taktlosigkeit und fühlte sich so beschwingt wie mit 34 oder sogar 25 Jahren, und als

Madonna sang »Time goes bye so slowly for those who wait, no time to hesitate«, verließ sie die Tanzfläche, die Party, nahm ein Taxi zurück ins Hotel. Am liebsten hätte sie sich sofort in ein Flugzeug nach Hause gesetzt, ein Flugzeug in Richtung Lilly. Sie würde jetzt handeln. Zögern war blöd, das fand Madonna auch. In ihren Träumen war Lilly längst die leading lady, die Frau am Steuer des eisvogelblauen Autos.

Sie fragte sich, was Lilly wohl für Musik hörte, wahrscheinlich würde sie es sowieso nicht kennen, sie kannte sich besser aus mit Theater. Gut möglich, dass Lilly Theater für langweilig und unsexy hielt. Genau so, wie sie Annas Job unsexy finden würde, einen Bürojob, der seit Frau Blumes Abgang definitiv jeden Hauch von Alltagsglamour verwirkt hatte. Dagegen halfen auch Premierenfeiern nicht. Ganz davon abgesehen, dass Anna dort keine Befugnis zu übertriebener Ausgelassenheit wie in Berlin hatte. In ihrer Stadt war sie eine Funktionärin, und eine Funktionärin hatte sich nach einem gewissen Verhaltenskodex zu richten.

Sie fragte sich auch, wie es wäre, wenn sie mit Lilly zu solchen Terminen erscheinen würde, ob Lilly daran Spaß hätte, was die Leute sagen würden, ob sie Lilly für Annas Nichte oder Assistentin halten würden. Wahrscheinlich würden sie sich darüber ähnlich wundern wie über einen Mann und seine jüngere Begleiterin, also gar nicht bis kaum. Und ziemlich sicher würden sie es nicht einmal wagen, sich darüber zu wundern, dass Lilly eine Frau war. Womöglich würden sie an diese etwas dümmliche Geschichte von Thomas Mann denken, *Die Betrogene*, in der sich eine Frau in den Wechseljahren in einen jungen Mann verliebt und noch einmal voller Freude menstruiert. Was dann gar nichts mit ihren Hormonen, sondern mit einem fortgeschrittenen Gebärmutterkrebs zu tun hat, an dem die blödsinnig Verknallte in kürzester Zeit stirbt. Anna hasste die Geschichte. Und sie wollte gar nicht erst anfangen, darüber nachzudenken, wie sie Lilly das mit ihren eigenen Wechseljahren nahebringen sollte. Dieses »Sorry, wir können nicht unter einer Decke schlafen, das geht unmöglich mit meinen Hitzewallungen«. Allerdings machten die Wallungen netterweise seit Monaten Pause. Vielleicht könnte das Schicksal ja ein Zusammenkommen mit Lilly tatsächlich in eine wallungsfreie Zeit fallen lassen. Und vielleicht ergäbe sich aus diesem Zusammenkommen am Ende gar nicht so viel, nur eine kleine Affäre, eine kurzzeitige Realisierung von Annas Traum. Wallungstechnisch gesehen wäre das jedenfalls ganz praktisch. Vielleicht ergab sich auch gar nichts.

Anna spürte, wie sie verzagt wurde, wie sich die gleißend helle Begeisterung für das Experiment Lilly, das sie auf der Tanzfläche plötzlich gepackt und davongetragen hatte, in ein fahles Nebelleuchten verwandelte. Sie hatte mal wieder viel zu viel Energie in das Nachsinnen über Möglichkeiten investiert, hatte sich lieber mit ihren Fantasien beschäftigt als mit der Realität, sie konnte das stunden- und tagelang tun, es war einer der Gründe, weshalb sie sich auch alleine nie wirklich alleine fühlte. Eigentlich eine gute Sache. Wenn auch nicht anwendbar auf die Realität. Ihr iPhone zeigte 03:03. Es war spät. Oder früh. In siebzehn Stunden würde ihr Flug nach Hause gehen. Davor wollte sie noch schwimmen und sich auf dem Tempelhofer Feld in die Sonne legen, Alkohol trinken in Neukölln, sich überlegen, wie sie zu Hause Klarschiff machen könnte. Oder wenigstens in sich drin.

Sie fühlte eine minimal sentimentale Wallung in sich aufsteigen. Nichts, was mit den Wechseljahren zu tun hatte. Dafür mit Max. Der neben all seinen Mängeln wenigstens seine Rolle als Begleitfreund perfekt und klaglos gespielt hatte. Der Anna in der Öffentlichkeit eine wirkungsvolle Aura von Reife und Seriosität verliehen hatte. Zudem hatte sich im Konstrukt von Max und Anna die Realität vortrefflich als Basis für eine ergreifende Fiktion geeignet. Die Realität ging so: Zwei, die sich von früher kannten, führten eine angenehm sachliche, zugleich im höchsten Grade unromantische Beziehung. Die Fiktion dagegen lautete: Zwei ehemalige Highschool-Sweethearts hatten sich nach Jahren der Trennung wiedergefunden und waren nun ein Traumpaar ohne Verfallsdatum. Jedenfalls hatte Anna die Außenwahrnehmung ihrer Beziehung mit knappen Hinweisen in Richtung Fiktion gelenkt. Die Leute fanden so was toll. Nur Frau Blume durchschaute sie und liebte es, Anna in ihrer kompletten Ahnungslosigkeit in Sachen Max mit scheinbar belanglosen Fragen zu überführen. Sie kannte weder seine Lieblingsfarbe (Braun? Grün? Anthrazit?) noch das Kleidergeschäft, wo er am liebsten einkaufte (irgendwo in Italien?), sie war sich nicht sicher, wie er am Sonntag seine Frühstückseier mochte, und hatte ihn noch nie nach seinen Kinderkrankheiten gefragt. Dafür wusste sie genau, wie er zur Bildungsreform (dagegen) und zur Atomenergie (tendenziell dafür) stand. Doch der persönliche Max, das sah Frau Blume ganz richtig, interessierte sie im Grunde nicht.

Anna wusste, dass es ihm seit einigen Wochen schlecht ging. Oder gegangen war. Eine Sarah hatte sie angerufen und Worte benutzt wie »Kollaps«, »Selbstverstümmelung« und »freigestellt«. Doch sie sagte nichts von »sich um Max kümmern« und auch nichts von »längerem Klinikaufenthalt«, und deshalb fühlte sich Annas Pflichtbewusstsein nicht wirklich angesprochen. Eher angeräuspert.

»Sie wissen schon, dass er jetzt eine neue Freundin hat?«, fragte sie.

»Jedenfalls weiß ich, dass er Sie für eine andere verlassen hat«, sagte Sarah, »auch wenn er das Gegenteil behauptet.«

»Eben«, sagte Anna, »dann kann sich jetzt die Neue um ihn kümmern.«

»Sind Sie nachtragend?«

»Nein, nur realistisch.«

»Hm.« Anna hörte, wie die unbekannte Sarah etwas hinunterschluckte. Kaffee, Wein, Zurückhaltung. »Übrigens«, fuhr Sarah fort, »ich versteh das mit dem Schwanz.«

»Bitte?«

»Max hat mir damals Ihre SMS gezeigt. Irgendwas mit ›schönster Promi-Pimmel der westlichen Welt‹. Es hat ihn fast um den Verstand gebracht.«

»Geschieht ihm recht.«

»Ja. War der wirklich so gut?«

»Wer?«

»Der Penis.«

»Absolut. Kennen Sie den von Max?«

»Schon gesehen, ja. Großartig ist anders.«

»Ganz anders«, sagte Anna, und dann brachen sie und Sarah gemeinsam in das wahrscheinlich gemeinste Gelächter des noch jungen Jahres aus.

»Verraten Sie mir was?«, fragte Sarah.

»Vielleicht?«

»Wer war denn der Träger des Promi-Pimmels?«

»Kennen Sie F.?«

»Den Schauspieler?«, fragte Sarah. »Klar. Wow. Sie haben echt mit F.? Ist ja scharf!«

»Easy«, sagte Anna, »und danke für den lustigen Anruf.«

Da hatte Max also eine veritable Szene gemacht. Sie war ein bisschen neidisch auf Sarah, Max hatte während ihrer Beziehung nie so was Exzentrisches wie einen Selbstverstümmelungs-Versuch unternommen. Schade, sie hätte das gern gesehen, das verwüstete Wohnzimmer, den verwüsteten Max. Sie konnte sich das nur zu gut vorstellen mit dem zerfetzten Sofa und dem Blut, das sich im Parkett festsetzen würde. Ob man das noch lange roch? Oder überhaupt? Die Berliner WG, in der Anna mit der herben Frau gewohnt hatte, lag direkt über einer Metzgerei, in der gelegentlich geschlachtet wurde. An warmen Tagen war der süßliche Blutgeruch durch die Dielenbretter in die Wohnung hochgezogen, es hatte kein Entkommen gegeben, nur Gewöhnung. So schlimm war es bei Max kaum gewesen. Wenigstens hatte er dem schönen Fernseher nichts angetan. Ob er so was schon in den Jahren durchgezogen hatte, in denen sie nichts voneinander wussten? Oder war das nun einer dieser oft strapazierten Schreie nach Aufmerksamkeit? Hätte er sich dafür nicht einfach mal einen Facebook- oder Insta-gram-Account einrichten können? Bestimmt war der Hash-tag #tragicteacher noch zu haben. Sie setzte sich an ihren Laptop und googelte #tragicteacher und fand bloß: »Tragic: Teacher shot at home.« So weit war Max noch nicht, oder? Sie musste dringend die Todesanzeigen in den Tageszei-tungen genauer studieren. Das war vor mehreren Wochen gewesen. Natürlich hatte sie vergessen, die Todesanzeigen anzuschauen.

Annas iPhone zeigte 03:19 Uhr, vor ihrem Hotelfenster lag Berlin und glich wie immer einem abgewetzten Spiel-zeug. Bis 3:35 Uhr wollte sie noch warten, dann würde sie so-wieso aufs Klo müssen wie jede Nacht. Und danach würden ihr wahrscheinlich noch ein paar White-Noise-Einschlaf-Übungen bevorstehen. Obwohl sie nicht wusste, welche ab-wegigen Punkte des vergangenen Tages sie miteinander kurzschließen könnte. Mit welchen absurden Gedanken-gängen sie ihr Gehirn so sehr beschäftigen könnte, bis es vor Erschöpfung kollabierte und sie einschlafen konnte. Alles war klar. F. hatte sich erledigt, Max hatte sich erledigt, blieb bloß Lilly. Anna fühlte sich hellwach und stark. Vielleicht sollte sie spazieren gehen?

Sie schaute nach draußen. Vor dem 24-Stunden-Döner hatte sich eine lange Schlange gebildet. Über dem Eingang der Spielothek blinkte eine grinsende Sonne. Jemand zog einen Rollkoffer über den Gehsteig. Über einen dieser Berliner Gehsteige, auf denen auch im Sommer Reste vom Wintersplitt lagen und die Schuhe kaputt machten. Nir-gendwo auf der Welt ruinierte sich Anna ihre Schuhe so schnell wie in Berlin. Irgendwo auf der Welt würde jetzt vielleicht auch Max in eine Nacht starren. Oder schlafen. Oder tot sein.

33

»Er kommt zurück.«

»Jetzt plötzlich?«

»Hat er zumindest geschrieben.«

»Schon wieder? Mit Geld?«

»Ja. Und nein.«

»Und musst du ihn …«

»Bedienen? Melken? Befriedigen? Ja, am Samstag, wie immer.«

»Hast du Lust?«

»Spinnst du? Ich dachte, das sei vorbei. Ich will Mädchen knallen!«

»Dann eröffne halt einen Lesben-Puff! Stell dir mal vor, all die steinreichen Lesben dieser Stadt, all die Kunsthändlerinnen, Anwältinnen, Politikerinnen. Und all die neugierigen Hausfrauen!«

»Und Mitbewohnerinnen …«, sagte Sue und schaute Lilly unter ihren langen, heute mit türkisblauen Federchen verzierten Wimpern vielsagend an. Lilly versuchte, so eindeutig wie möglich zurückzuschauen. Quasi mit einem lieb gemeinten »Nein« in den Augen. Gab es in ihrer WG eigentlich niemanden, der nicht mit ihr schlafen wollte? Sie fragte sich, wen sie wählen würde, wenn sie sich für eine

Nacht mit Sue oder Alex entscheiden müsste. Mit Sue wäre es ungefährlicher, Gefühle prallten von ihr so gründlich ab, als wäre sie aus Plastik. Alex war Alex, ein Risiko, reizvoller. Obwohl Lilly beim Gedanken an Sex mit Sue ein allzu eindeutiges Stechen in ihrem Unterleib spürte. Am liebsten hätte sie sich sofort zwischen Sues Beine gekniet. Der Mai machte sie wirklich fertig. Sie war schon mit einem Ständer erwacht, hatte sich vorgestellt, sie läge im großen Hörsaal der Uni nackt auf einem Tisch vor vielen Zuschauern, und die Mediziner würden mit ästhetisch geformtem Mediziner-Werkzeug die nervliche Reaktion ihrer Geschlechtsteile testen. Es war keine wirklich raffinierte Masturbationsfantasie und bloß ihre zweitbeste. Die beste spielte in einer Autowerkstatt, sie lag dabei nackt auf der Motorhaube eines irrsinnig teuren Autos, eine schöne Garagistin übergoss sie mit körperwarmem Motorenöl und befriedigte sie auf alle möglichen Arten. Werkzeuge spielten in dieser Fantasie keine Rolle, dafür ein Pneu, doch Lilly hatte vergessen, welche, weshalb sie sich auf das Hörsaal-Szenarium beschränken musste. Eine Masturbationsfantasie funktionierte nur, wenn sich jedes nötige Detail einsatzbereit auf seinem Platz fand.

»Nun?«, fragte Sue, und ihre Stimme klang so dunkel, warm und klebrig, als läge sie unter einer frischen Schicht von flüssigem Teer. Lilly liebte den Geruch von Teer, besonders von warmem Teer im Regen, und ganz besonders, wenn sie im Sommer mit nackten Beinen über den verregneten, dampfenden Teer ging, es stieg ihr nicht nur in die Nase, sondern auch zwischen die Beine, es … Wahrscheinlich war sie im höchsten Grade prämenstruell. Beziehungsweise furchtbar fruchtbar. Sie wandte sich mit glühendem Gesicht von Sue ab, riss die Balkontüre auf und stellte sich in den kleinen Blumengarten, den sie sich mit dem Geld von Max geleistet hatten. Sie blickte nach unten, in den Hof, da war zwar ein Teerbelag, aber ein alter, schrundiger, der bei Regen höchstens nach aufgeweichter Hundescheiße roch. Sie spürte, wie ihr Kopf wieder klar wurde.

»Kochen wir heute Abend eigentlich was?«, fragte sie in die Küche hinein.

»Zwei Regeln«, sagte Sue, »ich vögle Männer nur gegen Geld. Und ich koche nur gegen Geld.«

»Und im Gegensatz zum Vögeln bist du als Köchin auch noch richtig schlecht«, sagte Lilly, »ich frag Alex.« Genau, dachte sie. Erst frag ich ihn, dann fick ich ihn. Oder auch nicht. Nein, prämenstruell konnte sie nicht sein, sie hatte einfach schon viel zu lange keinen Sex mehr gehabt, neun Monate lang! Jonas war schuld, höchste Zeit, dass er ging. Verdammt, sie war 27 und hatte vor neun Monaten zum letzten Mal mit jemandem geschlafen! In ihrem Alter war das so schlimm wie neunzehn Monate. In ihrem Alter musste sie noch Quote machen. Erst gestern hatte die 25-jährige Küchenhilfe im Bistro gesagt: »Wenn ich mit fünfzig Männern geschlafen habe, schmeiß ich eine Party!« – »Und? Wie viele brauchst du noch?«, hatte Lilly gefragt. »Drei oder vier«, hatte die Küchenhilfe geantwortet, und Lilly hatte gerechnet. Und war selbst lediglich auf schockierende neunzehn Sexualpartner und -partnerinnen gekommen, inklusive One-Night-Stands. Sie war quasi noch Jungfrau und nicht nur in Sachen Karriere eine totale Versagerin. Es gab Leute, die hatten Geld auf dem Konto, andere hatten Sex. Sie hatte keins von beiden.

Sie fragte sich, mit wie vielen Sue wohl schon geschlafen hatte. Es mussten weit über hundert sein. Und Alex? Schwer zu sagen. Als sie zusammengezogen waren, hatte er eine Freundin gehabt, eine wie er, groß, dünn, dunkles Haar, Ramones-T-Shirts und Lederjacke, eine Frau wie eine schwarze Schwertlilie. Kurz darauf war sie nach London gezogen, um Mode zu studieren, und arbeitete inzwischen als Ausstatterin beim Film. Danach hatten sich ein paar weitere in der WG herumgetrieben, hatten sich meist kurz vor dem Frühstück verabschiedet oder angestrengt versucht, sich in die WG einzubringen. Geblieben war keine. Wahrscheinlich verbrachte Alex seine Nächte lieber am Computer als im Bett. Bestimmt ging er via Computer an Orte, zu denen ihn kein Mädchen begleiten wollte. Snuff-Pornos zum Beispiel, Frauenhandel, richtig krasser Sado-Maso-Sex mit Live-Penis-Piercings und Wäscheklammern an Schamlippen und diese ganz perversen Analdinger mit den kollabierenden Schließmuskeln. Lilly fühlte eine bittere Übelkeit in sich aufsteigen, sie musste dringend mit dem allzu genauen Ausmalen sexueller Perversionen aufhören, das wurde sonst alles zu drastisch. Die Zeichnungen ihres Bruders waren dagegen pittoreske Heiligenbilder. Sie atmete tief ein, aus, ein, sie steckte ihre Nase in eine Rose auf dem Balkon. Leider roch die Rose nur nach Sues hochgiftigem Düngemittel gegen Blattläuse. Aber die Maiglöckchen daneben dufteten gut. Wie diese englische Seife, die ihre Groß-mutter so gerne benutzte. Lily of the valley. Ihre Großmutter behauptete ja, Lilly würde nur deshalb Lilly heißen. An Großmutter zu denken half immer, alles gut. Alex war nicht pervers, Alex war fürsorglich, groß und lieb.

»Süße, bist du okay?«, fragte Sue. Lilly antwortete nicht. Sie ging in ihr Zimmer. Auf dem Bücherregal stand zwischen den Büchern von Bret Easton Ellis und Jane Austen eine Flasche Gin, das Weihnachtsgeschenk ihres Chefs. Sie setzte die Flasche an die Lippen und nahm einen Schluck. Schmeckte unverdünnt ekelhaft. Aber wenigstens war die Bitterkeit in ihrem Mund jetzt weg. Nach einem zweiten Schluck war es, als würde ihre Schädeldecke sanft geöffnet und ihr Gehirn mit einem wohltuenden Heizstrahler erwärmt, ein großartiges Gefühl. Mit wie vielen die blonde Anna wohl geschlafen hatte? Wahrscheinlich ging sie regelmäßig zu diesen Sexpartys reicher, reifer Menschen auf alten Schlössern, es würde zu ihr passen. Schließlich kannte sie F. Und dem wurde ja restlos alles nachgesagt, was sich die behämmerten Spießer-Medien so ausdenken konnten. Wahrscheinlich war Anna eine unfassbar erfahrene Liebhaberin. Lilly fragte sich, ob sie Anna nicht als strenge Professorin in ihre Hörsaal-Fantasie einbauen sollte. Sie blickte in den kleinen Spiegel neben ihrem Bett und verschmierte sich mit dem Finger das Kajal unter ihren Augen zu einem interessanten Schatten. Ein Schluck noch, dann machte sie sich auf, verließ ihr Zimmer und klopfte an die Tür auf der andern Seite des Flurs.

»Ja?«, fragte Alex.

»Hey«, sagte Lilly. Alex lag auf dem Bett und las ein Buch über post-revolutionäre Strategien des digitalen Establishments.

»Gut?«, fragte sie und deutete auf das Buch.

»Geht so. Ist was?«

»Hmmm, weiß nicht.« Das Fenster von Alex' Zimmer ging auf die Straße hinaus und mitten hinein in einen blühenden Kastanienbaum. Ständer, dachte Lilly, der Baum hat lauter Blütenständer. Sie trat ans Fenster, das frühe Abendlicht hatte sich wie ein goldener Filter über alles gelegt. Die ersten Prostituierten warteten, sie trugen jetzt deutlich weniger Latex als in den kühleren Monaten. Eine Straße will Sex, dachte Lilly. Ich auch.

»Schön, oder?« Alex stand jetzt hinter ihr. Sie musste sich nur fallen lassen und alles wäre klar. Sie drehte sich um und blickte ihn aus im Gin schwimmenden Augen an. Der Mann war so dünn, wie ein magersüchtiges Model! Sie spürte schon, wie ihre Knochen aufeinandertrafen, wie sie sich gegenseitig wund scheuerten, wie es wehtat. »Aua«, sagte sie.

»Hab ich dir wehgetan?«, fragte Alex.

»Nein, nein, ich bin nur gegen etwas gestoßen.« Schade, dass Alex kein muskulöser Callboy war. So was wie in *Magic Mike*, das wäre jetzt genau, was sie brauchte. Sie hatte neulich im Fernsehen einen Dokumentarfilm über Callboys gesehen, es gab einige davon in ihrer Stadt, die Wirtschaftslage zwang nicht nur Sue zu einem horizontalen Zusatzverdienst. Die Callboys stellten keine Fragen und wussten alle Antworten auf die Bedürfnisse einer Frau. Kostete natürlich nicht wenig, mindestens so viel wie eine Stunde mit Sue. Konnte sie sich aus dem Geld-Vorrat von Freier Max einen Callboy leisten? Blöd, dass sie dafür die Einwilligung der ganzen WG brauchte. Okay, fallen lassen. Jetzt! Sie versuchte, ihren ganzen Körper zu einem sehnsüchtigen Seufzer werden zu lassen. Und wäre beinah gestürzt, wenn Alex sie nicht wie erwartet aufgefangen hätte.

»Hoppla!«, sagte er, und das war nun gar nicht, womit Lilly gerechnet hatte.

»Sorry«, sagte sie und richtete sich wieder auf. Ungefähr einen halben Meter von Alex entfernt.

»Bist du betrunken, jetzt schon?«

Und dann küsste sie ihn einfach. Er roch nach Niveacreme und Fisherman's Friend mit Zimtgeschmack, richtig gut. Seine Lippen waren beinah so weich wie die einer Frau. Lilly löste die Schleife ihres Wickelkleides und ließ es zu Boden gleiten wie im Film. Schaute sich dabei zu. Ausziehen konnte sie sich wirklich elegant. Das T-Shirt von Alex war uralt und unfassbar weich. Sie wollte es gar nicht mehr aus der Hand legen, wollte mit diesem T-Shirt kopulieren. Dann war es weg. Wie ihre Unterwäsche. Sie zog Alex aufs Bett, beugte sich über ihn und versuchte, etwas zu spüren, was über die Wahrnehmung »Geil, gleich hab ich Sex, nach neun Monaten!« hinausging. Eine Erregung, eine Freude an der Haut auf ihrer Haut, eine Freude an der Erregung dieses anderen Körpers, der jetzt mit ihrem eins werden sollte. Aber da war nichts, da war nur Alex. Und aus dem altvertrauten Alex wurde einfach nichts Neues, er war nur naheliegend, weiter nichts. Wenigstens könnte sie so nett sein und ihm einen runterholen. Oder einen Orgasmus simulieren. Oder beides. Sie ließ ihre Hand über seine Hüfte gleiten, doch Alex zog sie zurück.

»Sorry«, sagte er, »lassen wir das. Irgendwie bin ich mir gerade zu schade für eine betrunkene WG-Nummer. Geh lieber zu Sue, die kann so was besser.«

»Tut mir leid«, sagte Lilly, »echt.«

Sie zog sich wieder an, versuchte, Trauer hochkommen zu lassen, dass sich ihre sicherste Zukunftsfantasie als untauglich erwiesen hatte. Alex war ein guter Mann. Wahrscheinlich der beste, dem sie für lange Zeit begegnen würde. Ich werde also keine Familie mit Alex gründen müssen, dachte sie erleichtert. Es würde in ihrem komischen kleinen Leben vorerst alles so bleiben, wie es war. Unsicher, unvorhersehbar und ungerade.

34

Max war froh, dass sein erster Tag zu Hause ein Ziel hatte. Das Ziel hieß Sue. Was sie wohl zu der Narbe auf seinem Schenkel sagen würde? Und was er ihr darüber erzählen sollte? Aber noch war es nicht so weit, noch war Vormittag, er hatte den ersten Zug aus den Bergen genommen, stand jetzt im Hauptbahnhof der Stadt und zögerte, sich auf den Weg zum Bahnsteig mit den Verbindungen in die kleine Kleinstadt zu machen. Es wären nur noch Minuten bis nach Hause, er würde Leuten begegnen, es war gar nicht anders möglich, es würde sich eine Millisekunde der Schreckstarre auf ihren Gesichtern breitmachen. Und dann? Er hatte keine Ahnung. Er hatte Angst. Verschwinden war einfach, zurückkommen nicht.

Konnte er auf dem Weg zu Sue nicht jede Begegnung vermeiden? Er konnte zum Beispiel jetzt gleich einkaufen gehen, am besten ins nahe gelegene Luxuskaufhaus, um so die Exklusivität, das leise Zauberberg-Gefühl seiner letzten Station zu verlängern. Er konnte in der Kleinstadt ein Taxi nehmen, zu seiner Wohnung fahren und abends wieder im Taxi zur S-Bahn. Er wollte sich noch einmal so fremd fühlen wie unterwegs, so frei und unsichtbar, ein Mann mit maximalen Möglichkeiten. »My name is Bond, James Bond«, flüsterte er in den riesigen Bahnhof hinein, in die neue Einkaufspassage aus weißem Marmor und hinauf in die abstrakten Kronleuchter. Es passte nicht. So was wie Bond war hier passé. Die Stadt war wirklich zu reich. Nicht mehr lange, und sie verlor nicht nur Menschen wie Sue und ihre WG, sondern auch ihre Seele.

Trotzdem ging er ins Luxuskaufhaus. Suchte nach Bottarga, Burrata, Lardo im Rosmarinmantel. Die Preise schienen ihm fünf oder auch zwanzig Mal so hoch zu sein wie in Italien. Egal, er kaufte trotzdem alles, er hatte Sehnsucht nach dem Hafen von Genua und nach Harry's Bar in Rom, wo er dem Kellner erzählt hatte, er sei Schriftsteller. Auf dem Weg zur S-Bahn beschloss er, besser gleich ein Taxi zu nehmen, der Tag würde schon teuer genug, auf den Betrag kam es nicht mehr an. Er stellte sich neben die Taxischlange, schaute sich die Fahrer an, wartete, bis ein trauriger älterer Mann an der Reihe war, stieg ein, ließ sich nach Hause fahren und buchte ihn für den Abend gleich wieder. Die Taxifahrt war öde, er hatte vergessen, wie hässlich die Stadt an ihren Rändern war, wie sie sich in ein paar Shopping-center und Möbelmärkte ausdünnte, wie sich die Gebäude von Bürotürmen in fensterlose Industriehallen verwandelten. An einem Samstag wie diesem mussten sie alle leer stehen, Hohlkörper ohne Leben, gespenstisch. Er war froh, als sie durch die wenigen Felder zwischen der Stadt und seiner Kleinstadt fuhren, durch einfache grüne Flächen mit ein paar Kühen drauf. Er schaute hoch zu den langweiligen, bewaldeten Spazierhügeln, die bereits zur Kleinstadt gehörten, sie galten als lieblich, auf einem stand die alte Burg mit dem gut besuchten Ausflugsrestaurant, auf einem andern die psychiatrische Klinik. Ihre gelb gestrichene Fassade wirkte einladend, der Rosengarten davor wie aus einem alten Film mit Peter Alexander, ich könnte dort mal vorbeischauen, dachte Max, aus Neugier, nicht aus Bedürftigkeit, was für ein schöner Ort.

Schließlich stand er vor seinem Haus. Und wäre am liebsten gleich wieder gegangen. Eigentlich hatte er sich gefreut, auf seine Zimmer, sein Bett, die Kaffeemaschine, den Fernseher. Ein bisschen sogar auf das malträtierte Sofa. Sarah hatte ihm geschrieben, dass das Parkett gereinigt worden sei und dass sie ein Ersatzkissen gefunden habe. Keines aus Leder, aber wenigstens würde die Größe passen. Davon, dass sie seinen Briefkasten leeren würde, hatte sie nichts geschrieben, ihr Mitgefühl hatte klare Grenzen. Er stand vor der grauen Stahltür des grauen Betonbaus und fühlte nur eins: Abschied. Von diesem Ort, diesem Haus, sich selbst.

Ich hätte als Schriftsteller in Rom bleiben sollen, dachte er, wieso auch nicht, Bücher schreiben kann doch nicht so schwierig sein, es braucht dazu ein Lebensgefühl, Erfahrung und eine minimale Fantasie oder auch gar keine. Er könnte seine Geschichte schreiben, sie würde mit einem zufälligen Spaziergang durch ein Rotlichtviertel und ein paar Nutten mit Computerproblemen beginnen und weitergehen bis zu Sue, seiner persönlichen Prostituierten. Dieser Knausgård jedenfalls, der nichts anderes tat, als ganz exakt sein eigenes Leben niederzuschreiben, würde ihn küssen für einen Erzählstrang wie diesen. Und Prostituierte waren immer gut, Prostituierten-Romane hatten das Zeug zum Klassiker, denn es ging ja darin nie nur um eine Beziehungsgeschichte, sondern immer auch noch um Kapitalismuskritik und Klassenkampf. Mindestens. Auch wenn Max gerade diese Themenkomplexe bei der Lektüre problemlos ausblenden konnte. Aber für die Kritiker war so was wichtig. Max sah schon einen dreibändigen Bestseller zum Thema Glanz und Elend der Kurtisanen reloaded vor sich. Und mehrere Literaturpreise. Und Frauen, unendlich viele Frauen. Worauf wartete er noch? Er konnte seine Wohnung sofort kündigen, seine Pensionskasse auflösen, wieder nach Italien fahren und schreiben. Oder sich der Realität stellen.

Er schaute hoch zu seinen Fenstern, doch die interessierten sich nicht dafür, wer hinter ihnen wohnte. So wenig wie sich seine Dusche dafür interessierte, wer sich ihr nackt zeigte. Sein Haus war eine kalte Sau. Er zog seine Schlüssel aus der Tasche, stemmte die schwere Eingangstür auf und ging die Treppe hinauf. Sie war grau, hart und eckig. Die Treppe in Sues Haus war aus Holz, schief getreten, und die rotbraune Lackierung splitterte überall ab. Seine Treppe war acht Jahre alt, Sues Treppe 105 Jahre. Trotzdem würde ihr

Haus in absehbarer Zeit einem wie seinem weichen müssen. Sein Haus war ein Siegertyp. Und er?

Max schloss die Tür zu seiner Wohnung auf und schaute sich um. Es könnte gut auch ein anderer Mann hier wohnen, dachte er, wahrscheinlich wäre dies der Wohnung sogar lieber, die Möbel ignorierten ihn mit Fleiß, als wäre er der ungebetene Gast auf einer Party. Er hatte sich auf den Premierenfeiern von Anna so ähnlich gefühlt, er kannte das, es war jedoch noch nie so stark gewesen. Als wäre er ein Magnet, der von einem andern abgestoßen wird. Der Boden zog sich von seinen Schuhsohlen zurück, und die Zimmer fauchten: Geh weg! Mit großer Anstrengung schaffte er es bis zum Bett und ließ sich fallen. Draußen zeigte das Thermometer 24 Grad. Max fror. Er warf die Decke über sich und ihm war, als würden eiskalte Arme nach ihm greifen. Es waren die Arme der Frau, die als letzte hier gelegen hatte, die Arme von Anna. Er sprang auf, rannte ins Bad und stellte sich in den Kleidern unter die heiße Dusche. Das tat gut. Und dann sah er ihren Schatten, genau so, wie er ihn an jenem Nachmittag im Dezember gesehen hatte, als er aus der Dusche heraus beobachtete, wie sie an ihrem Spiegelbild Gefallen fand. Er wollte schreien. Der Schrei krepierte in seinem Hals und klang wie in dieser Hustenbonbon-Werbung mit dem heiseren Tarzan.

Zwischen den verschonten Lederteilen seines Sofas lag das Sitzkissen einer alten, stockfleckigen, geblümten Couch und roch nach Milbenbefall. Wahrscheinlich war es am Rande eines Flohmarkts entsorgt worden. Bestimmt infizierte das Ding die gesunden Reste seines Sofas mit irgendwelchen

Schädlingskulturen. War voller Schimmel und Wanzen, und winzige Larven von bösen Käfern schlummerten unter dem hässlichen Blumenbezug. Plötzlich wusste er: Nicht einer der netten Menschen aus Sues WG hatte Kakerlaken zwischen den Seiten seiner Schulbücher gepresst und kleine Würmer in seiner Tasche versteckt, sondern Sarah! Hätte er sich ja denken können: Im Wort Psychologin schlummerte ein Psycho, endlich hatte er sie überführt! Nicht nur sein Haus war eine Sau, auch Sarah war eine. Schlimmer noch: Sie war Pandora und das Kissen war ihre Büchse, prall gefüllt mit Ekelhaftigkeiten und Verderben.

Nicht Max musste weg, das Ding musste weg, sofort. Er packte es, ging damit auf den Balkon, schrie: »Geh weg!«, und schmiss es auf die Straße. Jemand schrie zurück. Er duckte sich hinter den Gasgrill und wartete ein paar Minuten. Gerettet, er hatte sich, das Sofa, die Wohnung gerettet. Dafür könnte ihm die Wohnung ruhig dankbar sein. Doch die Wand, auf die er jetzt blickte, stellte sich blind, stumm und taub. Er hätte gern einen Bohrer gehabt und ein bisschen in der Wand herumgebohrt. Um zu sehen, ob ihr das wehtat. Bestimmt. Wie wohl die Schmerzensschreie einer Wand klangen? Auch so tarzanmäßig? Oder eher, als ob man kleine Tiere quälte? Sein Bohrer war im Keller. Aber er hatte keine Lust, in den Keller zu gehen, die Abteile erinnerten ihn immer an Gefängniszellen. Er könnte den Korkenzieher als Ersatzbohrer verwenden, das sollte gehen. Oder auch einfach eins der schmalen kleinen Messer. Nein, keine Messer, befahl er sich, du weißt genau, was beim letzten Mal passiert ist, was du jetzt brauchst, sind frische Luft und etwas zu essen. Und obwohl die Tüte mit Gourmet-Sachen auf seinem Küchentisch stand, sehnte er sich plötzlich nach seiner Stammkneipe. Nach Schnitzel, Pommes, Bier. Was konnte schon geschehen, wenn er dort auf Bekannte traf? Er würde sagen: Hey, so schön, dich zu sehen, schön, wieder hier zu sein, ich hab so viel über mich gelernt, ich glaub, ich schreib ein Buch darüber, und danke für dein Verständnis, es bedeutet mir alles. Nein, das klang zu esoterisch. Er würde sagen: Ey, frag nicht, freu mich total, dich zu sehen, komm, trink ein Bier mit mir. Nein, dumme Idee, dann stünde er schon wieder unter Alkoholismusverdacht.

Außer ein paar Einkaufstouristen und Menschen aus dem Altersheim war niemand in seiner Stammkneipe. Das Essen war fett und salzig und beruhigte ihn. Alles kam, wie es kommen musste. Mal besser, mal schlechter. Heute war einer der besseren Tage, heute war ein Sue-Tag. Er beschloss, das teure Taxi wieder abzubestellen, und mit Bus und S-Bahn in die Stadt zu fahren, wie jeder normale Mensch. Er würde noch einen doppelten Espresso trinken und gleich die nächste Verbindung nehmen. Spazieren gehen wie in einer fremden Metropole, sich an den See setzen, vielleicht sogar schwimmen. In der schwulen Badeanstalt konnte man Badehosen mieten, hatte er mal gehört. Er traute den schwulen Badehosen nicht so richtig. Sicher waren sie sehr klein und wurden im Wasser transparent. Was jedoch gar nicht so schlimm wäre, denn sein Body war gerade ganz ansehnlich. Italien hatte ihm gutgetan. Zudem machte ihn seine Narbe interessant, sie könnte gut vom Kampf mit einem Eber stammen. Oder von einem gefährlichen Überfall, aus dem er sich verletzt, aber aus eigener Kraft befreit hatte. Oder von irgendeinem ultramännlichen Werkzeug. Zuerst schwul schwimmen, dann zu Sue. Ein prickelnder Plan. Max war begeistert.

Eine Stunde später stieg er am Oval aus der Straßenbahn. Vor ihm lag der See, schräg hinter ihm die sacht ansteigende Altstadt. Er entschied sich für die Altstadt, ein kleines Café unter Platanen verkaufte leckeres italienisches Eis. Es lag allerdings in der Nähe dieses Bistro-Ladens, dieses blödsinnigen Zwitters von einem Ort, den Anna so mochte. Max nicht. Er war für Klarheit. Es war nicht nötig, dass jede Buchhandlung auch noch Wein und jeder Blumenladen Kaffee verkaufte. Und das Allerschlimmste: die Austernbar im Schuhgeschäft. Das war so ein typischer Spleen von Städtern, die glaubten, dass die Multiplikation von Reizen den Kaufreiz verstärkte. Also kein Kaffee unter Platanen. Die Gefahr, dort Anna zu begegnen, war realistisch. Obwohl er ja irgendwann auf Anna stoßen musste. Das Leben war nun mal so, nicht fehlerfrei, nicht wie eine perfekt gelöste Mathe-Gleichung. Am Ende würde er vor seinem Leben stehen und sehen, dass es unvollendet war. Es sei denn, er machte jetzt alles ganz anders, gründete eine Familie, baute ein Haus, kaufte sich ein kleines Boot auf dem See und einen SUV, am besten gleich einen Jeep, wurde endlich Rektor seiner Schule und Präsident von irgendwas. Tierschutz oder Heimatschutz. Ob sich so ein Gefühl von annähernder Vollendung herstellen ließ? Oder wenigstens ein Sättigungsgefühl?

Er ging eine Gasse hoch, betrachtete die Schaufenster der antiquarischen Buchhandlung, ging weiter – und dann sah er sie. Das heißt zuerst sah er die Baustelle. Sie war so breit, dass für Passanten lediglich ein schmaler, von hohen Häuserfassaden gesäumter Streifen blieb. Ein dicker Mensch in einem speziell für Dicke gefertigten Rollstuhl hätte hier keine Chance, dachte er. Die Baustelle bestand aus einem Loch, einem Berg von Pflastersteinen, einer Absperrung aus gelben Brettern und einer mobilen Toilette. Max glaubte, die Pflastersteine wiederzuerkennen, jeden einzelnen von ihnen. Anna und er waren oft durch diese Gasse gegangen, Anna liebte die Auslage des Goldschmieds am andern Ende. Die Gasse war schmal, die einzige in der ganzen Altstadt, die in ewigem Schatten lag, keiner mochte sie. Max hob einen Stein hoch. Er war warm und rau wie eine abgearbeitete Hand. Der Stein reicht mir die Hand, dachte er, guter Stein. Er spürte, wie ihm der doppelte Espresso auf die Blase schlug, rüttelte an der Toiletten-Tür, sie war offen. Und gerade, als er die Tür hinter sich zuziehen wollte, sah er sie. Sah Anna, wie sie aus der andern Richtung kam, eine große Sonnenbrille verdeckte ihr halbes Gesicht, sie trug ein leuchtend blaues Kleid. Kornblume, schoss es Max durch den Kopf. Dornblume. Er stellte sich vor, wie er eine Dornenkrone in Annas blondes Haar drücken würde, so fest, bis Blutstropfen das Haar röten und auf ihre blauen Schultern rinnen würden. Er versteckte sich in der Toilette, sie hatte ihn noch nicht gesehen, sonst hätte sie irgendeine Regung gezeigt, ein Stocken im Schritt, ein Zucken im Gesicht, er kannte sie. Er wusste genau, wie viele Schritte sie machen würde, bis sie sich auf dem schmalen Wegstück befand. Er hörte ihre silbernen Sandalen übers Pflaster klappern wie kleine Hufe.

Wie ein Reh, ein dummäugiges Reh. Die Hufe machten eins, zwei … vierzehn, fünfzehn … dreiundzwanzig, vierundzwanzig … sechsunddreißig, siebenunddreißig … jetzt war sie an seinem Versteck vorbei, sie würde sich nicht umdrehen, das wusste er, ihre Augen suchten an diesem Punkt bereits das Schaufenster des Goldschmieds.

Der Zusammenprall von Stein und Annas Hinterkopf war wie so vieles im Leben von Max eine Enttäuschung. Zwar war er stark genug, dass Anna sofort stürzte und es nur noch ganz knapp schaffte, sich mit ihren Händen derart abzufangen, dass sie nicht direkt Gesicht voran auf dem Pflaster aufschlug. Er hoffte, dass sie sich wenigstens die Nase gebrochen hatte. Ausgeschlagene Zähne mussten nicht sein, das hätte ihm leidgetan, Anna hatte noch im Gymnasium unter ihrer massiven Zahnspange gelitten und war seither sehr stolz auf ihre Zähne gewesen, es wäre wirklich schade darum. Zudem waren Zähne sicher viel teurer als eine Nase. Es sei denn, der Schlag wäre letal gewesen. Angenommen, Anna würde jetzt sterben, wären ein paar ausgeschlagene Zähne kein Malheur.

Leider musste er sich an dieser Stelle auch schon wieder unsichtbar machen. Hatte keine Zeit, das Austreten des Blutes aus Annas Kopf abzuwarten. Obwohl er sich so sehr darauf gefreut hatte. Auf das Bild mit dem strömenden Blut. Er hörte, wie sich Menschen der Baustelle näherten, sie lachten, »Geh weg!«, kreischte etwas in ihm, »Geh weg!«, und weil ihm eine Vorwärtsflucht am sinnvollsten schien, rannte er die Gasse hinauf, rannte an Anna vorbei, ihr Kopf würde nicht klar genug sein, um ihn zu erkennen, er rannte so, dass sein rechter Fuß sie traf, irgendwo, er wollte gar nicht wissen, wo, er freute sich, dass er es auch noch geschafft hatte, sie zu treten, das war ein doppelter Treffer, das gab doppelt so viele Punkte im Spiel Max gegen Anna. Er hörte, wie sie mit Mühe ein »Hilfe!« hervorpresste und noch ein »Hilfe, Hilfe!«. Dann hörte er sie nicht mehr, dann war er weg.

35

Lilly saß neben dem Bett und schaute Anna beim Schlafen zu, schon seit Stunden. Da lag diese Frau, in der sie manchmal Jean Seberg und manchmal Cate Blanchett zu erkennen glaubte, tatsächlich in ihrem Bett. Okay, sie war bei Weitem nicht so perfekt wie sonst, sie war im Gegenteil ziemlich lädiert, keine Lady, sondern das Porträt einer Lady, das jemand aus einem Buch gerissen und zusammengeknüllt in den Müll geschmissen hatte. Das Faszinierendste waren ihre Augenlider, sie lagen wie lebendig zuckendes Perlmutt über den Augäpfeln. Annas Verletzungen machten Lilly ganz weich, sie wollte Anna beschützen, wollte sich mit lindernden Salben über ihre Wunden beugen wie diese Lazarett-Krankenschwestern in Kriegsfilmen. Doch der Arzt hatte schon alles desinfiziert und mit Kompressen bedeckt, es gab für Lilly nichts zu tun. Sie konnte nur neben dem Bett sitzen, ab und zu Annas Wange berühren und gerührt sein. Wieso lag Anna eigentlich in ihrem Bett? Weil Lilly sich nichts überlegt und einfach gehandelt hatte. Und jetzt?

Anna war am Nachmittag ohne Tasche, Geld und Ausweis, dafür mit einer Platzwunde am Hinterkopf, Schürfungen im Gesicht, an Händen und Knien ins Bistro gewankt und zusammengebrochen. Lilly rief einen Krankenwagen, schaute zu, als der Notarzt ein paar von Annas blonden Strähnen wegschnitt, bevor er die Wunde reinigte und klebte. Mit der Bemerkung »Ich räum das mal weg« nahm sie die Strähnen, packte sie in eine Plastiktüte und steckte sie in ihre Tasche. Suchte für den Arzt über Facebook und Twitter nach Annas vollem Namen, fand ihre Adresse, Geburtsdatum und Job. Rief bei der größten, dann bei der zweitgrößten Krankenversicherung an, die zweitgrößte führte Anna in ihrer Datenbank, konnte sie mit einer Versichertennummer belegen, der Arzt war beruhigt. Sie gab in die Suchmaske des Fundbüros Annas Namen, ihre eigene Mailadresse und eine geraubte Brieftasche ein, schwarz mit einem mattgoldenen Bügel, sie kannte Annas Brieftasche gut genug. Schließlich fragte sie den Notarzt aus einer tollkühnen Laune heraus, ob er sie und die arme Verletzte in die WG fahren und ihnen auch gleich noch die Treppe hochhelfen könnte. Natürlich konnte der Arzt, er war kaum älter als Lilly und schwer beeindruckt von ihrem detektivischen und organisatorischen Talent. Lilly war genau die Art von hübscher und ultrapatenter Frau, die sich jeder Arzt an seiner Seite wünschte. Als Assistentin und als Gattin. Und sie war auch noch selbstlos, machte direkte Opferhilfe! Der Arzt war nahe daran, Lilly auf der Stelle einen Heiratsantrag zu machen.

Das Blut an Annas abgeschnittenen Haaren war trocken und bröselte ab, als Lilly jetzt die Strähnen zwischen ihren

Fingern rieb. Sie fuhr mit der Zunge über die rostigen Krümel auf ihrer Hand. Sie schmeckten metallisch, nach Blut eben. Annas Haar war wie gesponnenes Gold, Lilly hatte in irgendeinem Märchen von gesponnenem Gold gelesen, sie wusste nicht mehr, wo. Sie beugte sich über die schlafende Anna, doch da war einzig der alkoholische Geruch von Desinfektionsmittel. Sie hätte zu gerne gewusst, wie Anna wirklich roch, ihr Haar, ihre Haut, ihr Mund. Sie überlegte, ob sie ganz einfach die Decke zurückschlagen und an Anna riechen sollte.

Lillys Hand wollte sich nicht mehr von der Decke wegbewegen. Schwieriger Fall. Ob sie der Hand nachgeben sollte? Sie wollte sich Anna so gerne anschauen! Und Anna konnte dank ihres Beruhigungsmittels gar nichts dagegen unternehmen. Lilly versuchte, sich auf etwas anderes zu konzentrieren. Genau, Hunger! Sie hatte Hunger, er röhrte durch die leeren Gänge ihrer Gedärme. Zum Glück gab es Alex. Als Lilly nämlich mit dem Arzt und Anna nach Hause gekommen war, hatte sie noch knapp registriert, dass Alex in der Küche mit einer Hühnerbrühe zugange war. Die ganze Wohnung war eine Art Hühnerbrühen-Dampfbad. Sie beschloss, ihrer Hand nicht nachzugeben, noch nicht, riss sich los und ging in die Küche. Alex war gerade dabei, die Brühe durch ein Tuch zu passieren. Der Mann war überperfekt. Sie fragte sich, wie sehr er sie gerade hasste. Weil sie ihn neulich wie billiges Fleisch behandelt hatte. Und weil sie immer diese betreuungsintensiven Fälle anschleppte, die sie alleine nicht stemmen konnte. Jedenfalls Jonas nicht. Anna würde sie alleine schaffen.

»Kannst du das Tuch festhalten?«, fragte Alex, »nicht so schief, sonst flutscht alles daneben! Gleichmäßig!« Der Mann war auch noch überpedantisch. Ob sein Gekoche und seine Fürsorglichkeit nichts anderes waren als sublimierte Liebe? Sicher. Und musste sie deswegen ein schlechtes Gewissen haben? Vielleicht. Oder sie konnte ganz egoistisch davon profitieren. Sie entschied sich für Letzteres. Ihren Egoismus hatte sie schon viel zu lange nicht mehr ausgelebt.

»Was machst du eigentlich mit der Frau in deinem Bett? Gehört die nicht nach Hause oder zur Beobachtung ins Krankenhaus?«

»Das ist Anna«, sagte Lilly, »ich kenn sie. Sie wurde überfallen und ausgeraubt. Sobald sie ausgeschlafen hat, kümmere ich mich um alles.«

»Soso.«

»Ich bring ihr mal ein bisschen Suppe.«

»Ich dachte, sie schläft?«

Lilly sagte lieber nichts mehr, schöpfte eine Schale voll, ging damit zurück in ihr Zimmer, schloss sicherheitshalber die Türe zu und löffelte die Hühnerbrühe in sich hinein. Alex war der beste Koch aller WGs ever, sie musste unbedingt eine Frau für ihn suchen. Oder seine Ex in London kontaktieren, die war bestimmt auf Instagram. Gutes Projekt, dachte sie zufrieden und wandte sich wieder der Frau in ihrem Bett zu.

Anna kannte Frau Blume, auch das hatte Lilly über Facebook herausgefunden. Frau Blume war Kult. Lillys Kommilitonen hatten sich schon überlegt, sie in ein Seminar einzuladen, sie galt als Medienkünstlerin mit ihrer Facebook-Realityshow, als Avantgardistin unter den Alten. Frau Blume zu folgen war, als würde man im Haus der Miss Havisham aus *Great Expectations* stöbern. In der Villa einer Verlassenen, die seit Jahrzehnten in ihrem Brautkleid dahinsiecht und Böses will. Bloß war Frau Blume nicht böse. Und ausgerechnet diese Perle hatte offenbar für Anna gearbeitet. Unglaublich! Anna hatte einen tollen Job. Sie verteilte Geld an bedürftige Menschen, die Theater machten. Ohne Annas kreativen Kapitalismus konnte sich das kreative Prekariat gleich erschießen. Lilly kannte mindestens zwei Produktionen, die Anna schon gerettet haben musste, eine davon am Kleintheater, wo Lilly vor vier Jahren ihre Dramaturgie-Hospitanz absolviert hatte. Aber war das nicht grässlich langweilig, konnte das nicht auch ein Computer, so per Zufallsgenerator? Wahrscheinlich war Anna eine gescheiterte Kritikerin. Und Kritiker waren nichts anderes als gescheiterte Künstler. Jedenfalls behaupteten dies die vielen Künstler, für die sich jahrelang kein einziger Kritiker interessierte, immer gern. Und Lilly glaubte ihnen meistens. Obwohl sie selbst besser die Klappe halten sollte, sie selbst war nicht einmal eine gescheiterte Künstlerin. Zuerst war sie ein vielversprechendes Etwas gewesen, jetzt war sie ein gescheitertes Etwas, also ein Nichts.

Unter der Decke trug Anna ein blaues Kleid, eins von denen mit durchgehender Knopfleiste, ein richtiges Ferienkleid, dachte Lilly, es gefiel ihr, sie hatte selbst ein ähnliches, bloß war ihres vom vielen Waschen grau statt blau. Annas Beine waren glattrasiert, das hatte Lilly genau gesehen. Sie fragte sich, bis wohin genau und wie es dort aussehen würde. Erstens, weil sie sich das gerne bei jeder Frau mit schönen Beinen fragte. Zweitens, weil sie wissen wollte, ob Anna eine echte Blondine war. Drittens, weil sie jetzt Annas Geburtsdatum kannte und sich eingestehen musste, dass sie noch nie eine Frau in diesem Alter genau studiert hatte. Wobei Anna ja nicht wirklich alt war. Im Vergleich zu Lillys Eltern war sie sehr jung. Im Vergleich zu Max war sie vielleicht nicht jung, wirkte jedoch viel jünger. Siebzehn Jahre älter als ich, dachte Lilly, sie könnte meine Mutter sein.

Sie hob die Decke, nicht weit, sie wollte nur schauen. Neun Knöpfe zählte die Knopfleiste an Annas Kleid. Der oberste stand offen. Oh, jetzt auch der zweitoberste! Und schon wieder einer! Lilly sah, wie sich in dem schlafenden Körper etwas veränderte. Wie eine kaum wahrnehmbare Spannung durch ihn zuckte. Unter dem Kleid trug Anna einen BH aus hellblauer Spitze, er wirkte teuer, und die Spitze war nicht unterfüttert. Seltsam, derartige BHs trug man nicht einfach so, die trug man nur mit ganz bestimmten Absichten. Zu einem Date. Interessant. Lilly lehnte sich zurück und betrachtete Annas Brüste im Spitzen-BH. Die Brüste hoben und senkten sich, unregelmäßig. Als würden sie auf etwas warten. Es waren richtige Brüste, nicht nur kleine, spitz zulaufende Ausbuchtungen wie bei Lilly.

Vier Knöpfe standen nun offen, fünf, sechs. Anna hatte eine Figur wie eine Sanduhr, allerdings nicht so übertrieben wie Sue. Ein Körper ohne sichtbare Verfalls-, dafür mit Gebrauchsspuren. Vom Leben und vom Lieben. Und sie war ganz schön definiert, wie der übertrainierte Typ hinter dem

Bistro-Tresen das immer nannte. Besonders um die Schultern und die Oberschenkel. Ein leichter Chlorgeruch hing in ihrem Kleid, Anna war also Schwimmerin und offenbar kurz vor dem Überfall in einer Badeanstalt gewesen, nicht im See oder Fluss. Lilly war selbst keine Schwimmerin, höchstens eine Baderin, und auch dies nur an den schönsten Sommertagen. Und am liebsten im Meer, doch da war sie erst dreimal gewesen, einmal davon im Winter an der Nordsee. Neben Annas Bauchnabel wuchsen zwei Muttermale wie winzige dunkle Inseln.

Sieben Knöpfe standen jetzt offen. Annas Slip passte zum BH. Und auch er war nicht unterfüttert, kein bisschen. Anna war eine echte Blondine, unten leicht dunkler als oben. Gut, unten war ja auch nicht ständig an der Sonne, obwohl sich die Sonne darüber freuen würde. Acht, neun. Kleid weg. Wow.

36

Schließlich verlor Anna vollends ihre Fähigkeit, sich schlafend zu stellen. Es war nicht ganz einfach mit all den schmerzenden Stellen, zum Glück waren die wichtigsten unversehrt. Lilly war hastig und nervös, Anna selbst noch ein wenig sediert, sie mussten sich erst finden an diesem frühen Samstagabend im Mai mit aufdringlich lauten Vögeln vor dem Fenster und einer Sonne, die weich und rosa gefiltert durch Lillys Vorhänge fiel. Anna fragte sich, wieso genau es »Liebe machen« hieß. In den seltensten Fällen ließ sich

Liebe über die gegenseitig befriedigende Begegnung von Geschlechtsteilen herstellen. Die Geschlechtsteile von Lilly und Anna verstanden sich überraschend gut. Nicht ausgezeichnet, dafür fehlte ganz einfach eine gliederlösende Substanz wie Alkohol, aber gut.

Sie spürte keinerlei Bedürfnis, sofort zu duschen, wie nach Sex mit einem Mann. Nach einem Mann klebte immer zu viel Fremdes an ihr. Lilly hingegen fühlte sich an wie eine Ausdehnung von Anna, eine Verdoppelung aus Seide und salzigem Honig. Das klang wie aus einem dieser Frauenromane, dachte sie, schrecklich. So was wie eine esoterische Rosamunde Pilcher für Anfängerlesben. Wieso machten einen die kleinsten Fragmente von Glück immer gleich so banal? War so ein Glücksgefühl etwa der unterkomplexeste aller Zustände? Wahrscheinlich. Glück war doch nur die Klarheit, dass etwas stimmte. Stimmen könnte. Weiter nichts. Lillys Schweiß brannte auf ihren wunden Händen, es störte sie nicht. Hieß das jetzt, dass sie verliebt war? Nein? Ja? Vielleicht? Heute? Je ne sais pas, dachte sie. Nicht: Ich glaube, ich hab mich in dich verliebt, wie sie sich das seit Monaten ausgemalt hatte. Bloß: Ich weiß es nicht. Und als sie das eine dachte und das andere nicht, wusste sie, dass genau dies die Wahrheit war, alles andere war Pathos, Fantasie. Dies hier war die Wirklichkeit. Lilly war nicht die Traumfrau am Steuer eines imaginären Autos, sie war eine junge Frau mit heftig geröteten Wangen und glänzenden Augen in einem WG-Zimmer, das nach Suppe und Sex roch. Wären sie eine TV-Serie, so wären sie jetzt erst in der Pilotfolge. Danach konnte nichts mehr kommen. Oder alles.

Wenn Anna versuchte, ihre Erinnerungen an die Zeit vor dem Sex zu fokussieren, lösten sie sich in Fetzen auf. Die Fetzen hatten eine Farbe, waren von einem galligen Gelb wie der Auswurf, den man bei Husten und Halsweh am Morgen als Erstes in die Dusche spuckt. Zusammengesetzt ergaben sie dies: Sie lag am Boden, vor ihren Augen Bildstörung, Schmerzen. Hilfe. Der frische Duft einer laufenden Waschmaschine drang zu ihr durch, tröstlich. Jemand blieb stehen, noch jemand. Frauen, Mädchen? Hilfe. »Geht es Ihnen gut?«, fragte die eine übertrieben laut. Natürlich nicht. »Los, weg hier, ich will keinen Stress«, die andere. »Ich auch nicht, aber geile Tasche.« Die Riemen der Tasche wurden von ihrer Schulter gerissen, die beiden rannten weg. Sie dachte: Schlüssel! Zweitschlüssel wo? Im Büro? Ja, muss sie hin. Bildstörung, Fetzen, Galle. Wo wollte sie hin? Ins Büro? Ins Bistro?

Wieder zu sich gekommen war sie im Bett der jungen Cabriofahrerin aus ihrem Traum. Die ihr vermutlich das Leben gerettet hatte und jetzt eine Frage stellte, die Anna ganz klar mit Ja beantworten konnte. »Hast du Hunger?« Gemeinsam knöpften sie Annas Kleid wieder zu, Lilly half ihr auf die Füße, sie gingen in die Küche. Ein dünner Mann saß am Tisch und las in einem Buch. Auf dem Herd stand ein Topf mit klarer, duftender Hühnerbrühe. Anna freute sich.

»Bist du so was wie ein Sternekoch in Gestalt eines Mitbewohners?«, fragte sie ihn.

»Kann sein«, erwiderte er, nahm sein Buch und verließ die Küche. Er wirkte gekränkt und feindselig. Oder prämenstruell. Oder postpubertär. Irgendeinen Grund zu schlechter Laune und Weltschmerz gab es immer. Sie studierte die

Filmplakate an der Wand. Abgesehen von einem Roboter-film, den irgendwer mit einem lustigen Penis verziert hatte, kannte sie alle. Tarantino, Cronenberg, alles, wo Angelina Jolie um sich schießen durfte, alles von den Wachowskis, die früher Brüder gewesen waren und sich unterdessen zu Schwestern hatten umoperieren lassen. Beide. Sehr gut, da ließ sich unschwer ein Gespräch beginnen.

»Oh, das sind nur ein paar uralte Lieblingsfilme«, sagte Lilly. Uralt, klar, dachte Anna.

Die Hühnerbrühe schmeckte traumhaft. Anna suchte nach einem möglichst unverfänglichen Einstieg in eine Unterhaltung, ihr fiel keiner ein, alles viel zu gesucht. Wenn sie mit Angelina Jolie begann, müssten sie sofort auf deren obsessive Krebsvorsorge zu sprechen kommen. Zu heavy. Und bei den Wachowskis wusste sie wie immer nicht, wie man sie nun genau nannte. Irgendwas mit »trans«. Oder schon wieder nicht mehr? Junge Leute heute waren da ja sehr präzis. Die Welt außerhalb von Lillys Bett erschien ihr plötzlich verdammt kompliziert. Am liebsten würde sie jetzt gehen. Im Büro den Schlüssel holen und nach Hause gehen. Fernsehen, ausschlafen, viele, viele Stunden lang. In ihrer weißen, aufgeräumten Wohnung. Nichts tun. Höchstens auf eBay ein bisschen nach Schmuck suchen. Oder nach alten Espressotassen. Ganz für sich alleine. Sie wollte heute mit niemandem mehr reden und morgen auch nicht. Sie war satt, an Leib und Seele. Es war kein Rausch, kein Tosen, das alles übertönte, es war die perfekte Ruhe, schön. Plötzlich hatte sie eine Idee.

»Kannst du Auto fahren?«

»Auto? Ich fahr zu Hause sogar einen richtig fetten Traktor«, sagte Lilly.

Falsche Antwort. Ganz falsche Antwort, dachte Anna. Sie hasste Traktoren. Dort, wo ihre Eltern sie gezwungen hatten, ihre Kindheit zu verbringen, gab es Traktoren. Auf dem Land. Obwohl ihre Eltern aus der Stadt kamen. Doch als Anna zur Welt kam, beschlossen sie, dem Kind eine gute Kindheit zu geben, kauften einen maroden Bauernhof, renovierten ihn, verkauften ihn mit Gewinn und kauften den nächsten. Und so ging es von Hof zu Hof und von Dorf zu Dorf, und Anna verbrachte ihre ganze Kindheit auf ungemütlichen, zugigen Baustellen. Bis sich die Eltern mit einem Hof, es war der vierte oder fünfte, zufriedengaben und sich wenig später trennten. Oft gehörte ein rostiger alter Traktor zu den Höfen und mit einem dieser Traktoren hatte Annas Vater ihre erste Barbiepuppe überfahren. Und leider auch das Kätzchen, auf dem Anna die Puppe festgebunden hatte.

Die Uhr an der Wand zeigte 17:51 Uhr. Etwas Glitzerndes, Kugelförmiges kam in die Küche geschossen, rief »Shit, shit, shit!«, mixte sich einen Gin Tonic und stürzte ihn noch im Stehen hinunter. Auf ihre Schläfen hatte sie kleine Sterne tätowiert.

»Das ist Sue«, sagte Lilly.

»Hi Sue«, sagte Anna.

»Oh hi! Sind Sie …« Und dann brach sie in eins dieser glöckchenartigen Gelächter aus, wie das sonst nur Feen in Trickfilmen können, »ich hab alles gehört! Krasse Nummer! In Ihrem Zustand!«

Zustand, dachte Anna, ich bin doch nicht schwanger! Und sie sagt Sie zu mir! Die kleine Fee war frech.

»Hast du nicht gleich deinen Termin?«, fragte Lilly, die feuerrot angelaufen war.

»Ja, leider«, sagte Sue, »what people do for money.« Aus einer Tasche zog sie ein paar Haarnadeln und türmte ihre silbern gefärbten Haare in Windeseile zu einem Bienenkorb. Anna kniff die Augen zusammen. Amy Winehouse in Silber. Sie hatte schon mal eine Frau wie diese gesehen. Im Schneetreiben. An einem Abend, an dem Anna ganz kalt ums Herz geworden war. Auf einer Kreuzung im Rotlichtbezirk, mitten im Milieu. Als Max für einmal stärker gewesen war als sie. Jetzt war er ganz unten, sie nicht.

Es klingelte an der Tür, Sue drückte den Öffner und wartete.

»Da bin ich wieder«, sagte eine Männerstimme.

Ähnlich, dachte sich Anna, ähnlich ist noch lange nicht gleich. Ist wohl eine Folge des Schlages auf meinen Kopf. Das kann nicht sein …

»Hey Max!«, rief Lilly. »Bei uns ist alles unverändert. Und bei dir?«

Es war immer noch möglich, dass es sich bei diesem Max mit der Stimme von Annas Max nicht um Annas Max handelte, sondern um einen Doppelgänger. So was gab es, jedenfalls in Fernsehserien. Anna wollte verschwinden. Oder mit den Filmplakaten verschmelzen. Gerne hätte sie Angelina Jolie um eine Waffe gebeten. Wieso hatte sie nie einen Selbstverteidigungskurs besucht? Und wieso dachte sie überhaupt, dass Max gefährlich sein könnte? Es war ein dummes Gefühl, ein ganz dummes Gefühl. Sie hatte an diesem durchgeknallten Tag überhaupt kein Bedürfnis, auch noch den durchgeknallten Max sehen zu müssen. Und wo kam er eigentlich her, was hatte er hier zu suchen, weshalb mussten sich plötzlich alle Wege kreuzen?

»Darf ich vorstellen? Anna, Max. Max, Anna«, sagte Lilly.

Da stand er, Anna scannte ihn blitzschnell: braungebrannt, etwas Gewicht verloren, seltsam gehetzt. Es konnte ihm nicht richtig gut gehen. Sie fühlte etwas in sich hochsteigen, was zunehmend einem Triumphgefühl gleichkam. Obwohl Sue die Frau sein musste, mit der er sie im Winter betrogen hatte. Zweifellos, Mann in der Krise halt, wie peinlich. Was Sue wohl dazu bewog, mit ihm zu schlafen? Okay, falsche Frage, ganz falsche Frage. Sue konnte nicht wesentlich jünger sein als Lilly. Oder war sie sogar älter? Lilly hatte Max als »Termin« bezeichnet. Sue hatte ihn mit einem »leider« belegt. Vielleicht hatte das alles nichts mit Sex zu tun.

»Wir kennen uns«, sagte sie, »das ist mein Ex.«

»Der Zufall ist eine Arschbombe«, sagte Sue, »das ist mein Freier!«

Freier also. Verrückt. Max bezahlte die freche Fee für ihre Dienste. Was für eine weitere pikante Facette seiner grundlegenden Unfähigkeit, dachte Anna. Max sagte nichts, die ganze Bräune wich aus seinem Gesicht, seine Züge schlafften ab, fielen in sich zusammen und fanden als verzerrte, alte Fratze wieder zueinander. Die Fratze machte ein kehliges Geräusch, kein lautes, ein unheimliches. Wie der röchelnde Tod, dachte Anna. Sie hatte das schon mal gehört, hinter sich, in ihrem Nacken. Am helllichten Tag. Vor wenigen Stunden. Etwas fraß sich durch die trübe Schlacke ihrer Erinnerung, Panik stieg in ihr hoch, eine blendend helle Panik, plötzlich war die Schlacke weg. Anna schrie, ihr ganzer Körper war Angst.

Max fixierte sie, bewegte sich jedoch rückwärts von ihr weg wie ein riesiger Krebs. Seine Arme zuckten seltsam und schlugen unkontrolliert nach allem, was ihnen im Weg war. Er traf eine Teekanne, die Scherben stoben auf dem Steinboden in alle Richtungen davon. Er traf die Geschirrablage neben der Spüle, Teller zerklirrten. Anna zitterte, Lilly legte ihre Arme um sie, Sue packte die beiden, zerrte sie auf den Balkon und zog die Türe zu. Alex kam aus seinem Zimmer gerannt, aber Max hatte sich schon bis zur Wohnungstür durchgeschlagen und sich aus seinem Rückwärtsgang befreit. Seine Schritte und sein Röcheln hallten noch genau 59 Treppenstufen lang nach.

»Ich ruf die Polizei«, sagte Alex. Sue und Lilly nickten stumm. »Danke«, sagte Anna.

Das also war Max im Wahnsinn, Mad Max. Lebensgefährlich. Der Mann, der sie auf der Straße attackiert hatte. Weshalb? Hatte er sie wirklich töten wollen? Ihre Ruhe war hin, auch in ihr drin war alles voller Scherben. Scherben von Szenen mit Max. Sue und Max und Sex. Max mit blutig zerschnittenem Bein. Max mit einem Stein. Bestimmt gab es da draußen noch andere Frauen, die Max hasste. Diese Sarah zum Beispiel. Und seine Mutter. Sie musste die beiden warnen und sich selbst in Sicherheit bringen. Wahrscheinlich war Max jetzt schon auf dem Weg, sich eine Waffe zu besorgen. Die Erde öffnete sich, alle Selbstbeherrschung fiel von ihr ab und verschwand in einem tiefen schwarzen Schlund. Zu viel, das ist von allem zu viel. Sie wollte schluchzen, nur nicht hier, nicht vor diesen Kindern.

»Ich bräuchte ein Taxi«, sagte sie kleinlaut, »und Geld. Tut mir leid.«

»Ich geb dir nur Geld, wenn wir uns wiedersehen«, sagte Lilly.

Anna versuchte zu lächeln, was ihr nur zu einem Drittel gelang. Aber Lillys pragmatische Hartnäckigkeit war süß und entsprach irgendwie dem, was sie sich unter Lilly vorgestellt hatte. Sie hatte keine Kraft mehr. »Sicher«, sagte sie, obwohl ihr nur nach einem schwachen »Wer weiß« zumute war, »danke für alles.«

37

Vier Leute hatten ihn erkannt. Und Anna hatte begriffen, dass er sie attackiert hatte. Wie lange es wohl dauern würde, bis ihn die Polizei zur Fahndung ausgeschrieben hatte? Eine halbe Stunde, zwei Stunden? Könnte er sich jetzt noch ein Flugticket kaufen? Theoretisch ja, innerhalb von Europa müsste er keinen Pass zeigen, aber sein Name stünde auf einer Passagierliste. Spätestens bei der Ankunft würde er abgeholt und in Ketten gelegt. Zug war besser, allerdings nur, wenn er das Ticket bar bezahlte, sonst ließ sich seine Route sicher über den Kreditkartenauszug nachverfolgen. Er hatte genug Bargeld, die 300 für Sue waren immer noch in seiner

Brieftasche. Zärtlich griff er nach den Scheinen, er meinte, Sue durch sie hindurch zu spüren, seine Finger wollten in Tränen ausbrechen, sein ganzer Körper wollte weinen, er vermisste sie so sehr, doch die Wege zu ihr waren verwüstet, es war Zeit unterzutauchen. Ging das heute überhaupt noch? Erst mal das Handy loswerden, das war nicht schwierig, einfach in den Fluss fallen lassen. Ein paar dumme Fische schwammen herbei, meinten, es sei Futter. Man könnte auch eine Granate ins Wasser werfen, und sie würden einen fetten Futterklumpen vermuten. Manche Kreaturen waren wirklich beschränkt. Er nicht, er musste jetzt nur einen Weg finden. Ganz ruhig, nachdenken.

Sein Atem ging flach und schnell, er hatte Angst zu hyperventilieren, atmete ein, zählte bis drei, wieder aus, eins, zwei drei. Vor ihm lag ein Kaufhaus. Gleich hinter dem Eingang standen die Kassen, dort gab es diese kleinen, raschelnden Plastiktüten. Er ging rein, rempelte eine Mutter mit Kind fast um, riss eine der Tüten von der Rolle, hielt sie sich vors Gesicht, atmete hinein. Ein. Aus. Das beruhigte ihn. Die Tüte klebte beim Einatmen wie eine riesige Kaugummiblase auf dem Gesicht.

»Mami, Mami, was macht der Mann, bringt er sich um?«, fragte das Kind, die Mutter schaute ihn böse an. »Tut mir leid, Asthma«, sagte er, obwohl er noch nie in seinem Leben unter Asthma gelitten hatte.

»Soll ich einen Arzt rufen?«, fragte ein besorgter Verkäufer und versuchte, Max diskret von den Kunden wegzulenken. Max schlug die Verkäufer-Hand von seinem Ärmel. Der Verkäufer schaute erst verdutzt und sagte dann entschlossen: »Wir müssen Sie bitten, unser Kaufhaus zu verlassen.« Hinter ihm erschien ein Security-Mann.

»Okay, okay«, sagte Max und ging. In der Bar nebenan lief ein Fußballspiel. Er hätte sich gerne dazugesetzt, ein paar Biere getrunken und »lololololo« gesungen. Doch der Security-Mann hatte ihn im Auge, er musste weiter, konnte sich wenigstens ein Bier kaufen und mitnehmen. Er kaufte sich gleich zwei, trank sie, suchte ein Klo. Dringend, immer dringender. Dann pisste er gegen eine Wand. Die Wand fluchte und schüttete Wasser auf seinen Kopf. Scheißwand. Leider stand kein Fluchtauto bereit, da er keines besaß. Er mietete bloß Autos, und auch dies nur in den Ferien. Ausgefallene, luxuriöse Autos, Playboy-Autos, Bond-Autos, mit denen er in der Kleinstadt viel zu sehr aufgefallen wäre. Gerne wäre er jetzt mit einem seiner italienischen Mietautos geflüchtet. Und mit Sue natürlich. Scheißtag. Und das Beschissenste daran war nicht, dass er versucht hatte, Anna zu erschlagen. Das Beschissenste war, dass Anna ihm auch noch Sue weggenommen hatte. Dass sie über die Feindeslinie gegangen war und sein liebstes Stück Welt besetzt hielt. Seine Sue, seine Bezahlgeliebte, sein süßes Glück. Seins. Aber jetzt nicht mehr. Jetzt war sie schon auf Annas Seite. Er wusste, wie Frauen das machten, wie sie die Männer verunglimpften, verleumdeten, sich selbst als Opfer darstellten, immer diese Opfer, jede Frau behauptete, ein Opfer zu sein, ein mehrfaches, sie fühlte sich schon als Opfer geboren. Und wenn sie überdies so überzeugend waren wie Anna, so autoritär mit einem autoritären Job in einer großen Stadt, dann schlossen sich ihnen die andern

Frauen an wie einem Rattenfänger und sie zogen als Heer aus Opfern übers Land, brandschatzten, marodierten und meuchelten die letzten Reste von Männlichkeit.

Anna war eine schlaue Schlange, seinen Hass auf sie konnte er kaum in Worte fassen. Häuten und vierteilen wollte er sie, mit Säure übergießen und verbrennen. Fatalerweise hatte er seine einzige Chance auf Rache verspielt, er hätte richtig zuschlagen sollen. Nun war sie in Sicherheit, die ganze WG würde sich um sie kümmern, samt Sue. Und die Polizei. Er musste nachdenken, sich beeilen, sich verstecken, nur wo? Im Wald? Das nächste Waldstück war mindestens eine Dreiviertelstunde entfernt und dort gab es Menschen mit Hunden, mit Hunden und Handys. Die Handys würden ihnen sagen: Der da! Und sie würden ihren Hunden befehlen: Fass! Besaß Sue eigentlich ein Foto von ihm, das zu Fahndungszwecken verwendet werden könnte? Wahrscheinlich nicht. Anna schon. Und Jonas konnte sehr gut zeichnen. Gewiss hatte er ihn schon längst skizziert. Obwohl, er hatte Jonas nicht gesehen in der WG. War er bei seiner ersten Freundin, bei den Eltern? Bei seinem letzten normalen Besuch in der WG hatte Max von Jonas erfahren, dass er darüber nachdachte, Bauer zu werden. Ganz ernsthaft. Schöne Idee, hatte er gedacht, Respekt, reife Idee. Schade, er hätte gern gewusst, was aus Jonas wurde, hätte ihn gern mal besucht auf seinem Hof. Gut, er konnte es ja immer noch tun, irgendwann, nach Ablauf der Gefängnisstrafe, die ihm sicher war. Wenn Jonas ihn danach noch kennen wollte. Ob er ihm aus dem Gefängnis schreiben durfte? Ob Jonas ihn besuchen würde? Sein letzter normaler

Besuch … Bevor eine fröhliche kleine Zeitbombe des Irrsinns, deren Zähler schon länger vor sich hin getickt hatte, in ihm explodiert war.

Okay, nicht in den Wald. Wohin also? Er könnte sich in einem Parkhaus in einem unbewachten Winkel unter ein Auto legen und abwarten. Und langsam an den Benzindämpfen ersticken. Er musste zum Bahnhof, musste sich endlich in einen Zug setzen, in den schnellsten, egal in welche Richtung, nein, am besten zum nächsten Grenzübergang, sofort, er hatte schon viel zu viel Zeit vertrödelt. Und er brauchte dringend andere Kleider und eine neue Frisur, er durfte unter keinen Umständen so aussehen wie auf der Personenbeschreibung der Polizei. Haare ab, Bartstoppeln ab. Aber bei wem? Überall waren Kameras. Und Menschen mit noch mehr Kameras. Die ganze Oberfläche der Stadt erschien ihm plötzlich wie ein riesiges Insektenauge, das sich aus Tausenden von Einzelaugen zusammensetzte. Wo war der Ort, an dem er sich unsichtbar machen konnte?

Die Sonne schickte sich zum Rückzug an, bald wurde es dunkel. Gab es eigentlich einen Nachtzug nach Paris? Und wie lange musste man wegen versuchten Mordes ins Gefängnis? Er hatte mal von einem Fall gelesen, da lautete das Urteil siebzehn Jahre. Aber da hatte das Opfer nach dem Angriff im Rollstuhl gesessen, Anna hingegen ging es gut. Trotzdem: drei Jahre? Sieben Jahre? Und danach? Würden sie ihn als schlecht tätowierten Zombie wieder entlassen? Wie oft müsste er sich von einem Mann ficken lassen? Er könnte auch sofort mit dem härtesten Training beginnen, das ein Gefängnisinsasse jemals absolviert hat, und stärker werden als alle andern. Klüger war er ja schon. Bestimmt kamen alle andern aus diesen berühmten bildungsfernen Schichten. Obwohl, wer war denn heute eigentlich noch bildungsnah? Etwa Sue? Die nicht studiert hatte und in einem Imbiss jobbte? Jonas, der gar nicht erst ins Gymnasium gehen, sondern möglichst schnell Bauer werden wollte? Seine Schüler, die zu dumm waren für Bildung und zu faul für Arbeit? Nur Anna hatte es geschafft, hatte absolut ziellos in ein paar geisteswissenschaftlichen Fächern herumstudiert, ohne irgendwelche arbeitsmarkttauglichen Absichten, und hatte sich damit einen fetten Job ergattert. Kritikerin und Dramaturgin ließ er nicht als richtige Berufe gelten, das fiel für ihn unter »Bohème spielen« und war höchstens bis Anfang dreißig statthaft. Doch ihr Job bei der Behörde hatte ihm imponiert, deshalb hatte er sie auch rangelassen. Er sie, nicht umgekehrt. Bestimmt erzählte sie das anders.

War eigentlich noch irgendwo eine Bank offen? Nein. Nicht am Samstagabend. Schade. Er hätte gerne richtig viel Geld abgehoben und es Sue geschickt. Als Abschiedsgeschenk. Ihm blieben nur die Automaten, mehr als 1000 würden sie nicht ausspucken, 1000 war wenigstens nicht nichts. Plus die vorgesehenen 300. Er zog Geld, ging zur Bahnhofs-Poststelle, die bis 22:30 Uhr geöffnet hatte, kaufte sich ein gelbes, mit Noppenplastik gefüttertes Kuvert, schrieb Sues Adresse drauf und ging zum Schalter.

»Da fehlt der Absender«, sagte die Frau am Schalter.

»Nicht nötig«, sagte er, »ist eine Überraschung für meine Tochter.«

»Ausnahmsweise«, sagte die Frau und reichte ihm die

Quittung mit dem Strichcode. Der gleiche Code klebte auch auf dem Umschlag für Sue. Er versuchte, einen letzten Gruß an sie in die schwarzen Balken hineinzudenken. Sie würde ihn nicht entziffern können. Hey, mein Mädchen, du hast mich glücklich gemacht, dachte er, ich küss dich in Gedanken, danke. Eine Fessel legte sich um sein Herz und zog sich zusammen. Ein schier unerträglicher Schmerz stieg aus seiner Brust hoch und trieb ihm Tränen in die Augen. Es war kein körperlicher Schmerz, es war schlimmer.

Draußen war es fast dunkel. Er dachte an die Winternacht, in der er Sue gefunden hatte, an ihren verschütteten Kaffee auf seinem Mantel, an den Anmachspruch der Romy Schneider, den er verwendet und den sie erkannt hatte. »Sie gefallen mir. Sie gefallen mir sogar sehr.« Und er dachte an das Geld, das er ohne zu zögern zwischen sie gestellt hatte. Vielleicht wäre es gar nie nötig gewesen, er hätte sie zu einem Drink einladen können, sie hätten sich lustig unterhalten, alles wäre seine normale Bahn gegangen. Er war voreilig gewesen, unsicher, ein Idiot, ein unfassbarer Idiot. Nun war es zu spät, war jede Möglichkeit zu wahrer Liebe tot.

Er konnte sich selbst nicht erklären, wieso er nie geheiratet, keine Familie gegründet hatte. Die dümmsten Leute konnten das. Vor ihm ging ein junges Paar durch das Scheinwerferlicht einer leuchtenden Reklametafel. Der Mann hatte beide Arme tätowiert, mit Adlerschwingen, aus denen Rosen wuchsen. Die Frau war durchtrainiert, mit einem ebenmäßigen, etwas harten Gesicht.

»Ich hab mich ganz schön verändert in diesen Jahren«, sagte die Frau.

»Total!«, bestätigte der Mann.

»Zum Beispiel trag ich jetzt nur noch schwarze Kleider«, sagte die Frau.

»Stimmt!«

»Und ich hab abgenommen. Ungefähr vier Kilos.«

»Voll«, sagte der Mann, »ich siebeneinhalb! Sieht man, oder?«

»Voll schön.«

»Schwarz steht dir super.«

»Dir auch«, sagte die Frau. Dann küssten sie sich mitten auf der Straße und gingen Händchen haltend weiter. Alle konnten das, dachte Max, seine Eltern, seine Brüder, seine Freunde aus dem Fußballclub. Nur er nicht. Er hatte es weder begünstigt noch verhindert, es war einfach nicht passiert. Er spürte eine kurze Sehnsucht nach seinen Eltern. Es wäre nett, bei ihnen im Wohnzimmer zu sitzen, Vater würde Nachrichten schauen, er selbst würde in der Zeitung blättern, Mutter würde online nach Golf-Ferien in Spanien suchen, die Vitrine mit alten Porzellanfiguren würde bei jedem Schritt außerhalb des Teppichs leise vor sich hin klirren. Sie würden kaum etwas miteinander reden, es gab ja auch keine Fragen mehr, die sie einander zu stellen wussten, sie säßen einfach da, an einem ganz normalen Samstag im Mai. Als Familie, als Eltern mit Kind. Und um ihn wäre eine Geborgenheit, wie er sie sonst nirgends fand. Und wie sie ihm von seinen Eltern auch noch nie gewährt worden war. Es war ein Traum, lediglich ein Traum.

Er merkte, wie er dem verliebten Paar in Schwarz gefolgt war, wie er mit ihnen die Bahnhofshalle verlassen hatte und jetzt vor einem Gehweg neben den Gleisen stand. Der Weg war von Malven, Wegwarten und Schafgarben gesäumt, von Disteln und Mohn. Eine Nachtkerze öffnete sich. Die typische Bahndamm-Vegetation, entstanden aus Samen, die es aus allen Himmelsrichtungen hierher geschafft hatten, die weit gereist waren und beschlossen hatten, sich hier niederzulassen. Max ging durch die Blumen, ihre Farbe konnte er im Licht der Laternen nicht mehr richtig erkennen, er wusste sie auch so: Rot, Hellblau, Lila, Gelb und das Silber der Disteln. Das gleiche Silber wie Sues Haar. Er ging weiter, kam zur Bahnüberführung, ging die Metalltreppe hoch wie im Traum. Dann stand er oben. Blickte auf die kühl schimmernden Gleise hinunter und wusste, dass es höchste Zeit war für eine Entscheidung.

38

Der Vater hörte auf zu sprechen, die Brüder schämten sich. Suizid war bei ihnen nicht vorgesehen. Das war etwas für Verlierer, Menschen, die sich aussichtslos verschuldet hatten zum Beispiel. Max hatte keine Schulden, aber Schuld. An der Zersetzung ihres unbescholtenen Rufs. Alle würden sich nun fragen, was schiefgelaufen war in ihrer Familie, welchen fundamentalen Fehler die Eltern bei der Erziehung eines Erziehers gemacht hatten. Ob suizidale Neigungen in allen von ihnen stecken könnten wie ein genetischer Defekt. Nur die Mutter beschloss, den Tod ihres jüngsten Sohnes zu ihrer Mission zu machen. Sie wollte mit dem Lokführer

Kontakt aufnehmen, sich entschuldigen, Geld spenden, am liebsten eine Stiftung gründen, der sie auch vorsitzen würde. Sie sah sich als Charity-Lady bei Fundraising-Events Vorträge halten, die alle mit den Worten begannen: »Als ich meinen geliebten Sohn verlor …« Sie würde Tränen hinunterschlucken, Stärke zeigen und immer daran erinnern, dass die wahrhafte Tragödie am Ganzen nicht die Selbsttötung ihres Sohnes war, der offensichtlich und undankbarerweise keinen Gefallen mehr an seinem Leben gefunden hatte, sondern das Schicksal des Hinterbliebenen, jenes Lokführers, dem sich Max in einer Mainacht entgegengestürzt hatte.

Sie führte einen intensiven Mailwechsel mit der Bahn, in dem die Bahn ihr wieder und wieder beteuerte, dass sich der Lokführer in der bestmöglichen Behandlung befände, dass er das schon einmal erlebt habe, dass es im Aufeinandertreffen von Max und Lokomotive nicht zum Äußersten gekommen sei, nämlich nicht zu jenem fatalen letzten Blick, der sich einem Lokführer auf ewig einbrenne. Erstens dank der Dunkelheit, zweitens, weil sich Max nicht frontal auf die Gleise gestellt, sondern sich von einer Fußgängerbrücke gestürzt habe. Zudem habe der Lokführer sofort die Fahrleitung alarmiert und sei selbst gar nicht ausgestiegen, er habe also Anblick und vor allem Geruch der zerfetzten Leiche vermeiden können. Es war nicht die Absicht der Bahn gewesen, die Mutter mit all diesen Details zu konfrontieren, aber sie hatte sich schon im Internet kundig gemacht, und die Bahn konnte ihre akribischen Fragen nur noch mit Ja und Nein beantworten. Natürlich hatte sie auch die Sache mit dem letzten Blick schon längst gegoogelt und gelesen, dass Selbstmörder ihrem Lokführer oft mit einem starren Lachen im Gesicht begegnen. Einer erleichterten, triumphierenden Grimasse. Komischerweise störte sie dies neben den drastischen Beschreibungen der Reinigungsarbeiten am allermeisten. Nur über das Privatleben des Lokführers schwieg sich die Bahn aus, dabei hätte sich die Mutter zu gern in allerlei melodramatischen Fantasien verstiegen. Sie fand, dass die Bahn und Max ihr diese Fantasien schuldig waren. Gerade Max, der sie von all ihren Söhnen zu Lebzeiten am wenigsten interessiert hatte. Jetzt, im Tod, taugte er plötzlich was. Endlich lieferte ihr einer der vielen Männer ihrer Familie, wonach sie ein Leben lang gedürstet hatte und was noch besser war als ihre Mitgliedschaft im Golfclub: ein Schicksal.

Das Beste an den Eltern und Brüdern von Max war jedoch, dass keiner von ihnen auf die Idee kam, Anna die Schuld zu geben. Im Gegenteil. Sie betrachteten Anna, deren Existenz ihnen allen schon seit der Gymnasialzeit von Max ein Begriff war, als eine Art tragische Witwe. Weshalb es für sie selbstverständlich war, Anna zur Bestattung einzuladen. Und weshalb sie erwarteten, dass Anna sich zur Familie setzen würde. Woran Anna nicht im Traum dachte. Max war tot, sie wollte mit diesen Leuten nie mehr zu tun haben. Sie hatten an Max gehangen wie ein schweres, liebloses Gewicht, die Besuche bei den Eltern hatten ihn zermürbt und verunsichert, ausgerechnet er, der Lehrer, war der Ungenügende, der Blasse, der Mann ohne Firma oder Familie. Und jetzt würden sie sich in all ihrer provinziellen Wichtigkeit ausbreiten, Reden auf Max halten, die nur Reden auf sich selbst waren, und sich dabei zusehen und zuhören und sich sagen, dass sie bessere Menschen waren als Max. Weder labil noch intellektuell und schon gar nicht alleine. Brauchbares Material eben.

Anna war erschüttert, verwirrt. Max war der Erste unter ihren Nächsten, der gegangen war. Und mit Absicht. Natürlich hatte sie auch schon an Selbstmord gedacht. Oft sogar. In jungen Jahren täglich. Das war normal. Der Sprung vom Felsen über der ligurischen Küste jedoch, zu dem sie ansetzten wollte, wenn ihr plötzlich ein Leben in bitterer Armut bevorstünde, das war nur ein »Was wäre, wenn«, eine Hypothese. Die Möglichkeit, das Leben, in das man geworfen war, um ein paar Gedankengänge zu erweitern, die beruhigende Idee, dass die eigene Selbstbestimmtheit bis zuletzt ihre Gültigkeit haben könnte. Eine theoretische Versicherung inmitten der allgemeinen Unsicherheit. Sie hatte das mit Max oft genug durchgespielt, gerade früher, sie hatten Todesarten und ihre Konsequenzen betrachtet, sich vor einen Zug zu werfen war das Schrecklichste, was man andern antun konnte, aber natürlich auch das Gründlichste. Dem jungen Max hatte das am besten gefallen, aber sie hätte niemals gedacht, dass der mittelalte, in allem so vorsichtig gewordene Max darauf zurückgreifen würde. Suizid war eine philosophische Größe, keine reale. Real wurde sie allenfalls im Alter, wenn man sein Leben nicht mehr leben, sondern nur noch ganz knapp aushalten konnte. Wenn nichts mehr Sinn oder Lust machte und der eigene Körper einem angefahrenen Tier glich, das auf Erlösung wartete.

Max war tot, niemand konnte das ändern. Als Anna dies erfahren hatte, natürlich von seiner Mutter, glaubte sie, an einem großen, schockgefrorenen Klumpen Kummer ersticken zu müssen. Doch der Kummer löste sich langsam auf, bald würde nur noch eine kleine Kugel mit der Inschrift »Max« bleiben. Die Kugel wäre etwa so groß wie die Pillen, die Max hätte nehmen sollen. Hatte er aber nicht, das wusste Anna von Sarah. Sie hatte seine Post nach entsprechenden Belegen der Krankenversicherung durchsucht. Es gab einen einzigen Beleg, mehr nicht. Wir hätten ihn nicht allein lassen dürfen, dachte Anna, wir hätten handeln müssen. Aber wann? Bevor er mit einem Messer auf sich losgegangen war? Bevor er mit einem Stein auf Anna losgegangen war? Oder als sie im Dezember halb belustigt seine niemals abgeschickten Mails auf seinem Computer gelesen und gelöscht hatte? Das half jetzt auch nicht mehr. Sie versuchte, all die Splitter von Max in ihrer Erinnerung zu sortieren, die guten und die schlechten. Wenn sie ehrlich war, überwogen nicht einmal die schlechten, sondern die eigenschaftslosen. Er tat ihr leid. Er hatte verloren.

Die Mutter hatte die Todesanzeige verfasst, natürlich mit dem Rilke-Gedicht. Anna konnte es auswendig, sie hatte es schon so oft in der Zeitung gesehen: »Der Tod ist groß, wir sind die Seinen ...« Und natürlich mit der Zeile »Wir trauern um unseren geliebten Sohn, Bruder, Freund und Partner«. Annas Name stand unter dem der Brüder. Weil die Mutter Anna immer noch als Partnerin von Max betrachten wollte. Schließlich wäre es noch ungehöriger, wenn ein Mann wie Max als Alleinstehender aus dem Leben geschieden wäre.

Er hätte ja schwul sein können. Anna fragte sich, welche Geschichte sich die Mutter wohl zurechtgelegt hatte. Eine jedenfalls, die den unerbittlichen Codes der Provinz genügte.

Anna hatte zehn Einladungen zur Urnenbestattung in ihrem Briefkasten gefunden. Sie schickte eine an Cédric und eine an Frau Blume. Sie steckte eine in einen Umschlag und schrieb auf dessen Rückseite Für Lilly, Sue und die andern, ich würde mich freuen, Anna (NICHT Partnerin!!!) Die restlichen sieben schmiss sie weg. Dann ging sie ins Bistro, setzte sich auf ihren Lieblingsplatz und wartete. Lilly kam nicht. Was Anna allerdings gar nicht störte, sie wusste jetzt, wie sich Lilly anfühlte, welche Muskeln sich bei welcher Bewegung anspannten oder lockerten. Sie konnte Lilly visualisieren, wusste, wie stark ihre schmalen Finger waren, wie sich ein Tablett in ihren Händen fühlen musste. Kein Wunder, dachte Anna, Lilly ist ja auf einem Bauernhof aufgewachsen, sie ist sogenannt tüchtig, nicht wie ich, ich bin eine dieser Metaexistenzen, die sich durch eine Reihe von Zufällen ergeben haben. Eine Hochstaplerin. Lilly hingegen könnte uns ernähren, Kartoffeln anbauen und so. Im Krieg oder so. Um Lillys Zukunft machte sie sich keine Sorgen. Lilly war die Zukunft. Und: Sie hatte Anna schon einmal das Leben gerettet. Was bot Anna ihr dafür? Eine Bestattung? Egal, alles war gerade ein bisschen sonderbar. Sie übergab ihren Umschlag dem übertrainierten Kellner mit dem viel zu dicken Hals und machte sich auf zum See. Ein Krieg war nirgendwo in Sicht. Nur der Sommer.

39

Mit Rücksicht auf den Stundenplan der Schule war die
Urnenbeisetzung auf einen freien Mittwochnachmittag
gelegt worden, und überraschend viele waren gekommen:
das Lehrerkollegium in corpore, die ganze Schulpflege, die
drei Klassen, die Max zuletzt unterrichtet hatte, dazu die
Fußballbekannten, das Wirte-Ehepaar und die Kellnerin
aus seiner Stammkneipe. Seine Friseurin, der Mann aus der
Reinigung, der Briefträger und ein paar ältere Damen, die
nie eins der morbiden Volksfeste auf dem Friedhof verpass-
ten. Es war nur logisch, dass die Urne von Max auf einem
Friedhof am Rand der kleinen Kleinstadt bestattet wurde
und nicht dort, wo er aufgewachsen war. Erstens, weil die
Mutter sich ganz klar eine große Trauerfeier wünschte, zugleich keine, bei der zu viele Freunde und Bekannte der
Familie dabei waren. Zweitens, weil Max ganz einfach in
der kleinen Kleinstadt zu Hause gewesen war. Weil die beiden, wie sich an all den Menschen zeigte, einander etwas
bedeutet hatten.

Unbarmherzig stach die Sonne auf die dunklen Kleider
der Trauergemeinde, bei jedem Schritt stieg heller Staub von
den trockenen Wegen auf. Das Thermometer zeigte schon
32 Grad, es sollte in den folgenden Tagen noch wärmer werden. Und plötzlich standen sich zwei Gruppen gegenüber:
Anna, Frau Blume, Cédric und Sarah auf der einen Seite.
Lilly, Sue, Alex und Jonas auf der andern. Anna war gerührt.
Gewiss war Sue gekommen, um Max Adieu zu sagen. Und
was war mit den beiden Jungs? Mit Lilly? Etwas in Anna be-

gann zu leuchten. Wildnis und Heimat, schoss es ihr durch den Kopf. Lillys Gegenwart fühlte sich an wie Wildnis und Heimat, sie war auf beides neugierig. Sehr, sehr neugierig. Sie hatte sich beides schon viel zu lange gewünscht, das merkte sie jetzt.

»Scheiße«, zischte Jonas und schaute böse in Richtung Sarah, »das ist die Psychotante aus der Schule!«

»Du sollst hier nicht Scheiße sagen!«, zischte Lilly zurück und dachte, auch die noch. Dabei hatte sie mit vielem gerechnet, eigentlich mit allem, mit Anna sowieso und ein bisschen auch mit Frau Blume. Auf Facebook hatte Frau Blume nämlich vor wenigen Tagen eine aus Perlen gestickte Rose gepostet und dazu geschrieben: »Die wir im Herzen tragen, vergisst man nicht.« Und da die beiden Katzen von Frau Blume auf Facebook noch lebten, konnte es sich nur um Max handeln. Lilly konnte sich nicht entscheiden: Anna, Frau Blume oder die Schulpsychologin? Anna natürlich. Nein, eins nach dem andern, das Lästigste zuerst.

»Tut mir leid«, sagte sie und stellte sich vor Sarah, »dieses Treffen letztes Jahr zwischen uns lief nicht besonders gut. Dabei haben Sie so einiges ins Rollen gebracht. Erinnern Sie sich noch an meinen Bruder?«

Sarah schaute überrascht zu Jonas. »Klar!«

»Er will jetzt Bauer werden, wie unsere Eltern. Wir halten das alle für eine sehr gute Entscheidung.«

Sarah strahlte und wollte Jonas die Hand schütteln. Er wich ihr aus. Alex sprang ein. Immer, wenn es schwierig zu werden drohte, sprang Alex ein, dachte Lilly gerührt, selbst auf dem Friedhof.

»Du bist die Psychologin?«, fragte er. »Ich beschäftige mich für meine Dissertation gerade mit politischer Psychologie.«

»Ich liebe politische Psychologie!«, erwiderte Sarah und strahlte noch mehr. Alex sah aus, als würde in ihm ein ganzer Spiegelsaal voller Lichter angehen.

Gibts ja nicht, dachte Lilly, so sorgen die Toten für die Freuden von morgen. Sie schaute zu Anna hinüber. Aber Anna trug eine Sonnenbrille und ließ sich nichts anmerken. Scheiße, dachte Lilly, denn Scheiße zu denken war auf einem Friedhof nicht verboten, am Ende will sie wirklich nichts. Reiß dich zusammen, das ist ein trauriger Anlass, kein Date. Doch, genau das ist es. Unser zweites Date. Zu dem sie mich eingeladen hat. Unser One-Afternoon-Stand geht damit in die Verlängerung, oder nicht? Sie versuchte, ihre Aufregung zu bändigen, was ihr nicht gelang. In ihr drin stieg etwas hoch, gegen das sie gar nichts unternehmen wollte. Ein Gefühl wie auf diesem Vergnügungsturm auf dem Jahrmarkt, der einen zuerst achtzig Meter weit hoch zieht und dann runterfallen lässt. Wie hieß das Ding schon wieder? Fallturm? Turmfall? Freefall-Tower, genau! Unter Frauen auch bekannt als Orgasmus-Turm, weil der Fall so euphorisierend war. Was war eigentlich das Gegenteil von Unterleibsbeschwerden? Unterleibsbekömmlichkeiten? Anna war äußerst unterleibsbekömmlich.

»Hey«, sagte Anna.

»Hey«, sagte Lilly und versuchte angestrengt, den Orgasmus-Turm aus ihrem Kopf zu verbannen, »gehts einigermaßen?«

»Es geht. Ganz gut«, sagte Anna. »Der Kleine da, ist das dein Bruder?«

»Mmmhhh, er wohnt noch ein paar Wochen bei uns.«

Shit, dachte Anna, das hatte ihr jetzt noch gefehlt, es war doch noch viel zu früh für Direktkontakt mit Lillys Familie. Das machte aus einer leichten neuen Liebe unweigerlich etwas Gewichtiges, Kompliziertes. Es nervte sie auch in Fernsehfilmen immer, wenn Liebende sofort durch das allzu Familiäre domestiziert wurden, es war einfach nicht interessant. Sie musste dringend aufhören, ein asoziales Arschloch zu sein. Lilly war eine Frau mit enorm hoher Sozialkompetenz, das war so im Bistro und erst recht in ihrem Privatleben. Aber wenn ihr kleiner Bruder bei ihr wohnen durfte, hieß das etwa, dass sie Kinder wollte? Verdammt, sie musste aufhören mit solchen prophylaktischen Projektionen! Jetzt war jetzt, Lilly war jetzt, hier, direkt vor ihr. Sie brauchte nur die Hand auszustrecken, das war kein Traum.

»Was denkst du?«, fragte Lilly.

»Ach nichts, bloß, wie verrückt es ist, dass wir alle hier sind, von deinem Bruder bis zu Frau Blume. Wie viele Jahre liegen zwischen den beiden? Ein halbes Jahrhundert?«

»Und daneben all die Toten«, schloss Lilly Annas ausweichenden Gedankengang zu den Allgemeinplätzen Leben, Tod und Ewigkeit ab.

»Genau«, sagte Anna.

»Gut, das hätten wir also besprochen«, sagte Lilly. Ob sich die Unterhaltung langsam auf einen weiteren Allgemeinplatz verlagern ließe? Den der Liebe und ihrer Spielarten? Waren sie und Anna schon eine Affäre? Auf jeden

Fall mehr als ein Flirt, der erste Sex lag schon hinter ihnen. Falsch rum, dachte sie, wir haben genau falsch rum angefangen. Doch womöglich war falsch in diesem Falle richtig?

Anna sah, wie sich die Mutter von Max ihren Weg durch die Anwesenden pflügte. Ein schwarzes Schiff, dachte sie, eine Frau zum Fürchten, die Augen weit kälter als die Diamanten in ihren Ohrläppchen. Die Augen tadelten Anna, weil sie sich nicht zur Familie gesellt hatte, sie hatten auch Max ein Leben lang getadelt. Hatten sein Selbstbewusstsein mit jedem Blick zerkleinert. Und den Vater hatten sie regelrecht abgeschliffen. Früher war er ein Mann gewesen, heute ein blasser Haufen alterndes Fleisch. Anna spürte, wie die heiße Hand des Hasses mitten in sie hineingriff. Am liebsten hätte sie die Urne mit Max drin geholt und sie vor der Mutter in Sicherheit gebracht.

»Anna, Liebes, magst du mich nicht deinen Freunden vorstellen?«, fragte die Mutter übertrieben leutselig.

»Oh, das sind …«, begann Anna.

»… ehemalige Schülerinnen und Schüler des Verstorbenen«, sagte Lilly schnell, »wir vermissen ihn alle sehr.«

»Das ist ja reizend. Ich bin übrigens die Mutter. Sind Sie alle von hier?« Sie ließ ihren Blick stählern und streng über Sue gleiten, die sich für schwarze Spitzen auf dem silbernen Haar und einen silbernen Kragen über einem engen schwarzen Kleid entschieden hatte. Sie war hinreißend deplatziert.

»Schon lang nicht mehr«, sagte Sue todernst, »ich lebe seit vielen Jahren mit meinem Mann in Paris. Mein Beileid. Ihr Sohn war ein ausgesprochen großzügiger Mensch.«

»Danke«, sagte die Mutter und legte ein dramatisches Zittern in ihre Stimme, »es gibt nichts Schlimmeres für eine Mutter, als den Tod ihres Kindes miterleben zu müssen.« Sie wandte sich andern Gästen zu.

»Ich geh mal kurz kotzen«, sagte Sue.

»Du böse Möse«, sagte Cédric.

Sue drehte sich zu ihm um und kickte ein paar Kieselsteine in seine Richtung.

Anna versuchte, den Überblick zu behalten. Über ihre und Lillys Menschen. Es war unmöglich. Es waren zu viele. Früher hatte es sie und Max und gelegentlich Cédric gegeben. Und Lilly von Weitem. Quasi ohne Worte. Eine Stummfilm-Schwärmerei. Frau Blume war ein diskretes Büromöbel gewesen. Sarah, Alex, Sue und Jonas hatten gar nicht existiert. Und jetzt waren alle da, alle redeten durcheinander, verschränkten sich miteinander. Jonas redete auf Frau Blume ein. Er nannte sie »die einzig wahre Facebook-Oma« und »mein Idol«, erzählte irgendwas von »Growth-Hacking«, von »Katzenseite«, die sie unbedingt auch noch auf Facebook betreiben müsse, am besten mit den Video-Tagebüchern von Chéri und Chanel und am allerbesten mit einer »GoPro« für die Katzenperspektive. Frau Blume lauschte amüsiert, legte ihren Kopf auf mädchenhafte Weise schief und fragte, ob er sich das am Wochenende alles mal anschauen möchte.

Anna hörte, wie Sarah und Alex über Max sprachen. Wie Sarah irgendwas von einer bedenklichen Käfer-Paranoia sagte, davon, dass Max überzeugt gewesen sei, jemand würde tote Insekten zwischen die Seiten seiner Bücher legen, bloß weil er mal eine einzelne tote Kakerlake gefunden habe. »Das hätte mich alarmieren sollen«, sagte sie und klang geknickt. Worauf Alex erklärte: »Das war ich«, die Begründung hatte irgendwas mit »Prostitution«, »verurteilenswert« und »Schrecken einjagen« zu tun. Sie sah, wie Sarah mitfühlend ihre Hand auf seinen Arm legte, wie sich die beiden einträchtig entfernten und jetzt bei der Eibe neben dem Engel mit den traurigen Flügeln standen.

Anna lachte in sich hinein. Zum ersten Mal seit Langem hatte sie keine Lust auf Rückzug, keine Lust auf das sterile Weiß ihrer Wohnung, nicht einmal auf ihren Fernseher, ihr Bett oder ihren Vibrator.

Endlich waren Anna und Lilly allein.

»Hatte Max eigentlich ein gutes Leben?«, fragte Lilly.

»Ich weiß es nicht«, sagte Anna. Sie wusste es wirklich nicht.

»Zumindest am Ende hat er doch ganz gut gelebt.«

»Am Ende hat er gelebt.«

»Und er hatte dich und Sue. Wie ich. Nur in umgekehrter Reihenfolge.«

»Willst du mich eifersüchtig machen?«

»Vielleicht? Komm, ich muss dir was zeigen!« Lilly nahm Annas Hand. Anna wollte sie abschütteln. Sie konnten doch nicht einfach so lesbisch tun, hier auf dem Friedhof unter all den Leuten, wo sie immer noch als Partnerin von Max markiert war. Schließlich hielt sie Lillys Hand fest. Die andern mochten sich irgendwas denken oder auch nicht, es war ihr egal. Hier war das Leben. Sie spürte, wie Lillys Hand in ihrer feucht wurde, und presste fester. Lilly

presste zurück. Nebeneinander gingen sie über den staubi-
gen Weg, bis sie vor dem schweren Gusseisentor des Fried-
hofs standen.

»Da!«, sagte Lilly.

Auf einem Parkplatz neben dem Tor stand ein altes Auto,
es musste ein Amerikaner sein, dachte Anna, nur Amerikaner sind so unbescheiden, ein Chevrolet wahrscheinlich.
Die Farbe war eine Mischung aus Eisvogel, Jade, Türkis und
sehr viel Dreck.

»Wow«, sagte sie.

»Du wolltest doch wissen, ob ich Auto fahren kann. Wie
wärs damit?«

»Gehört der dir?«

»Der WG. Heute gehört er uns.«

»Kann man damit ans Meer fahren?«

»Niemals!« Lilly lachte. »Höchstens einmal um den See.
Heute Abend?«

Sie waren beim Auto angekommen. Lilly schwang sich
auf die Kühlerhaube, ohne Annas Hand loszulassen. Sie
trug ein dunkelrotes Kleid mit rosa Punkten und weichen
Falten, die Haare hatte sie zu einem Pferdeschwanz gebunden. Der warme Wind zerbließ ihren Pony, sie hielt Anna ihr
leuchtendes Gesicht entgegen. Wir könnten losfahren,
dachte Anna, einfach losfahren in diesen Nachmittag, in diesen vor Hitze schon leicht gelblichen Himmel hinein, ich
und das schöne Mädchen mit den grünen Augen. Aus der
Kapelle klang Orgelmusik. Sie wurde erwartet. Es würde
sein wie in einer Gruft, kalt, schwer, tot. Draußen tauchte
der Sommer alles in seinen leichten, verwirrenden Glanz.

Sie war sich sicher, dass Lillys Lippen nach Salz schmeckten. Sie mussten nicht ans Meer, alles war hier. Ihr Daumen zeichnete ungeduldige Kreise auf Lillys Handfläche.

»Ich muss da jetzt rein«, sagte sie, »kommst du mit?«

»Ich warte lieber«, sagte Lilly, »aber ich warte.«

»Versprochen?«

»Versprochen.«

Ich danke

Uwe, Florian und Céline: Ihr habt euch ein Jahr lang liebevoll und geduldig nach dem Ergehen von mir und dem »Buch« erkundigt und wart die besten Freunde, die wir zwei uns wünschen konnten. Sara: Du bist meine erste Lektorin und leider will ich nie mehr eine andere. Ihr alle im Kein & Aber-Verlag: Euer Enthusiasmus ist wohltuend, ansteckend, wunderbar. Ingo: »Das Buch« lässt ausrichten, dass es besonders gerne bei dir in Berlin geschrieben wurde, bestimmt hat dies auch mit deiner weltbesten Whisky-Sammlung zu tun. Liebe Leute von der watson-Redaktion: »Das Buch« freut sich enorm darauf, euch endlich face to face kennen-zulernen, ihr sollt bekanntlich die liebenswürdigste Redaktion überhaupt sein. Viktor: Ohne dein charmantes Gerücht (»Ich hab gehört, du hast ein Manuskript in der Schublade«) wär die Idee, mal wieder ein Buch schreiben zu können, gar nicht erst ent-standen. This, du Mann aus Glamour und Amour: Ohne dein Engadiner Refugium gäbe es weder die ersten noch die letzten Sätze dieses Romans. Daniela: You're the dj who saves my life over and over.